知音动漫图书 · 新阅坊
ZHI YIN COMIC BOOK 以梦想之名点燃阅读

Written by 李惟七
Illustrated by 霜林醉

浮云半书

兵法卷

SEASONS IN THE CLOUDS

李惟七 著

百花洲文艺出版社
BAIHUAZHOU LITERATURE AND ART PRESS

知音动漫图书 · 新阅坊荣誉出品

《漫客小说绘》书系

目录

瞒天过海
「备周则意怠，常见则不疑。」
——《三十六计》中的第一计

一

十五岁的裴昀刚来陇右军营不久，就发现了一件了不得的事。

他的上司卢湛实在是个人才。

卢湛，字云澈，出身范阳卢氏，门第清贵。卢家自南北朝以来历代出围棋高手，子弟多是容貌俊美的谦谦君子，为官也大都担任文职，只有卢湛一人不同。他考中进士后先是进了兵部，不久辞别长安，来了陇右边关做武将。

虽然投笔从戎，但卢湛仍然继承了卢家祖传的美貌。他皮肤白皙，眼下有泪痣，不笑的时候自带忧郁气质，微笑起来……有酒窝。

裴昀觉得不佩服简直不行，这样一个笑起来有酒窝的美男子，上战场也没像兰陵王一样戴面具，竟然还能偶尔打打胜仗。

身为军人，容貌长得秀美如姑娘家已经很吃亏了，更吃亏的是，卢湛的做派还很高冷，一点儿也不亲民。他从来不和士兵一起吃饭、洗澡，床单每天都换，打仗的时候只用长枪，而且是九尺长枪——杀敌一定要把人挑在自己几尺开外，不让一滴血溅到身上。

在西北边境，卢湛的枪法也颇有威名。可听说有一次与敌将城下约战却吃了败仗，回来被问到如何败阵的，他尴尬地红着脸说，那个蛮夷将领估计几天没洗澡了，身上味道太重，刚一交手，他就觉得一阵反胃恶心，就掉转马头收枪直接跑了。

士兵们都觉得，卢湛将军能活到今天也是不容易。他不仅有洁癖，还是个脸盲症患者。

新兵们在他眼里似乎都长得差不多，每次遇到裴昀，卢湛都会先犹豫片刻："那个小顾……""小裴。"裴昀认真地更正。可下一次他仍然是以无辜的样子微微犹豫："那个小魏……""小裴。"裴昀只得再次更正。

军营里的士兵都已经习惯了主帅的脸盲症，也不指望他能记住谁的脸，可裴昀偏偏不信邪。在一个月黑风高的晚上，裴昀拎着一只酒坛子摸进主帅的营帐，拿了卢湛的碗就倒酒喝。有洁癖的卢湛从来不跟人共用杯盏碗筷，脸色铁青正要阻止，结果裴昀趁着酒意凑过去，给了他一个熊抱。

之后据卢湛说，那天他足足洗了三十遍澡，洗到差点儿虚脱，不知道的士兵还以为主帅遇到了流氓。

哦，其实也和遇到流氓差不多。

从那之后，卢湛叫裴昀的名字，再没有错过。

虽然新兵裴昀被罚扎了三天的马步，半个月都腰酸腿颤，但他仍然笑眯眯的很高兴："卢将军的脸盲症原本已经病入膏肓，看到我这么帅的脸，就瞬间被治愈了！我把脸凑近让他感受下，果然是对的啊。"

卢湛被治好的结果，似乎是看到裴昀就绕道走。

裴昀在士兵中的人缘还是不错的，他也是进士出身，但没什么讲究，和那些行伍出身的士兵们该喝酒的喝酒，该划拳的划拳，该打架的打架，很多人和他互殴之后又交上了朋友。没事儿的时候他就弄两副叶子格，到处找人打牌，或者抓几只野山羊，呼朋引伴烤羊头……反正哪里都能看到他白衣潇洒的身影，士兵们也都喜欢亲近他。

有一次裴昀和几个士兵打牌，卢湛正好路过，士兵们顿时有点心虚，毕竟军中规定是不能打牌的。所幸裴昀急中生智，试探地问："卢将军，你想不想打？"

卢湛这个人的优点是实在，他冷着脸点了点头，甚至连点着泪痣的脸颊也像姑娘家一样可爱地红了。

但是他随后说的一句话,就让打牌的几个人对邀请他这件事后悔得肠子都青了。他说："你们找个人替我摸牌。我不摸牌，脏。"

于是这天的牌局就变成了卢将军高冷地站在五步开外，裴昀替他摸牌，再用一根树杈颤巍巍地夹着牌传给他看……寒风中裴昀觉得拿着树杈的自己状如傻瓜，从此之后再也不敢忘记血泪教训，打牌宁死也要避着卢湛。

裴昀在军营里的第一个冬天就这么过去了。

陇右边境其实还算安宁，大的战事不多，偶有小打小闹，卢湛有赢有输……当然，老实说输的时候比较多。所幸陇右的旁边还有河西，河西节度使崔希逸是一员骁勇善战的名将，声震四方。所以，陇右背靠老虎有人罩着，吐蕃和突厥等夷狄不敢太放肆；卢将军的洁癖和脸盲症什么的，朝廷也就没嫌弃。

冬去春来，祁连山的冰雪开始融化时，一个消息突然传来：凉州吐谷浑人反了。

裴昀人生中的第一场仗，就是从这个时候开始的。

二

吐谷浑原本是辽东的鲜卑慕容部的分支，高宗龙朔三年归降凉州，部落首领被封为青海王。此次反叛的吐谷浑兵分两路，一路悍然进攻河西，另一路袭击广武、鄯州，河西节度使崔希逸率军平叛，并飞鸽传书陇右军中，请卢湛配合截断叛军退路。也许是知道卢将军不经打，对方军书里没提太高期许，只说“坚守城池，断其后路即可”。

消息传来，军营里顿时炸开了锅！士兵们都很愤怒，有的说：“耍耍猫就算了，竟敢摸老虎屁股！”

——在他们看来，打陇右也就罢了，毕竟卢将军是一个不洗澡就可以战胜的美男子，可叛军竟然敢打河西崔希逸，那就是硬生生地摸老虎屁股。

“也不想想，当初他们差点被吐蕃灭了，拼命往东逃的时候，可是我们安置了他们几万帐人！”

“反复无常的兔崽子，这次要打得他们满地找牙……”

……

卢湛找将领们商议对策，一身戎装，冷秀如新月：“我准备从大通河出兵，截断吐谷浑的退路，同时切断叛军两支部队的联系。”他在沙盘上鄯州和广武之间划了一条线，“从这里部署兵力，让叛军首尾无法相顾，分而击破。”

营帐里的将领们都纷纷点头附议，就当下情势来看，这的确是最合理的部署，切断叛军之间的联系，唐军人数多于叛军，完全可以在大通河沿岸驻扎大军，与河西军腹背呼应。

“不好。”一个声音从最末位的位置上传来，坐在大帐最不起眼处的裴昀双臂环胸，“大通河出兵，是下策。”

所有人的目光顿时都落在白衣少年身上。裴昀站起身来，走到沙盘前，卢湛清秀的眉头微皱，嫌弃地后退两步，倒像是怕他似的……和他保持距离。

被裴昀修长的身形笼罩着，沙盘上的城池营垒都显得格外小。他在赤岭山脉的位置指了指：“出兵大通河，确实能分割吐谷浑的兵力、切断他们的退路，但如果他们根本不打算给自己留后路，也不与我军正面交锋，继续朝西北行进呢？”

将领们的神色都是一凛！

在吐谷浑的西边，翻过赤岭往青海湖，还有比吐谷浑强悍得多的夷狄，那便是吐蕃。只要吐谷浑一路向西，到达吐蕃与陇右交界之处，战局就可能会扩大。这些年来，吐谷浑原本就在大唐和吐蕃之间摇摆不定……如果吐蕃趁机出兵联手，腹背受敌的就会变成陇右唐军！

战局中隐藏的最大危险，被少年一语道破。

“要防备吐蕃，应速战速决，直接与吐谷浑交战于湟水，阻止他们西进，这是中策。”

“那上策呢？”旁边的副将忍不住脱口而出。

裴昀微勾的唇角清澈锋利，眼眸中神采洒脱不羁，自信如朝阳：“在湟水安排一些老弱残兵诱敌，与吐谷浑交战，且战且退，引他们到临洮军主力镇守的鄯州，以逸待劳，打他们个措手不及！”少年嗓音慵懒，字字如金石掷地。

将领们面面相觑，许久没有人说话。

“诸位怎么看？”卢湛开口打破了沉默。一名将领终于说：“末将附议。”

“末将也附议。”

……

将领们几乎都表态了，所有人的目光都投向卢湛，等着他的决定。

卢湛负手站在沙盘前，没说好，也没有说不好。终于，他转过身来面向众将领，冷淡地对裴昀说：“出去。”

裴昀挑了挑眉，无所谓地朝营帐外走去。副将忍不住要开口，瞧了瞧卢湛难看的脸色，又咽了下去。

在裴昀掀开营帐门帘时，只听他身后的卢湛下令：“众将听令，今夜鄯州布置城防，东门与北门各两千精兵设伏。”

裴昀猛地回过头来，眼前一亮。

“裴昀，你带老弱残兵七百，前往湟水诱敌。”卢湛面无表情地说，“下次私自烤羊头，军法处置。”

将领们这才闻到从白衣少年身上飘来浓郁的烤羊肉的香味。在他们有洁癖的卢将军闻起来，烤羊香味就是臭味吧……

卢湛虽然是堂堂武将，但是向来忌荤吃素，最厌恶羊肉的膻味，听说曾经被不明真相的士兵送的一碗羊肉汤熏吐过。方才他高冷地站在沙盘前许久没有动，莫非根本不是在沉思战局，而是在努力抑制翻涌的胃部，忍着没有呕吐？

直到裴昀走到营帐门口掀开门帘，一股清风吹进来，他才缓过来？

“为什么让我带老弱残兵？我长得很残吗？”裴昀闻了闻自己明明很香的袖子，觉得自尊心有点受伤。

卢湛一脸嫌弃的表情，负手转过身去，只留给他一个高冷的背影。

三

裴昀率领七百老弱残兵前往湟水诱敌，一开始，战事推进得简直比想象中还要顺利。

吐谷浑有近万人，见到迎战的尽是老弱兵力，甚至连将帅都是一张稚嫩的新面孔，顿时起了轻敌之心。

他们的骑兵铁蹄攻来，追着裴昀的部众一连跑了七十里，唐军沿路丢弃锅灶、盔甲，甚至连兵器也扔了……吐谷浑气势汹汹地追击到鄯州城下，就在离伏兵只有几十里的地方，却突然停住了。

不知出于什么考虑，叛军不再急于靠近鄯州，反而后撤四十里安营扎寨。

夜色清清冷冷地弥漫着，新月如刀锋，城头露水缀着危险的气息。

“还差一点。”裴昀遗憾地对卢湛说，“我已经尽力去撩了，士兵们只差在阵前跳舞了，可惜叛军主帅油盐不进，看来似乎带了脑子来，有点难对付。”

卢湛没有理会他的抱怨，转身问身边的副将：“给河源军的飞鸽传书，送到了吗？”

“送到了。”副将立刻回答，“河源军已经回信，会派兵东进！”

营帐内，卢湛和裴昀对视一眼，目光都是明亮——叛军想拖延，唐军不会坐等。只要河源军调动增援，前后夹击，叛军很快便是瓮中之鳖。

“下去吧。”卢湛摆摆手又指了指裴昀，说：“你留下。”

难得卢湛没有嫌弃地急着赶他走，裴昀挑了挑眉，烛光中笑意盎然：“有事？”

卢湛负手站在离他不远处，从怀里取出一封信，递给裴昀：“你替我看一看，这信上的字，你可认识？”

信上有火漆痕迹，是一封八百里加急的密信。

裴昀接过信展开来，只见字迹端美俊逸，力透纸背，他脸上原本漫不经心的神色骤然褪去。

这笔迹他再熟悉不过——是他的老师张九龄亲笔所书！

张九龄在大唐朝中担任宰相，一向主张重文抑武，不支持边将与蛮夷轻易开战，这封信上有中书省的印章，也有天子的御批，乃是朝廷敕令。信中所写内容，只有寥寥几句话：卢云澈将军亲启。青海王慕容舜曾率众归顺我大唐，有臣服之意，此次叛变，或有隐情，宜遣使和谈，不宜兵戎相见，恐失人心。

“中书省送来的八百里加急，命我和谈。”卢湛的神色有些微妙，“我想，这是张丞相的意思吧？”

裴昀的拇指轻抚过信上的字迹，像是在抚平心头的思念，以及一缕几不可察的抗拒：“的确是老师亲笔所写。”

“你有何见解？”卢湛的目光落在他脸上。

“为何要问我？”裴昀一改平时玩世不恭的从容，抬起眸子，烛火在他眼底跳动，轻晃少年此刻的心神不宁。

“开战以来，吐谷浑人似乎无意与我唐军正面交锋，一路西进往吐蕃方向，这与你对战局的判断一致。”卢湛远山淡眉微锁，凤眸清秀坦荡，“所以我想听你的见解——此次吐谷浑驻扎在我鄯州城外四十里，应该出兵平叛，还是遣使和谈？”

裴昀的视线没有回避，但眼底难掩一缕烦躁。

——吐谷浑归降之后再次叛变，反复无常，此时和谈只会贻误战机，后患无穷。如果真的能招降安抚，又怎么会有今夜的兵临城下？对有些敌人，只有刀剑能征服，没有道理可以说服。

可是手碰到信上的字，指尖如同烛火微微滚烫。他想起那一日，他第一次举剑杀人，老师对他说的话……

那时老师微微喘息地凝视他：“你拿起了剑，不可能再放下，但你要控制自己手中的剑，不要让剑来控制你。你说你要做天下名将，名将所行之道，并非开疆辟土。真正的名将，一定懂得仁恕。”

有个声音在他脑海中说，必须打，在千里之外的长安，朝堂之上，老师的善意是仁慈，可在真正的战场上，一念之仁，便是地狱。

还有个声音说，你不听老师的话了吗？在长安时，你曾答应过他……在更小的时候，你告诉过自己，这一生绝不能负他。

刹那之间，向来决断洒脱的裴昀，竟然无法取舍，无从开口。

卢湛已经看懂了他的挣扎，看清了他没有说出口的回答。无论在朝堂、在战场，每个人心中，都有不能妥协的事，都有不能辜负的人。

刀剑的直觉，与仁恕的胸怀，孰对孰错？也许，只有时间能证明。

陇右春夜并无百花盛放，料峭寒风中还裹挟着一缕残雪的气息。卢湛抬手将那封信取过来："两军交战，必有伤亡。既然朝廷想要不战而屈人之兵，那便遣使去谈，且看吐谷浑的反应。"

他负手转过身去："两日后，若是吐谷浑不肯撤兵请罪，待河源军赶到，前后夹击，一举平叛。所有后果，我自承担。"

四

那时谁也不曾料到，正是这两日，会令战局发生翻天覆地的变化。

料峭春风吹遍陇右的山头，吐谷浑叛军在城外四十里安营扎寨，日夜巡逻。唐军的使者到了之后，首领慕容舜立刻表示愿意归降，只是说需要时日整顿士兵，迟迟不肯解除兵甲。

听到使者的回禀，卢湛皱眉问身边的副将："河源军在路上了？"

"已经出发了，今夜就可到达鄯州。"副将肯定地说。

坐在营帐最末的裴昀一言不发，推算着脚程，河源军今夜便该顺利抵达，但不知为何，他心中隐隐有种不安。

"卢将军，我们真的要打吗？朝廷那边回头如何交代？"一名将领忧心忡忡地问。

见卢湛没有说话，副将神色凝重地摇了摇头："我看吐谷浑不会真心归降，所谓'议和'只是为了拖延时间。"

"将在外，君命有所不受！"一名性子急的将领愤然说，"朝廷远在千里之外，怎么会清楚战场凶险？"

“是啊！兵贵神速，再拖延下去只会贻误战机。”

……

将领们话音未落，营帐门突然被推开，冷风顿时灌了进来，报信的士兵铠甲残破，浑身血迹伤痕：“卢将军，河源军出事了！”

“什么事？”

“河源被……被吐蕃攻破了！”

就在当夜，吐蕃军突然奇袭河源！河源军上万精锐正赶往鄯州支援，城中守卫空虚，吐蕃军趁夜攻城。

正行军到半路的河源军立刻掉转马头，回兵驰援，可吐蕃军在他们回程的山路上设下伏兵，夹道伏击。河源军损失惨重，只有这名士兵拼死突出重围，前来鄯州报信。

夜色如刀割，将领们都猛地握紧了刀枪。

吐蕃军怎么可能知道河源城防空虚？只有一种可能，吐谷浑表面议和，实则向吐蕃传递消息里应外合！

裴昀心头微微一惊，只听远远突然传来兵刃交接的声音。

——如果河源军没能赶到，那么汹涌的马蹄声又从何而来？

“不好了卢将军！”参将带着人冲进来，“卢将军，吐蕃军攻破了鄯州南门！已经冲进来了！”

河源军没能赶来，赶来的是吐蕃大军。

原本叛军驻扎在城东四十里之外，鄯州城防的重点是东门与北门，任谁也想不到，上万吐蕃军队会毫无预兆地出现在南门！

吐谷浑在城东安营扎寨，日夜操练，竟只是为了吸引唐军的注意力，让吐蕃大军在夜色掩护之下进犯。

更诡异的是，吐蕃军仿佛从天而降一般，在城防守卫都没有察觉的情况下，出现在城内。

——没有人知道，吐蕃军是如何悄然潜入城中的。

夜风如刀，叛军突袭而至，唐军始料不及，两军顿时厮杀混战在一起，鲜血溅染城墙，鄯州城的夜色也蒙上了一层猩红。

裴昀随卢湛赶到时，已经迟了。

城门轰然大开，叛军如潮水涌入，裴昀冲杀在乱军中，风将少年的白衣吹起，如同夜色中的雪。这是他第一次见到地狱般的战场和死亡，熟悉的士兵倒在马蹄与刀枪下，鲜血浸透了他的铠甲，胸前一片温热，不知道是自己的血，还是敌人的血……手中的剑挥砍至麻木，他不知道自己杀了多少人，不知道战役什么时候会结束，更不知道战场的尽头在哪里。

天，还会亮吗？

也许是伤口失血，令裴昀的视线微微模糊。

老师错了吗？他选择错了吗？耳畔恍惚响起熟悉的声音……有多少以守护为名的杀戮？又有多少身不由己的剑在你手中，你也在刀枪剑雨之中，谁能主宰谁？甚至，谁也难以真正主宰自己……

就在裴昀神思恍惚时，耳边一声厉喝："裴昀！当心！"他猛地抬头，一刀朝他头顶砍来，与此同时，银枪寒光一闪，砍他的吐蕃人惨叫着滚落在马蹄下。

卢湛手中长枪映着清寒月华，沉声说："当心身后！"

他话音刚落，裴昀身下的骏马嘶鸣一声，轰然倒在尘土之中，而裴昀胸口一凉，像是湖水灌入，四周的声音骤然安静了下来。士兵们搏杀的样子像无声的皮影画，天地倾斜着越来越暗，城头微弱的火光在黑暗中无声地挣扎，世界缓缓熄灭了。

五

残月挂在远山，衰草浸染霜华。

裴昀醒来的时候，天还没亮，士兵们的脚步声在耳边嘈杂。他撑坐起来，胸前传来的剧痛顿时让他冷汗涔涔，他一低头，才发现自己的上半身包扎着厚厚的纱布，都被血染红了。

"后背到前胸的贯穿伤，离心肺就差那么一点。"军医见他醒来，将药粉洒在他手臂的刀伤上，"命大啊！少年人。"

裴昀浑身都是伤，之前在战场上麻木了不觉得，此刻全身伤口都叫嚣着疼痛。他环顾四周，才发现自己身处鄯州城护城河畔的树林，地势隐蔽，不容易被敌人发现，周围还有很多和他一样的伤兵。

“不是我命大，”裴昀脸色苍白地摇头，一抬头看到远处卢湛的背影，“是卢将军救了我。”

他在昏迷前最后看到的，是卢湛朝他伸过来的手。

手？裴昀低头看了看自己满是血污的手，突然想起来，卢湛这种连摸牌都怕脏的傲娇，竟然抓了自己的手，把满身血污的自己扛了回来……

他站起身，林间冷月如霜，卢湛清秀颀长的背影在月下显得孤清。

走到卢湛身后，裴昀突然看到地上有个花花绿绿的东西，像是包袱，但比包袱要小得多。裴昀俯身将那东西捡起来，借着月光看了看。

是一只绸布的……乌龟？龟背上驮着一朵花，针脚歪歪斜斜的，花蕊还用针线缝了一个很蠢的笑脸，看上去像哄三岁小孩的东西。

卢湛回过头，一眼看到裴昀手中的绸布乌龟，下意识朝自己胸口的衣襟摸去，发现胸前空空如也，立刻一把从裴昀手中把乌龟抢过来！

“是你掉的？”裴昀被他的动作吓了一跳。

堂堂陇右将军，二十几岁的大男人，绷紧脸紧紧拽着一只幼稚的布缝乌龟，生怕别人抢似的，那画面简直不忍直视。

“我只是捡到而已，没想抢你的，别误会。”裴昀举手投降，由衷地感叹：“将军的癖好实在是……异于常人啊。”

卢湛面无表情地将乌龟塞进怀里，一脸并不想搭理对方的高冷，转身就走。

“卢将军，慢着——”裴昀想叫住他。

卢湛的脚步并没有停，下一刻，裴昀把那句话说完：“你脚下有马粪……”

可惜脚已经踩了下去，踩在软乎乎还带着热气的一坨马粪上。

裴昀不忍直视，几乎要捂住脸。完了，战场上的刀枪杀不死卢湛，但臭烘烘的马粪绝对可以！

他赶紧上前帮忙：“靴子脱下来，把马粪擦掉，我来！”卢湛的脸色从苍白变为铁青，头一侧，裴昀以为他要呕吐，谁知他竟然吐出一口鲜血，人也软绵绵地朝裴昀倒了过来。

裴昀身受重伤，根本承受不起他的重量，两人顿时一起倒了下去。

好在草地柔软，裴昀的手臂揽着卢湛，伤口被撞了一下，虽然疼得呲牙咧嘴，但还能爬起来。

“卢将军，要不要叫人帮忙？”

裴昀喘着气爬起来，拍了拍地上卢湛的脸，对方脸色苍白双眸微阖，嘴唇也毫无血色。

——不是吧，踩中了马粪竟能被熏到晕倒？这洁癖也是逆天了……裴昀正在内心吐槽，手突然触到潮乎乎的东西。

他看向自己的右手，愣了一下——血？暗红血迹从卢湛铠甲缝隙间缓缓渗出，不过被夜色掩盖了而已。

“……拿开。”卢湛睁开眼睛，吃力地又说了一遍，“手拿开。”

裴昀的神色在月下微微凛冽，原来卢湛也受伤了，竟连军医都不知道。不过他非但没有拿开手，反而开始动手解对方的铠甲。

“你干什么？！”卢湛喝斥，声音嘶哑虚弱，脸色挣得煞白。

“如今的情势，你担心自己受伤的消息传开，让军心动摇，不敢找军医来看，”裴昀边解他的铠甲边说，“我替你看。”

满地杂草银月光，滴滴鲜血惊心。

话音落下时，厚重的明光铠甲在裴昀手中被解开，露出被血湿透的内衫。裴昀将自己的衣衫扯了，从怀中摸出刚才军医给他的药粉，洒在卢湛肋处的伤口止血，随即用扯碎的布条将他的伤口包扎起来。

“你学过医术？”卢湛喘了口气问。

“以前觉得你像女孩子一样娇气，又怕脏，”裴昀点点头，“现在我发现我错了。你比女孩子还娇气，还怕脏。”

“……”

裴昀好整以暇地把卢湛的靴子脱了，拿到水边去洗，直到靴子洗得干干净净，确认没有马粪的味道了，再长臂一伸，挂在一根稍矮的树枝上：“让风吹干再穿，你先睡一觉吧。”

“什么？”卢湛以为自己听错了。

“反正靴子也没干，莫非你要赤脚去打仗吗？”裴昀耸耸肩。卢湛冷着脸躺在地上，堂堂主帅，一时间竟被少年欺负得哑口无言。

“吐蕃既然已经破了鄯州城，敌强我弱，现在是他们急着找你，想要消灭鄯州城内唐军的有生兵力，”裴昀说话的样子慵懒又欠揍，却将战局情势分析得一清二楚，“离天亮还有几个时辰，叛军应该还找不到我们隐藏的地方。如今，你既然没办法冲出去跟他们决一死战，为什么不睡觉呢？”

少年的眸子倒映着点点星光，在黑暗深处，却并不绝望：“无论是战是撤，都要等天亮行动，届时将士们都要听你的号令。你不休养好精神，再像刚才那样倒下去，只怕不妥。”

卢湛沉默了一会儿：“我睡不着。”

吐谷浑与吐蕃里应外合，河源失守，鄯州城破……此刻整个陇右战火重燃，大唐河山危如累卵，如何能安睡？

裴昀心中有许多话，却终究没有说出口。破碎的夜色在溪水里沉浮，卷入悲怆旋涡。

少年盘腿坐下来，望着远山冷月：“是不是一闭眼，就看到死去的将士们？”

“不是。”卢湛摇头，“我一闭眼，就闻到马粪的臭气。”

“……”裴昀嘴角抽搐，“你的洁癖是天生的吗？”

“小的时候，很轻微，并没有这么严重，”卢湛垂眸时，眼下泪痣格外清晰动人，“后来，我六岁那年被推进过屠宰场里。”

“啊？”

“几个同龄的孩童恶作剧，骗我到坊市杀羊的屠宰场，然后把门关上，把我一个人留在里面。里面很脏……哪怕在战场上尸横遍野，也没有那种绝望的感觉。”卢湛的神色沉浸在往事中，“那些刚被宰杀的羊，血淋淋地挂在案上，还有活羊在身边走动，屋子里都是羊膻味，无处可逃。”

裴昀看了他一眼，这才明白他为什么讨厌烤羊头和羊膻味，甚至不碰荤腥，常年只吃素。

“后来我姐姐找到了我，把我带回家抱到浴桶中去洗，水换了好几桶，连仆人都捂着鼻子作呕，她一点也不嫌脏，洗到最后腥气和膻味也没有完全散尽，但她在我头发上嗅了一下，说：‘香喷喷的。’那个时候我哭了。”

“是不是很丢人？”他侧头问裴昀。

“是。”裴昀肯定地回答。

“……”卢湛想动一动，却牵动了伤口，疼得倒吸了一口凉气，“你就不能说点安慰的话？”

“哭不丢人，放弃才丢人。”裴昀嘴里叼着一根草叶，样子洒脱不羁，眼眸映着溪水中被揉碎的月光，问：“那个时候你想过死？”

卢湛一怔。裴昀指指他的手腕："你左手腕上的那道痕迹，我第一次看到就觉得奇怪了，那种伤痕形状和角度，只能是自己割的吧。"

卢湛仰躺着，手微微动了一下，嘴角牵起一丝苦笑。那时他轻微洁癖不与别人亲近，小伙伴们觉得他讨厌，骂他"装"。在家里，兄弟姐妹中他也是最不起眼的，爹很少称赞他，甚至很少看他一眼。他孤僻笨拙，总是被欺负、被嘲笑。

他想，如果自己死了，他们就会发现自己做错了事，会害怕后悔，会受到责罚。甚至连那极少注意自己的爹，也会多看自己最后一眼、伤心后悔吧？

小小的卢湛实在是太弱小了，他想要的东西，只能用最极端也最愚蠢的方法去换取。

那时他右手拿了半个瓦片，割向自己的左手，所幸瓦片太钝了，割不动，而他的勇气还不足以决绝地赴死，所以被刚好路过的仆人惊叫着拦了下来……

不曾给过他太多关心，但从小也没有说过他一句重话的爹，那次抬手打了他一巴掌，火辣辣的真疼啊。疾风拂过脸颊，刮到耳畔和心口的痛到现在他还记得。一向斯文儒雅的爹怒骂他混账东西，骂他糊涂。

很长一段时间，这个小且深的伤口都没有愈合，忍着疼，流着血，结起痂，后来慢慢的，终于淡了疤。经年旧痕，当时觉得比天还大的事情，如今看来竟只觉得淡淡的荒唐和可笑而已。的确……有些丢人啊。

如果他当初真的死了，就会错过很多，错过热血的战途，错过美好的风景、有趣的人。当初那些做错了事的人，并不会因为他的死而后悔，只会嘲笑他的懦弱而已。死不是什么勇敢的事，从弱小变强，强到可以承担羞辱、挫折、孤独，不再惧怕自己与众不同，坦然地活下去才是。

后来他长大了，走出小时候的院落，才发现天地广大，他要的东西，不需要别人给，只要活着，就可以靠自己的手堂堂正正去争取。

再后来他上了战场，发现人命如此之轻又如此之重……每个人身上都担负着一份责任，要为一些人而活，要为一些事不惧死。

在最艰难的时候，他想到曾经在屠宰场里的绝望，就觉得情形也没那么糟糕。渐渐地，卢湛就这样成为了今日的卢湛，怀里揣着他的布缝乌龟，肩上背负着三军将士的热血，身后守护着陇右千里沃土。

月光静静流淌，裴昀在卢湛身边躺了下来，将手枕在脑后，两个年轻人的肩膀靠在一起。

“既然那么怕脏怕臭，为什么还来战场？”裴昀问。

“河西节度使崔希逸，是我姐夫。”卢湛的脸庞染了月色，露出清秀的酒窝，“姐姐是唯一对我好的人。我来陇右，并不是为了什么家国天下的大事，只是不想我姐姐哭而已。”

说到大自己十岁的长姐，卢湛微微一笑：“既然姐夫在河西，那我就在与他毗邻的陇右吧。只要我还活着，就绝对不会让他死。”

每次崔希逸离开长安，率兵出征，姐姐卢瑜儿都是笑着送他走。

她是大家闺秀，端庄明理，离别时的那些不舍、难过和害怕，都被她藏得很好。但卢湛还是看见了。

看见她一个人在庭院里望月，看见她一针一线地缝着添冬的衣裳，看见她静静地出神。

梦里有千回百转，思念有千针万线，良人有千里万里，她等着他回来，而这盼望，绝不该落空，也绝不能落空。

卢湛想，她为他做了那么多——在他害怕的时候牵着他的小手唱歌给他听，在他最无助的时候，是她从屠宰场救他出来，替他洗干净了脏污，后来他整夜做噩梦哭醒，说“好脏好臭”，是她在灯下为他缝了那只小乌龟，驮着花朵，放到他枕边，告诉他：“小乌龟陪你，有了花花，就会很香，不臭了。”他才渐渐能安心入睡。他想，等他长大了，也要为她做点事，守护她想要见的人。

所以他来到陇右，与河西军互为腹背。

别人都以为卢湛背靠崔希逸这座青山，才能在陇右得以保全；其实卢湛一心一意想的，只是保护崔希逸。

“笨蛋。”裴昀摸到手边被解下来的卢湛的铠甲，笑了笑。

战甲已解，心甲仍在。战无不胜的盔甲，不过是想要守护某一个人的心。

这时，草丛中突然传来窸窸窣窣的声音，裴昀一跃而起，随着“吱”的一声嚎叫，一只动物被他抓在手中。

那是一只漂亮得奇异的穿山甲，身上鳞片熠熠发光，如同穿了一身月光铸成的战甲，脸却是毛茸茸的狐狸脸，乌黑滴溜的眼睛惊惶地看着少年，四只爪子悬空，抗议地乱蹬。

“咦？”裴昀眉头轻轻一抬。

“呜呜，快放开我！”穿山甲竟然开口说话了，徒劳地想要挣脱少年的手掌逃跑。

卢湛也坐起身来，震惊地看着会说话的穿山甲——妖怪？

“我一直想不通，吐蕃军如何神不知鬼不觉潜入城中。”裴昀回过头来，与卢湛对视。目光交接，少年的眼神明亮得近乎锐利，“原来是地道。”

一夜之间打通近百里长的地道，原本根本是不可能的——至少，不是人力所能为的。

裴昀拎着穿山甲，半蹲下来：“从吐蕃军中逃出来的？”

穿山甲似乎胆子很小，不敢骗他，眼泪汪汪地用力点头。裴昀伸手拨了拨它的尾巴：“我记得，《山海经》中记载了一种妖怪，叫龙鱼[①]，栖息在沃野北边，虽然名字里有鱼字，但其实是长着狐狸脸的穿山甲，能穿山越岭，擅长挖地道。”

少年一字一字地问：“替吐蕃人挖地道的，就是你？”

“是我。”龙鱼气鼓鼓又害怕地缩成一团，“我好不容易才逃出来的，我要去救我的主人。”

“你的主人是谁？”

“我不能告诉你。”龙鱼用力摆着小脑袋，泪汪汪地恳求，“你放我走好不好？”

“不好。”裴昀似笑非笑，“这么肥的龙鱼，清蒸起来味道应该不错。卢将军，你要试试我的厨艺吗？”

“别……别蒸我！”龙鱼哭着抗议。

看着裴昀轻车熟路地欺负妖怪，卢湛的嘴角抽搐了一下。

“别用这么奇怪的眼神看我，我见过的妖怪比你见过的牛羊都多，”裴昀笑吟吟地说，“也许是人长得太帅了，所以有妖怪缘，真苦恼啊。”

少年的白衣被风吹起，唇角也掀起一缕笑意：“不想被蒸熟，就替我做一件事。”

“什么事？”龙鱼瞪着泪汪汪的小眼睛问。

不等裴昀回答，远远地传来马蹄声，卢湛的神色骤然一变：“有动静，敌军来了！”

六

原本以为至少要到天明，吐蕃军才能搜查到这处隐蔽的藏身密林，但也许是龙鱼的逃走，让他们连夜紧急搜寻，竟然找到了唐军的藏身之所。

此刻唐军多是伤兵，战斗力弱，根本不是叛军对手。

---

①《山海经·海外西经》中记载：此诸沃之野……龙鱼陵居在其北，状如狸。

卢湛站在阵前，望着越来越近的敌军，沉声命令参将："你带伤兵往北撤退。"

"那将军呢？"参将着急地脱口而出，抹了一把脸上的血迹。

月下卢湛的面孔因为失血而微微苍白，却有种冰雪威仪，他拿着长枪沉声命令："快去。"

"是！"参将一咬牙，不敢违抗军令，招呼身后："跟我走！"

吐蕃的马蹄转眼已经呼啸而至。

卢湛一勒缰绳，身下战马昂首嘶鸣，他抬起手中九尺长枪，朝叛军冲杀而去。

雪色锋镝在月下寒光闪烁，长枪横扫之处，人仰马翻，一片惨叫哀嚎。乱军之中，卢湛的战袍如同风雪漫卷，天地为之黯然失色，万夫不当之勇，也不过如此！

眼看他一人在千军之中杀出血路，叛军士兵们纷纷畏缩后退，吐蕃首领神色大变，突然大声喊："陇右大将军卢湛在此！取他首级，赏金千两！"刀枪相交，刹时激起电光火石！卢湛的伤口被震裂，身形一滞，对方怎会放弃转瞬即逝的机会？刀尖倏然刺过卢湛的肩胛，刹那间血流如注。卢湛痛得浑身肌肉一缩，而吐蕃首领的大刀猛地朝他的头颅砍下！

千钧一发的时刻，卢湛突然连人带马往下一沉。

只听"轰"的一声响，尘土飞扬，一人一马脚下的土地突然塌陷，人马都瞬时滚入地道之中，消失不见！

"灰土有点儿脏，别介意啊。"黑暗中传来少年裴昀笑吟吟的声音。

他让穿山甲做的事，就是挖一条通往城外的地道。

此刻龙鱼正在前面"吭哧吭哧"卖力地刨土，小短腿一刻不停，裴昀拖着一个身受重伤的卢湛，和一匹"咴咴"鸣叫不愿意往前走的马，摸索在曲折的地道中。半晌没有听到身后的动静，他怕卢湛晕过去了，回头问："还清醒着吗？怎么样？"

"很糟糕。"卢湛苦笑。

——此刻有洁癖的他浑身灰土血污，跟着一只穿山甲狼狈地钻地道，再也没有比这更糟糕的事了。

"还活着就不太糟糕，你觉得呢？"裴昀满不在乎地说。

黑暗中看不清彼此的面孔，但卢湛能想象到裴昀慵懒微笑的样子，不知为何，他也勾了勾嘴角。

有的人没心没肺，洒脱无惧，就像长夜星光，总能让人看到希望。

“对了，那个吐蕃首领说你值千两黄金，”裴昀突然朝他伸出手，兴致盎然地问：“我救了你的性命，也不贪心，只要五百两，怎么样？”

“……”

“不会这么小气吧！”裴昀抗议，“这可是救命之恩，都没让你以身相许，只要五百两而已。”

“你不会这么快就忘了，我也救过你的命吧？”卢湛冷淡地回答。

“没忘没忘，可是我的命在叛军那里最多值一百个铜钱，你的命可是一千两黄金！”裴昀笑嘻嘻地说：“最多到时候你给我五百两黄金时，给你扣掉一百个铜钱。”

卢湛按住胸前伤口，顿了一下：“谁说你的命不值钱？”

“你这么在乎我，我会很感动的……算了算了。”裴昀终于摆摆手，“那五百两黄金只要四百八十两，算你便宜点。”

“……”卢湛气得闭上嘴，嫌弃地不再理他。

从地道出来，已经在鄯州城外。远山渐渐出现鱼肚白的微光，能远远看到一队人马，竟是吐谷浑叛军。

吐谷浑的士兵个个高大魁梧，擅长骑兵作战，而且军纪如铁，士兵以凶悍不惧死闻名。听说首领慕容舜每次在出征之前，都会大量斩杀士兵——只要触犯军规，哪怕极小的罪行也会被斩首示众，所以阵前万人如一，没有一人敢退缩。

“那个就是慕容舜？”裴昀眨了眨眼睛。

策马走在队伍最前方的正是吐谷浑首领慕容舜，他握缰的大手骨节突出，显得强悍有力，战袍下仿佛浸透了草原的疾风，乌锤战甲衬托得他身形巍然，肩背如铁，只是幽蓝眼眸里的神色似乎有几分古怪。身边的几名侍卫与他离得极近，马蹄几乎挨着马蹄。

裴昀压低声音：“往我们这边过来了。”

他们所在之处，正是之前吐蕃人所走的城南地道出口，穿山甲熟知地下方向，把新旧地道一齐打通，他们才能从这里出来。

黎明将至，眼看吐谷浑军队越来越近。

七

清晨半明半晦的微光中，城门缓缓打开，随着沉重的马蹄声，一支吐蕃军从城中列队而出。

“如今鄯州城已被攻克，我们的交易该兑现了吧。”慕容舜迎着晨光扬起下颌，神态间飞扬着睥睨天下的气势，眼中有一点渴盼的热度。他昂首看着曦光中的城墙，似乎这城池之中有极为吸引他的东西。

“我们说到的，自然做到。”吐蕃将领看着士兵们在草丛中搜寻，眼底毫不掩饰贪婪的光，“鄯州城中金银粮食无数，我吐蕃不会吝啬与吐谷浑子民分享。鄯州与河源只是个开始，不日之后，陇右、安西、河西，都将是我们的领土。”

吐蕃将领随即抬了抬手，立刻有数十个士兵迅速来到草丛中，分散搜寻。

不一会儿，士兵们回到马前禀报：“报，没有发现！”

“这周围的血腥气还没有散去，卢湛昨夜分明是被龙鱼所救，他们应该就在附近。”吐蕃将领面色阴沉，“龙鱼这样的神物，一夜之间能挖通百里地道，在战场上可抵千军万马，必须找到。”

“是！”士兵们领命，更多的人手持兵器分头去找。

“不是吧……”裴昀心中暗暗叫苦。眼看士兵的脚步越来越近，现在他和卢湛都受了伤，呆蠢的龙鱼竟然找不到之前的地道口了。

两股叛军有数千人，他们如果被发现，只有死路一条。

“只要一炷香的功夫，我就能再挖个小地道……”龙鱼急中生智，准备再挖一条地道。

可惜来不及了。

马蹄声越来越近，慕容舜和他的侍卫也开始四处搜寻。就在这时，草丛里传来一阵窸窸窣窣的声音，慕容舜朝士兵大声说：“搜！”

身边的士兵正要去探，慕容舜身下的骏马突然一声嘶鸣！他手中陌刀来不及出鞘，颈间一凉，长剑已经架在他的脖子上！少年纵身跃上他的马背，紧贴在他身后，晨曦中脸容清艳，慵懒笑意似带一缕长安月下的清风：“别动。”

“单于！”寸步不离的侍卫脸色一变。

裴昀横剑在对方颈前：“擒贼擒王，我若是一剑杀了你，吐谷浑大军便会成一盘散沙吧。”

“你！”慕容舜是草原枭雄，骤然受制于人，额头青筋愤怒地暴起。

“太宗贞观九年，你曾祖父慕容顺不堪吐蕃攻掠抢夺，率兵来降，被我大唐封为西平郡王，礼待有加；贞观十四年，大唐下嫁弘化公主、金城公主，加封你祖父为青海王；高宗龙朔三年，吐谷浑几乎为突厥所灭，被我大唐安置于凉州，后送你们回归故里。”

少年说出的一桩桩往事，从容而清晰，直到最后一句，他的神态仍然是漫不经心的，声音却带着一缕森寒的杀意：“大唐对吐谷浑仁至义尽，你降而复叛，言而无信，欠我大唐一个交待。”

挟持着慕容舜，裴昀的神色沉如磐石，方才的轻佻全都消失不见，和那些久经沙场、见惯生死的名将一样，没有一丝涟漪：“让他们退后。”

“都退后。”慕容舜沉声说。

“单于……”

原本呈半月形围绕护卫在慕容舜身边的侍卫们，狐疑地后撤，不甘心地退到五步开外，只听裴昀突然喝了一声：“动手！”

他话音未落，慕容舜如闪电般纵马上前，手中陌刀骤然横扫，一个侍卫的头颅顿时滚落在地上！裴昀手中长剑刺出，另一个鹰钩鼻的侍卫惨叫着被挑落马下。两人的动作快如疾风，还有一人想逃，被慕容舜持长刀追击，一刀贯胸而过！

变故只在电光火石之间，吐谷浑士兵都被这一幕惊呆了，没了“侍卫”们密不透风的“保护”，慕容舜如同脱离囚笼的雄鹰，双目骤睁，扬声大喝：“洛延等人反叛，已被我诛杀！兄弟们，大唐不曾负我，如今我等抛洒热血的时候到了！跟我冲！”

事发突然，连吐蕃人也没有反应过来。慕容舜积威已久，吐谷浑士兵对他言听计从，誓死跟随，立刻跟着他的长刀就冲了上去，和吐蕃人厮杀在一起。

裴昀跃下马背，背起伤重的卢湛，抬目望去，只见远处沙尘滚滚，在晨曦之中猎猎招展的，竟是唐军大旗！

“唐军来了！”

“是河源军！”

吐蕃军意识到大事不妙，想要撤回城中已来不及了。原本在战报中“惨败几近覆没”

的河源军，如同乌云覆顶般席卷冲杀而至。裴昀蓦地回头，看向远山金色的晨光，突然意识到——

以骁勇善战闻名的河源军，绝不可能如战报中所提的那样不堪一击。河源军并非真败，而是崔希逸诱敌之策！

吐蕃军发现自己腹背受敌时，已经太迟了。鄯州城被唐军与吐谷浑联手夺回。吐蕃军损失惨重，残部仓皇西逃。这一仗，唐军反败为胜。

清点战场时，天已经大亮了，慕容舜着急地策马朝城中而去，似乎鄯州城内有他渴盼已久的黎明。

远远地，只见唐军将士抱着一个年轻人，从清晨的薄雾中走来。

被抱着的人皮肤苍白如雪，似乎是久不见阳光，几乎能看见颈脖上淡蓝色的筋脉，一头银色长发自双肩垂下，如同曦光中的精灵。

看他的双腿，似乎是不良于行。

慕容舜的瞳孔骤然一缩，突然大叫一声，摧肝裂胆地喊："兄长！"

这一刻，慕容舜如同野狼般，跌跌撞撞地翻身下马，满脸眼泪朝前方狂奔过去，抱住年轻人的腿，草原枭雄竟然像孩子一样嚎啕大哭："兄长！七年……七年了！我们兄弟终于又相见了！"

刀光剑影，不过过眼云烟；战旗猎猎，不过心中执念。万千将士尽着铁甲，只为一人性命。

裴昀突然觉得怀中一轻，这才发现龙鱼也窜了出去。

苍白的青年抬起头来，眼中泪光闪动。龙鱼迅速窜上他清瘦的肩膀，用小爪子给他擦泪水："主人，你哭啦……"

原来龙鱼的主人，便是慕容舜的兄长——慕容歆。多年前吐谷浑战败，慕容歆被送到吐蕃做质子，囚禁至今。

清风过城，草木微摆，天终于大亮了。

卢湛与裴昀并辔策马入城，卢湛问："那时你如何知晓吐谷浑首领没有叛变，是受人胁迫？"

"看到他和侍卫策马而行的时候。"裴昀满不在乎地耸耸肩，"那些侍卫离他太近了，正常情况下马蹄绝不需要挨那么近。只有一种合理的解释，他们在慕容舜近身之处，便于控制他。而且护卫的队形在慕容舜身后呈半月形，很反常不是么？都是自己的军队，他们却在戒备身后，那根本不是正常的保护，倒像是要把慕容舜和他的部下们隔开。”

“若是你赌输了呢？”

“横竖也是死，只能赌一把，谁让我还带着你这个拖油瓶呢？”裴昀在马背上伸了个懒腰，身后春风浩荡。

卢湛没理会他的胡扯，淡淡地说：“如今看来，张相所言也有道理。当初，我还以为张相是故意针对我姐夫，不让我们放开打。”

清风流云绕城，卢湛接着说：“张相曾经追过我姐姐，你知道吗？”

裴昀不服气地执辔望天：“只是八卦而已。”

长安城曾经的确有传言，说风姿卓绝的张九龄，少年时追求卢家千金卢瑜儿，求而不得。

“张相对武将，尤其对我姐夫，总是不太友好，有了战功也很少封赏。”

“你小人之心度君子之腹。”裴昀立刻毫不犹豫地反驳，“老师心胸豁达，绝不会公私不分。”

“人皆有私。”卢湛的神色有些微妙，“张相也一样。”

“你什么意思？”本来对什么事都满不在乎的裴昀，竟然生了气，转头怒目瞪着卢湛。

“那时中书省送来的密信中，还夹了一纸私函。”卢湛从怀中取出一个纸卷，递给裴昀，“你自己看。”纸卷很小，晨光中可见熟悉的字迹，上面只写了一句话：

昀儿初上战场，若遇生死，请将军代为看护。九龄顿首。

少年的手僵在半空，眼眶突然酸胀得难以忍耐。他第一次亲历战场、受伤、杀戮、城破……从地狱中走了一遭，鬼门关徘徊了一趟，此刻想到千里之外的家，眼前浮起那个人对他温和微笑的模样，泪水几乎忍不住滚落下来。

“那时你救我，是因为老师的托付？”裴昀通红着眼眶问。

“那倒不是。”卢湛高冷地说，“我姐夫与张丞相不合，我自然是站在我姐夫这边的。不过你是我军中兄弟，我定会护着你——只是张丞相这样的人，竟然开口求人，也是千载难逢。”

到现在，裴昀终于明白了当初卢湛让他看信时微妙的神色。

人人都知道张九龄清正孤高，山岳难以撼动，却为了裴昀，写下这张“顿首[①]”的笔墨。

长安与边塞，月晴月缺，牵挂不改。

八

春夜如醉，大帐内设下庆功的宴席，美酒甘冽动人。

“当初我部族东迁入唐之时，我兄长被吐蕃人俘虏做质子，距今已有七年之久。”慕容舜俯首，向卢湛行礼，“吐蕃人抓走我兄长，全因兄长懂得饲养神物龙鱼。吐蕃人为了防止他逃跑，甚至残忍地将他的脚筋挑断，使他无法行走。今春冰破之时，龙鱼终于长成，吐蕃派使者来游说，若是我与他们联手叛唐，就放归我兄长；若我不起兵反叛，便让我兄弟无法再见。

“为了救兄长的性命，我只能答应出兵，在鄯州以城换人。可大唐于我有恩义，我于是假意答应吐蕃，从凉州起兵时飞鸽传书到河西向崔希逸将军，禀明实情。”

裴昀手握酒杯，心中霍然敞亮——原来，从一开始，崔希逸就知晓吐谷浑的立场。

所以他给卢湛的信中只说“坚守城池，断其后路即可”，没有说剿灭或平叛，这并非不信任卢湛，而是战略所需。所以一路上吐谷浑都不曾与唐军正面交锋……

鄯州城外，安营扎寨；河源佯败，诱敌深入。

崔希逸的布局不可谓不深谋远虑，唯一出乎他意料的，也许就是那条近百里长的地道吧。

若非有龙鱼助阵，鄯州城昨夜绝不至于被吐蕃一举攻破。也不会有那么多流血与伤亡。沙场之上，险象环生，一着不慎，就会扭转整个战局。

“昨夜变故突生，鄯州城破，我本想率军增援，可吐蕃策反了洛延等人，他们在我身边，名为保护，实为寸步不离的胁迫，令我无法行动。”慕容舜皱起眉，说到这里他站起身，原本冷酷的蓝眸竟露出一缕衷心的激赏，“所幸这位小将军临危不乱，竟能在危急之中决断，将我带离洛延诸人的控制，我敬你！”

“我不姓小，姓裴，也不是什么将军。”裴昀懒洋洋地举杯，一饮而尽，“你该谢谢你的马，

①顿首是一种跪拜礼仪，以头叩地而不停留，在书信中用作敬语。

驮了两个人，没有发脾气把你甩下来。”

慕容舜放声大笑。

酒过三巡，众人都有了些醉意。

走出营帐时，月明星稀，卢湛的脸颊泛起绯红的醉态，忧郁的眉眼似乎有心事。裴昀半醉地问：“怎么？打了胜仗也不开心？”

“当初姐夫给我的信，还有半截我没有看。”卢湛忧伤地说，“所幸你及时发现吐谷浑首领受人胁迫，不然姐夫该打我了。”

裴昀突然有种不好的预感，头皮微微发麻：“你的意思是说，崔希逸将军早就提示过你，慕容舜并非真正叛变？！”

“就是这样。”卢湛点了点头，醉意朦胧地摸出军书递给对方看。一共两封，一封是大战前崔希逸寄来的，另一封是今夜刚寄到的，“我刚收到的军书，姐夫说得很清楚。”

裴昀对着月光看去，还不及细读，便赫然看到第一封信被烧掉了半截。

这一刻，裴昀觉得酒意上涌：“你把当初的书信后半截烧了？军书十万火急，你竟然烧掉了一半？”

卢湛无辜地点头，颊边露出忧伤的酒窝：“姐夫这个人有个毛病，一言不合就诗兴大发。以往的军书，都是前半截写正事，后半截写情诗，他写给我姐姐的情诗很肉麻，我想不看也罢。恰好那天有个新兵不知道我讨厌羊肉，送了碗羊肉汤过来，汤还洒在信纸上，我闻到那膻味就想吐，就随手烧了纸张脏污的后半截，以为只是情诗而已……”

“我能打人吗？”裴昀简直再一次怀疑，卢将军这样的傲娇，是怎样在战场上活到今天的？！

皎皎明月之下，少年痛苦地扶额——看来，百战沙场的崔将军还不知道卢湛烧信的事。

在今夜送达的书信上，崔将军对卢湛不吝赞扬，大意是说：当初让你配合截断后路，将计就计，本来以为你会出兵大通河，想不到这次你如此深谋远虑，竟然在湟水诱敌，攻守兼备，实在出乎我的意料，虽然我的部署被打乱，焦头烂额，但仍然很欣慰你的进步，用兵竟能出其不意。

歪打正着，瞒天过海。

这一次，卢湛因为有了小将裴昀，竟成功地将大唐名将骗过了……

再看后半截，果然是崔希逸手书的情诗，而且果然很肉麻，末尾还让卢湛在他姐姐面前替自己多说好话，下次不要让他再跪搓衣板云云。

“你姐姐不是很温柔吗？跪搓衣板是怎么回事？”裴昀的槽点顿时转移了。一抬头，却看卢湛已经摇摇晃晃走到前面去了。

见过心大的,没见过心这么大的。裴昀气得发笑,头顶繁星缭乱,他醉醺醺地把信读完,目光停在信尾处。

那里的笔墨格外饱满，苍劲豪迈地写了四个字：少年可畏。

九

三月草长莺飞，一场叛乱被平定，陇右军营的气氛难得轻松。

裴昀又呼朋引伴去树林里抓野山羊、烤羊头去了。

阳光照进中军营帐，卢湛正亲笔给朝廷写战报，骨节分明的右手握着笔若有所思，良久不曾落墨。

身边的几名将领不知道主帅在沉思什么，也不敢打扰，只能面面相觑。听说当年卢湛在兵部为官时，也是文辞风流的俊雅人物，写封战报，应该不会像他们这些大老粗一样为难吧？

半晌，卢湛终于抬头，神态颇为苦恼地看了副将一眼：“那个吐谷浑首领叫什么来着？我忘了。”

“……”副将嘴角抽搐了一下，赶紧说：“慕容舜。”

弄了半天，人脸和人名才是困扰主帅的最大难题啊。两军仗也打了，酒也喝了，还定下盟约，卢将军竟然没记住别人的脸……

脸盲症患者卢湛点了点头，终于欣然落笔，边写边说：“谢了，冯都尉。”

“将军，我姓钟。”被感谢的副将泪流满面。

旁边的将领们同情地看着钟副将，其实他们知道，自己恐怕也好不到哪里去，唉。姓王姓张，在卢将军眼里，人脸和人脸都是一样的，想让主帅把每个人的名字和脸对应起来，就像让他把天上的每颗星星与地上的每头牛羊对应起来一样不可能吧？

不知道是谁在卢湛背后使了个眼色，指了指营帐角落里一个空空的酒坛……将领们目光交流，极有默契，因为他们都想到了同一件事——仗也打赢了，是不是应该学那个新来的裴昀，给脸盲症主帅一个熊抱？

“啊——”一声惨叫从卢湛的营帐里传来，巡逻的士兵吓了一跳，赶紧冲进来：“卢将军——”

上次主帅的营帐传来如此可怕的声音，还是几个月前，裴昀喝酒闯营的那一次。

这次情形似乎更为严重，一瞬间，他看到好几个身影朝主帅扑过去，可他的脚步还没迈进去，却被一股掌风内力推到门外！营帐门帘如被北风席卷，“唰”地关上了。

营帐里面传来“乒乒乓乓”的声音，似乎是东西被带翻了，还有什么滚落到地上的声音。

士兵目瞪口呆地站在营帐外，心中默默心疼主帅一万遍。

终于，营帐门帘开了。士兵一愣，只见卢湛神色如常地走了出来，手中握着他的九尺长枪。

过了一会儿，钟副将走出来了，鼻青脸肿，呲着牙倒吸着冷气。

又过了一会儿，几个将领都走出来了，有的一瘸一拐，有的捂着肋骨，一个比一个狼狈。

原来……刚才里面的声音，是卢将军以一挑四，把他们打趴下的声音？

“看什么看？没见过人走路摔倒啊？”钟副将看到士兵张大嘴一脸能吞鸡蛋的表情，勃然大怒。

“看什么看？没见过几个人摔在一起啊？”剩下的将领们也大怒路过。

“是、是。”士兵赶紧站直身体！

陇右的将领们去军医那里拿药抹伤口时，据说抱在一起哭了。

——谁再敢跟他们说要让卢将军记住脸，就上前去一个熊抱，他们跟谁拼命！

抛砖引玉
『类以诱之，击蒙也。』
——《三十六计》中的第十七计

一

今春洛阳宫中传闻闹鬼。据说有宫女夜行时听见古怪的声音，像是有人在宫墙上敲敲打打，但提着灯笼走近一看，却没有人影。传言一盛，胆小些的宫人都不敢走夜路。

宇文槑是一名新晋的中书舍人，这一日轮到他值夜。提着灯笼路过中书省外，他突然发现树下似乎有人影。

春夜梨花融融，人影修长，慵倦斜倚着池畔梨树，双足浸在池水中。

想到这些日子的传言，宇文槑有点发怵，这夜深人静的，到底是人是鬼？不过，就算是鬼，也是个好看的鬼……

读了多年圣贤书，宇文槑也有些书生的呆气，他壮着胆子走上前去，高声问："你是什么人？竟敢在中书省如此大胆——"

一个"胆"字还没说完，月亮倏然从云层里钻出来，清润辉光映照出洁白的梨花与人面，宇文槑顿时愣在原地，结巴地脱口而出："丞……丞相？"他手里的灯笼"哗啦"掉落在地上！

眼前的人正是当朝宰相、风度冠绝朝野的美男子张九龄。每天清晨上朝，别的朝臣都偶尔有精神不佳或者哈欠连天的时候，唯独张九龄总是笔直端立大殿，侧脸清冷如玉，令人肃然起敬。

而此刻，张九龄醉眼蒙眬，右手撑着额头，面泛桃花，双唇湿润，略带无辜困惑地看着他："嗯？"

池塘边月影婆娑，也比不上此刻宇文槑心里的缭乱，不不，一定是他睁眼的方式不对……

平时举止端雅得一丝不苟的大唐丞相醉眼斜飞，满脸困惑地说："今夜空中似乎有两轮月亮。"

这时，宇文槑鼻端突然闻到了一股清冽酒香，夹杂在梨花幽香中，从张九龄身上散逸出来。

“丞相……你，你喝醉了？！”宇文槑慌忙间也顾不上掉落在地的灯笼了，赶紧上前去扶张九龄。虽然已是春日，池水仍然冰冷，张九龄的衣摆濡湿了大半，身子也靠在潮湿的梨树上。

他费了九牛二虎之力，想把张九龄从水边拖走，可对方并不配合，挣扎了一下，颇为委屈地说：“热。”

人在酒意上身时觉得热，但吹了凉风会伤伐身体。宇文槑想把人拖走，可又不敢强来，虽然丞相此刻喝醉了，但平时说一不二的清冷积威仍在，他只能央求道：“丞相，这春寒料峭的，容易染风寒……”

张九龄的眉头蹙起，似乎不高兴听他的唠叨，想推开他，却醉得手脚绵软无力，这一下没有推动宇文槑，自己的身子反倒朝池水中倾去。

“丞相！”宇文槑吓得脸色大变，手忙脚乱地伸手去拉！一颗石子被他踢到，顿时滚进池塘，“哗啦”一声溅起水花。好在他眼疾手快把人拉住，张九龄才没有整个儿掉进水中。

“你拉我做什么？”张九龄醉酒的声音格外低沉磁性，神态间带着平时绝不会有的慵倦清艳，睫毛和鼻尖都沾着刚刚溅起的水珠，摆了摆头，水珠顺着脸颊一直流到颈脖和锁骨。然后，也不知是水珠撩得痒还是热，他伸出修长的手，拉了拉自己的衣襟，襟口顿时松松地散开。

丞相不要啊！宇文槑差点没一头在树上撞死。世人都说丞相国士无双，这么妖孽的模样，要是让那些仰慕的少女们看到了还了得……宇文槑赶紧拦住张九龄的手，阻止他再拉衣襟：“丞相！我扶你回去休息……”

“刚才你拉我做什么？”张九龄的胳膊被拉住，又问了一遍，三分无辜，七分好奇困惑的孩子气，好像不得到答案就会一直追问下去。

宇文槑哭笑不得：“刚才你差点掉进水里，我才出手拉住你……”

“嗯？我想凑近看看水里……奇怪，天上有两枚月亮，水中也有两枚月亮……水中有月亮，为何没有鱼儿？”张九龄醉意蒙眬的眸子渐渐泛起伤怀的水雾，“我认错了你，便错过此生……是我错了……”宇文槑不由得一怔。丞相醉酒伤心，不知是在对谁酒后倾吐，为谁误了相思？春夜的草木气息仿佛也泛起一缕离愁苦涩。见对方越醉越厉害，宇文槑心里暗暗叫苦，不知该如何应对。就在这时，他肩头突然一重，张九龄整个人已经湿漉漉地醉倒在他身上。

宇文槑赶紧连拖带抱，把张九龄架起来。

看上去略显单薄的人竟然比想象中要重得多。宇文粲满头大汗，气喘吁吁架着人往前走，只听夜色中突然传来浑厚低沉的声音："丞相怎么了？"

夜风轻拂，树影微澜，宇文粲一抬头，只见一个高大的武将从月下昂首阔步走来，腰佩金玉古刀，握刀的手修长而骨清神秀，宛如天神。

他的剑眉与眼瞳都浓黑清晰，仿佛能随时蘸着半杯烈酒，以袖中长风为刀，将清夜月光斩成几段。

宇文粲还没反应过来，对方已经利落地一只手架起张九龄的胳膊，将他的手绕到自己颈后，另一只手臂下捞，将人整个抱了起来！水滴滴嗒嗒地滴落，张九龄束发的幞巾松松散开了，乌发垂落在武将的手臂间，还有一只靴子也掉了，月下露出脚踝和赤足。

"你……"宇文粲觉得眼前的人似曾相识，突然想起几日前在为边将接风洗尘的宴席上远远见过的人，不禁脱口而出，"……你是崔将军？！"

站在他眼前的，正是不久前从边关回到长安述职的河西大将军崔希逸！

崔希逸点了点头，他神色如常毫不费力地将人抱着，下颌优美地微抬。醉得不省人事的张丞相在他臂弯中，仿佛只是一刀剪纸的春风，一片初晨的雪花，毫无重量似的。

"丞相喝醉了酒……"宇文粲结结巴巴地说，俯身将靴子捡起来，"在池塘边……"这句话后面的"发酒疯"三个字，宇文粲实在难以启齿，于是咽了回去。

"知道了。"崔希逸嘴角微弯，剑眉扬起傲慢笑意，"方才宴席间陛下不见丞相的人影，让人出来寻，丞相果然是醉了。车马就在宫门口，我差人送丞相回府。"

"哦，好……"

原来今夜是陛下赐宴，崔希逸身上也带了浓郁酒气，看来同样喝了不少，眉眼却如同被凛冽月色漂洗过，丝毫看不出醉态。

宇文粲站在原地，等他们的背影走远，正要转身回官署，低头一看，才发现自己手里还拿着一只湿漉漉的靴子……于是，接下来好几天，宇文粲都陷入了一个纠结又苦恼的难题中——

这只靴子究竟要不要还？想到张九龄平素端严的模样，宇文粲左右为难。拿了东西不还，他不敢；去还，他更不敢。

要不……等到下次丞相醉酒时再还？

二

再一次在中书省见到张九龄时，对方已经是平日的模样，持卷批阅，神色清淡。宇文粲也不敢提当日的事情，如常地请示几件要务，等事务处理完，他告辞退下时，突然见张九龄抬起头："听说前日我酒醉，得你路过相助。"

对方将手中的笔搁下，声音温和："多谢。"

"不……不客气。"宇文粲结结巴巴地说，脸也不好意思地红了。所幸对方没提靴子的事，看来已经完全不记得在水边发酒疯的事情了。

张九龄站起身来，神色略带沉吟："昨夜定鼎门城墙上，出现了一些奇怪的手印，陛下已派大理寺在查，仲庭，你可知道有何办法能在砖石上按下手印，而不使青砖破裂？"

宇文粲这才想起，他成天在纠结那只靴子，差点忘了最近洛阳宫中的怪事。

在升任中书舍人之前，宇文粲曾经在将作监右校署做过几年，对砖土与工事算得上有经验，所以张九龄才有此一问。

"据我所知，要在砖上留下印记，只有两种方法。"宇文粲思虑片刻，肯定地回答，"一种是烧砖的模具本身带有印记形状；另一种，若想留下掌印，可趁砖胚没有干透之前。"

"没有其他办法了吗？"张九龄眉头微锁。

"没有了。"宇文粲摇了摇头。

可惜这两种办法，用来解释定鼎门城墙的"手印砖"都说不通。洛阳定鼎门城墙在前朝隋炀帝时就修建完成，距今百年，砖土都已经干透。而砖体极脆，若是用外力破坏，必然会使砖石破裂，更不可能在砖石本身完好的情况下，独独留下诡异的手印。

近来宫中闹鬼的传闻愈演愈盛，宇文粲的胆子也小，喉咙动了动："听说有侍卫夜巡时看见人足的怪鸟，颜色绚丽似妖，会不会……真的是妖怪？"

"鬼怪不在地狱，只在人心。"张九龄负手而立，神色如昆仑玉山岿然不动，"此事需经大理寺彻查，再下结论。"

从中书省出来，宇文粲走在路上，只听几个官员边走边小声议论。

"这些日子洛阳城不安宁，听说有什么古怪的东西……"

"是啊，而且宫墙上好多青砖都不知道被谁按了一道道极深的手印，真是令人脊背发凉！”

宫中人心惶惶，虽然陛下严令不准传谣，但怪事这种东西，是越不让传，越有人信。

“砖上有手印不说，听说宫墙上还写了几行草书。那书法倒是形神兼美，按手印的鬼怪……估计是个风流俊雅的鬼吧。”胆子大些的人笑嘻嘻地说。

“连陛下都说洛阳宫里不妥当，夜里睡不安稳，想回长安去。只有张丞相不信鬼神，下令彻查！”

“说到张丞相，我倒知道一件风流韵事。”最先说话的人露出八卦神色，“你们听说河西崔希逸将军回洛阳了吗？崔将军的夫人卢氏，那可是长安名动一时的美女，有沉鱼落雁的姿容。听说当初张丞相追求这卢氏，可卢氏偏偏喜欢武将，拒绝了丞相呢！”

“难怪丞相与崔将军看上去不大和睦……”

宇文粲经过几人身边，听到这些议论，不由得一怔。那一日张丞相喝醉了酒时苦涩的醉语浮现在他耳边，那句“我认错了你，便错过此生”，当真是因为崔将军的夫人？

几个人都走远了，宇文粲边走边在心里纠结了一会儿，也无暇继续琢磨八卦，便赶去办自己的差事。

只留古旧的宫墙上日影斑驳，湿冷的青石路上，一缕春风不安地徘徊着。

三

早春湖光山色宜人，天子李隆基带着众臣在御苑中赏景，脸色却笼罩着一层阴霾。

“陛下，”左相李林甫适时上前，眼珠灵活地转动，“近来洛阳宫中不太平，行宫经久失修，殿中的一些大木柱还是北周时用过的旧木，距今已有数百年，多被虫蚁啮咬，砖墙历时弥久，松垮坍塌，甚至有巡逻的侍卫被砸伤，已不适宜天子居住。还请陛下移驾长安，将洛阳宫室全部重修。”

这话说出来，顿时有几名随行官员露出附和的神色，却也不敢大声宣之于众，像是谄媚的浓香畏惧清风，不由得将目光悄悄往一处地方瞟去。

那是右相张九龄所在之处。

连春日阳光似乎也格外眷顾那修长的身形，以金色柔光为笔，细致勾勒出一领笔直清丽的侧影，山峰写意，湖水沉静，园中桃李百花的颜色，在他的身前也显得黯淡。

张九龄衣冠整肃，袍袖上仿佛沾了春晨的花魂。李隆基的目光欣赏般地在他身上逗留了片刻，随即朝身边的太监抬了抬手："把朕那件大氅拿来。"

太监赶紧去取了大氅，李隆基接过，亲手替张九龄披上："洛阳御苑春意尚寒，不比长安宫中的暖阁，朕便将这件氅衣赐给卿，望卿为朕珍重身体。"

圣宠之隆，百官无不羡慕。

"谢陛下恩赐，臣身体无碍；鬼神之说，臣也从不相信。"张九龄神色静如春山，"陛下若在此时返回长安，必然助长宫中流言，使人心不定，臣还请陛下彻查手印砖之事。"

李隆基侧头问身边的臣子："傅子芮，查得怎样了？"

听到天子问话，大理寺卿傅子芮赶紧上前："回陛下！经臣等调查，出现手印砖那一夜，宫中并无任何闲人出入，只有几名修缮行宫的工匠，嫌疑最大。"

李隆基皱着眉头，示意他继续说。

"洛阳行宫从去年冬天开始修缮，将作监[①]的许多工匠参与了工事，而前些时候因为连日雨水影响了工期，将作监便命工匠们连夜赶工……出现手印砖的那晚，有几名工匠在现场，殿外便是东华墙，墙上遍布十多处手印。"

"审过了吗？"李隆基面沉如水。

"已经逐个审讯，但这些工匠要么一问三不知，要么说……"傅子芮讲到这里，迟疑了一下，似乎有话不敢说。

"说什么？"李隆基威严地直视着他。

"说自己……看见了妖怪。"傅子芮赶紧接着讲，额头上顿时冒出冷汗，"据有的工匠讲，他们看到一只长着人脚的黑色怪禽在啄宫墙，那怪鸟的喙硕大如盆……"

眼看天子的脸色越来越难看，傅子芮战战兢兢地跪下："臣……臣查案不力，罪该万死……臣请陛下恩准，再行拷打疑犯，将此事审到水落石出！"

这时，只听一个浑厚磁性的声音从旁传来，毫不留情地打断了傅子芮的吞吞吐吐："拷打又有何用？"

说话的是崔希逸，他不笑时气度威仪，此刻昂首阔步出列，目中无人地微笑，眉宇间自有一段贵族气的傲慢风流："直接把手脚砍断，扔到其他人面前，相信他们很快就会招供。"

宇文槑倒吸了一口冷气，几乎不敢相信自己的耳朵，忍不住愕然出声反驳："将军此

①唐朝在六部之外另外设有五监，即国子监、少府监、将作监、军器监、都水监，其中，将作监主管宫殿建筑。

言差矣。案情不曾查清，并无确凿证据能证明是工匠所为，怎能滥用酷刑，草菅人命？”

“书生之见。”崔希逸嘴角弯起优美的弧度，随即补充了一句，“当然，我并不是针对谁。而是说这里所有的书生，都没有见识。”

此言一出，群臣顿时一片哗然。

崔希逸的目光扫过众人，似笑非笑地落在张九龄身上：“砍掉手脚而已，何需小题大做？即便是杀掉几个囚犯，只要有助尽速查清案情，便无不可，区区人命不过砖石而已。”

“人命至为珍贵，不是砖石。大唐以礼法治国，罔顾人命，就失人心。”张九龄站在阳光下，身形单薄修长，开口时却有种平静慑人的气场，“天下人心，国之柱石，一旦摧毁，再难复原。”

“我一介武夫，听不懂书生们的大道理，但如果我没记错，这些工匠都隶属将作监，将作监的大匠卿许成濡，当初就是张相推荐的？”崔希逸微抬下颌，带着一缕明目张胆的挑衅，“由此看来——”

他一字一字地说：“此案张相理应避嫌。”

四周顿时鸦雀无声，官员们面面相觑，曾经被他们私下悄然议论的将相矛盾，一下子被推到了大庭广众，风口浪尖。

将相不和，百官噤声。

面对崔希逸的咄咄逼人，张九龄却并未动怒，眸色宁静，从容坦荡地回视：“许成濡的确是我推荐，但我荐人出自公心，无嫌可避。”

“张相，崔将军……”左相李林甫赶紧出来打圆场，“都是为了替陛下分忧，两位切勿伤了和气。”

谁知崔希逸看了李林甫一眼：“刑部与大理寺都是李相的职权吧？此案多日查不出结果，不是办事的人不力，就是管事的人渎职。早听闻李相‘弄獐宰相’①的大名，倒也不奇怪。”

百官无不瞠目结舌。乖乖，刚才那句“书生都没有见识”已经够得罪人了，想不到还有更劲爆的在后面。刑部尚书、大理寺卿可都在场，口蜜腹剑的李林甫平时更是没有人敢惹。原本他们都以为崔希逸只是针对张九龄而已，现在发现，他这是无差别杀伤，得罪人专业户啊！

李林甫的脸色也有那么一瞬间的难看，但很快就换上了浓如蜜的笑容，干笑了两声：

①《旧唐书·李林甫传》记载：太常少卿姜度，林甫舅子，度妻诞子，林甫手书庆之曰：“闻有弄獐之庆。”客视之掩口。古代生男孩子称为“弄璋之喜”，璋是玉器，而獐子是野兽，李林甫写“璋”为白字“獐”。

“陛下，唉，这……”将求助的目光投向李隆基。

天子一直作壁上观，这时见众臣都难以收拾场面，才威严开口：“朕的宰相，国之栋梁。张卿有山容海纳的雅量，李卿有缜密务实的周全，满朝文官大都是进士出身，却也不等同于他们就是迂腐书生，不明事理。太宗皇帝讲‘文治武功’，有崔将军这样的勇将镇守边关，固然令朕欣慰，但朝中文臣也是朕的股肱。崔卿你明白吗？”

崔希逸昂首上前一步，宇文粿以为他又要出言不逊，谁知他极为干脆地叩头谢罪：“请陛下降罪。”

天子神色虽然严肃，眼底却并不冰冷，倒有一丝饶有兴味，不知道是看在崔希逸战功赫赫的份上格外厚待宽容他，还是别的什么原因，便问：“既然你说大理寺查案不力，那你自己有何见解？若说得有理，朕恕你无罪。”

崔希逸直起身来，面孔上星眸璀璨，与久居长安的文臣不同，他举手投足都有种豪迈疏朗之气：“既然陛下恩准，末将便姑妄言之。陛下，此事有一条明显的线索。”

“什么线索？”天子眼前微微一亮。

众人的目光顿时都落在崔希逸身上，只听他说了两个字：“位置。”

“宫墙上那些手印砖出现的位置虽有数百处，看似凌乱，却暗藏玄机。末将在河西也曾带士兵修筑工事，知道城墙砖石有要害，攻城时，只要攻其薄弱，就能事半功倍。那些手印共有二百四十二处，处处皆在墙体薄弱的部分。”

崔希逸的话一说出来，众人都露出震惊的神色。

“我以刀鞘敲击手印砖所在之处，只敢用力三分，若用上十分力，宫墙就有倒塌的危险。”崔希逸的目光毫无顾忌地扫过众臣，“谁能对洛阳城池如此了如指掌？对城墙暗中加以标记，又有何目的？”

天子的脸色顿时变了。

唐都洛阳承袭前朝，当初隋朝营建东都洛阳，将作大匠曾经画过一张详细的图纸，测量过每一处地势，选址立意、营建规划，这幅洛阳城池构造图只有一份孤本留存在宫中藏宝阁，原本是机密，不该泄露。

寂静之中，只听崔希逸突然问：“陛下还记得前些日子的藏宝阁失窃案吗？”

李隆基自然记得，但当时他并未引以为意。

一个月前，藏宝阁失窃。据金吾卫奏报，清晨发现阁中好几门木架都被翻乱，窃贼已经不知所踪。所幸清点之后，发现别的宝贝一样不少，只缺了块吐谷浑进贡而来的龟甲。大唐藏宝阁中有许多价值连城的奇珍异宝，东海的夜明珠、西山的夔龙玉、泗水的青铜方鼎……加上各属国连年进贡的宝物不计其数，这龟甲算不得多珍贵，如果没有失窃，除了每年的例行清点，甚至都没人能想起来。

这件案子没有查出结果，但军国大事何其多，既然没丢什么贵重的东西，李隆基也很快将它抛诸脑后。

“听说藏宝阁中被盗窃之物只是一枚龟甲？一个人冒死拔刀，不砍对手的头颅，只削去一根头发，岂非太过小题大做，不合常理？行事铤而走险，所取之物却寻常，只有一个解释说得通，这失物只是用来掩人耳目的，对方还偷了更重要的东西。”

“什么东西？”李隆基眼底惊涛涌动。

“洛阳城池图。”崔希逸笃定地昂起下颌，剑眉扬起一缕春风如刀，锋利而清晰，“如果失窃的是洛阳城池图，那么一切都说得通了——因为对方并未将图取走，只是趁夜在阁中临摹了一幅，为了掩盖其真正目的，再顺手于藏宝阁中随便拿走一样东西，以便声东击西，掩人耳目。”

早春的日光还有些怯意，藏在树梢之后，浅浅零碎的温暖被风一吹便散了，凉意直钻领口与衣袖。

谁也想不到，小小的手印砖之案，竟牵涉如此重大！

“请陛下立刻加派人手加固洛阳城墙，重修所有手印砖出现的墙体，同时增兵四门城防；再重审藏宝阁失窃案，将当夜守卫藏宝阁的侍卫、值夜的宫人一一审过！”

四

中书省窗外树影婆娑，鸟声惊心。

“崔将军虽然有些才华，但未免杀气太重，而且太过傲慢狂妄。”回到官署的宇文粲仍然心有余悸。神色既是佩服，又有几分不服气。

“他不是傲慢。”张九龄摇了摇头，眼底清潭映人，“崔将军今日向陛下奏禀之事，牵涉到洛阳四门城防与禁军调动，事关重大。他如此出格行事，只是想让陛下知道，他手握重兵，但绝不会去结交朝中文臣。”

宇文䍐心头微微一震！

禁军没有发现的纰漏，被崔希逸发现了，他的锋芒如此之盛，如同华光四射的宝剑，令百官瞩目，想必也会……刺到天子的视线吧？

将相不合，固然会令帝王头疼；可将相太合，帝王恐怕夜不能寐。文臣与武将之间有些矛盾，帝王居中调停平衡，才是最为稳定的朝局。对此，天子心中有一把微妙的尺子。

崔希逸是胸中有兵法的人，如此旁若无人地行事，并非傲慢，而是智慧！

宇文䍐不禁动容，看了神色淡如水的张九龄一眼。

很奇怪，张九龄这个人一向不屑于明争暗斗，但那些连最高明的谋略者也辨识不清的迷局，他却有种独特的通透。

也许，他不是不懂权谋，只是有所不为罢了。

大理寺重审藏宝阁失窃案，几日后，果然如崔希逸所言，查出洛阳城池图被窃贼翻动过。

“丞相，洛阳城池图收藏已久，被翻动的地方因为有积灰，留下了手印，奇怪的是，那手印极小，像是孩童留下的一般——与宫墙上的手印并不相同。藏宝阁失窃那一晚，侍卫们都在如常巡逻，宫人们也在值夜，除了几个工匠称看见怪鸟之外，没有人发现不妥。而藏宝阁的大门格外厚沉，一旦关闭，里面的声音就很难被外面听到。

“除此之外，现场还发现了一样奇怪的东西。”

“什么东西？”

“羽毛。”

大理寺卿呈上来一根漆黑如墨的羽毛：“窗棂上找到的，不知是什么鸟。”

张九龄拿着羽毛，神色微微一怔。

大理寺卿继续禀报：“……至于城墙手印，这些天我们全城排查，发现不仅在宫中有，在市井也有；不仅在城防的墙上有，在尚善坊、安业坊的多处坊墙上也有，甚至东市卖豆腐、胡麻饼的商人也在自家店铺外的青砖坊墙上发现了手印。”

“连市井坊墙上也有手印？”站立在张九龄身边的宇文䍐大为诧异，忍不住开口询问。

“正是。”大理寺卿颔首。

张九龄站起身来，揉了揉眉心，似乎在思索那些被忽略的细节。

“将手印按得满城皆是，实在匪夷所思。”大理寺卿目光困惑，“莫非是为了混淆视听、掩人耳目？”

“说不通。”张九龄摇了摇头，“若是为了掩人耳目，只是做记号，根本不需要用手印的方式。这些醒目的手印丝毫算不上隐蔽，相反，倒算得上明目张胆；手印出现的地方也算不上偏僻，有些位置，甚至是宫中侍卫每日巡逻的必经之路。”

等大理寺的人走了，天已近黄昏，稀薄的残阳照进屋内，厚厚的云层如谜团盘踞在窗外。

宇文粿似乎也心事重重，见张九龄仍然拿着那根羽毛，好像仍在思索，他上前问：“丞相在想什么？”

“宫墙上的那些‘手印’，也许未必是手印。”张九龄在窗下负手而立，肩上光影斑驳，“《山海经》中记载了一种鸟名叫鴸鹕[①]，鸟爪如人的手足，能踏金石坚铁而留痕，宫墙上留下的那些酷似手印的痕迹，其实并不是手印，而是鴸鹕的爪印。”

黄昏的寂静中有种惊心，宇文粿怔了怔，对方没有回头：“我已想到了一个人，或许他懂得驱使鴸鹕，且对宫中极为熟悉。”

宇文粿的神色突然有些不自然：“丞相认为……是谁？”

春风沉淀在梨木窗棂，张九龄转过身来，面庞如同山雨欲来的楼台，又带着几分清渺诗意：“是你。”

宇文粿顿时愣住。

“一开始我尚不能确定是你，直到今日见到这枚羽毛。宫中侍卫与工匠，所见都是玄鸟；而那日你说起怪鸟时，却说颜色绚丽似妖。鴸鹕一生只忠诚于一人，遇见主人时漆黑的羽毛会变为五彩。你，便是鴸鹕的主人。”

宇文粿呆立在原地，良久，他终于颤抖地开口：“我并不是鴸鹕的主人，但我有一个朋友，他……是个妖怪。”

五

宇文粿有一个朋友，它是个妖怪，名字叫作小乐。

小时候，宇文粿问自己的父亲：“别人家的孩子都有阿爷阿娘给的传家宝，我怎么没

①《山海经》记载：……南流注于涔水，其中多鴸鹕，其状如鸳鸯而人足，其鸣自詨，见则其国多土功。

有？”一块玉、一卷书、一个碗，什么都好……反正是祖上传下来的东西就行。宇文粿家境贫寒，父亲听到他的话，为难地搓了搓手，半晌才下定了决心似地站起身：“等着。”

那天父亲摸到破破烂烂的卧房里，翻箱倒柜找了半天，给他拿出来一块砖。

砖？那块砖再普通不过，砖上按着一个深深的大手印，宇文粿把自己的小手放进去，十指伸开还不够那大手印的巴掌宽。

“这是祖传的。”父亲认真地说，“当年隋末战乱，全家背井离乡，很多带不走的东西都扔掉了，只有这块砖，你祖父叮嘱我一直背在包袱里。”

宇文粿觉得有点无趣。砖这种东西太常见了，父亲莫不是随便找了样东西来敷衍自己？

那晚宇文粿读书到很晚，就在他眼皮打架时，一抬头，突然愣住……只见一个和他年龄相仿的圆脸小男孩坐在他的床上，跟他打招呼：“嗨。”

宇文粿吓了一跳：“你……你是谁？怎么到我房里来的？”

对方指了指他的桌案——宇文粿的目光顺着他手指的方向往桌上看去，那里原本是他放砖的地方，现在空空如也，砖不见了。

“你……你是谁？”宇文粿结结巴巴地问。

“我叫小乐。”对方笑嘻嘻地说，圆圆的脸看上去很淘气。

这个叫小乐的家伙实在是个磨人的小妖精，他总让宇文粿帮他找东西，说是有很重要的东西找不到了，可又说不上来是什么东西。本来宇文粿不想理他，可是他偏偏懂得很多，上至天文历法，下至经史子集、五行八卦，他几乎无所不知，宇文粿喜欢听他讲故事，只能答应帮他找东西，来换故事听。

转眼间十年过去，小乐的东西仍然没有找到，宇文粿的学识却渐长。他的书读得好，有一半要归功于小乐——那些枯燥的经书典籍，与小乐讨论时都会变得趣味盎然，宇文粿看不懂的东西，小乐讲解给他听，就能让他豁然开朗。

开元十八年，宇文粿到长安参加进士考试。

这是他第一次到唐都长安，恢宏繁华的城池令他眼花缭乱。通关入城时，只见一直跟在他身边的小乐突然停住脚步，不走了。

这么多年来，两人始终形影不离，宇文粿从孩童长成了翩翩少年，又从青涩少年长成了俊朗青年，而小乐始终是当年的孩童模样，不曾变化，也不曾长大，像是时间在他身上悄然凝固成谜题。

“小乐，你怎么了？”宇文槑想催促他快点走，却见眼泪突然从孩童脸上流了下来。

小乐近乎贪婪地盯着每一寸景色，喃喃自语：“……我终于又回来了。”他将脸颊轻轻靠在冰冷的砖墙上，仿佛贴着情人的脊背，热泪盈眶。

宇文槑愣了，小乐他……曾经来过长安？

那一年，宇文槑金榜高中。

放榜唱第时，宇文槑心情激动地立在下方等候，只听时任吏部侍郎的李林甫拿着新进士名册，对着他的名字高声念：“下一个，宇文呆。”

被叫成“宇文呆”的宇文槑目瞪口呆，旁边的副考官满头汗水地提醒：“李侍郎，那位考生的名字……读‘没’，宇文没。”

李林甫仍然笑容可掬，没有说什么。可几日之后，那位副考官就没了。

——不知道是办砸了什么差事，被罢了官，流放到瘴南之地。

从那之后，宇文槑就知道，李林甫这位白字先生手段腹黑狠辣，招惹不起。

宇文槑出身贫寒，但运气不错，不到半年，便在将作监右校署得了一个九品官职，可以朝见天子了。

多年后，宇文槑还记得自己第一次参加早朝的情形。那天隆冬细雪纷飞，清晨早朝时，天子久久没有到来，殿外等候的许多官员都到廊下躲雪。古礼虽好，今人多不学，宇文槑也跟着众人到了廊下，回头一看，苍茫雪地里，只有中书侍郎张九龄站在原地未动。一个时辰过去，张九龄衣冠整肃如初，长身玉立，脚下的雪已有三尺深，双腿都深陷在雪中。等到太监匆匆来传旨，说这一日的朝会取消了，张九龄神色如常，从雪中拔出双足，从容离去。

遵循古礼，严谨到近乎孤高，宇文槑平生第一次见到这样的风度。

那天宇文槑回到家，对小乐说起上朝的见闻，小乐笑嘻嘻地说：“听上去挺有意思的，下次你也带我去上朝呗！”

“那可不行。”宇文槑立刻摇头，“宫中可不是随随便便能去的。按大唐礼法，我也只有每月初一、十五能去上朝。"

小乐的大眼睛里闪出一痕狡黠的光芒："你知道我是妖怪吧？"

看着对方眨动的眼睛，宇文粿突然有种不好的预感。他虽然知道小乐是妖怪，但一直不知道是什么妖怪——砖可以成精吗？宇文粿忐忑地瞅着对方："你不会是想变回一块砖，让我揣着你上朝吧？"

话音未落，阵阵凉风吹得纸窗哗啦作响，一只长着人足的大鸟突然出现在宇文粿面前，浑身羽毛花里胡哨，跟开染坊铺子似的，差点把宇文粿吓得叫出声！

"你你你……"宇文粿脸色发白，"你的原形怎么这么丑？"

"哈哈哈哈！"小乐清脆的笑声从怪鸟身上传来，随即从鸟脖子后面探出一个小脑袋。只见他舒服地骑在大鸟身上，而那怪鸟一脸沮丧。

"你嫌弃它丑，它生气了呢。"小乐笑个不停，"这是我的坐骑，名字叫鵹鹕，宫墙再高也不怕，它会飞！"

小乐骑着大鸟出入宫中，宇文粿也管不住他，只能再三叮嘱他千万不要让别人看见。

一开始小乐还遵守约定，只在夜深人静的时候悄悄出去玩，后来陛下从长安摆驾到洛阳，宇文粿的官职也从右校署令升迁为中书舍人，不必等初一和十五，可以每日入宫上朝了，小乐则常常成天不见人影。

有一次月明如昼，小乐回来得格外晚。

宇文粿睡得迷迷糊糊的，一睁眼看到小乐坐在烛光中，神色似悲似喜。他揉着惺忪的睡眼起来，关切地问："怎么了？"

"我在洛阳宫中遇到了一个人。"小乐的眼睛里烛火跳动，"我终于想起来自己要找的东西是什么了。"

这一下，宇文粿顿时睡意全无："是什么东西？"

"一把钥匙。"小乐清晰地说，"很重要的钥匙。"

"你找到了吗？"宇文粿睁大眼睛。

"找到了，就挂在那个人身上。"小乐的眼底涌出缥缈烛光，"和许多年前一样。"

"那个人是谁？"宇文粿只觉得难以置信。这次小乐却不肯回答他了，爬到床上自顾自地去睡觉。

宇文粿翻来覆去睡不着。看小乐的神态，像是找到了失散多年的情人似的……宫中的女子只有宫女和妃嫔，身上挂着钥匙的，多半是宫女。不不，总不可能是侍卫吧？可妖怪重口也说不定……宇文槑的脑子里乱糟糟地转过各种念头，几乎彻夜未眠。

洛阳宫中闹鬼的传闻，就是从那时开始的。

一开始，有宫女夜行时听见古怪的声音，像是有人在宫墙上敲敲打打，后来，便有侍卫亲眼看到一只长着人脚的硕大怪鸟在啃宫墙……

听到同僚议论的时候，宇文槑心中顿时有不好的预感……不会是小乐吧？

那天不是宇文槑值夜，他跟同僚换了班，提着灯笼走过宫中，只见一只大鸟星夜翱翔而至，停在宫墙上。

而小乐正饶有兴味地提笔，在宫墙上恣意挥墨。

月华如练，小乐看到宇文槑也不吃惊，从墙头轻捷地一跃而下，笑着跟他打招呼："嗨。"

"……"宇文槑嘴角抽搐了一下："果然是你。"

只见那只怪鸟鵹鹕蹲在宫墙上，"吭哧吭哧"地啃砖墙，啃得碎末纷纷掉落，宇文槑又气又急地问："你们在干什么？"

"鵹鹕在磨牙而已，"小乐耸了耸肩，理所当然地说，"不会把宫墙啃塌的。"

磨牙？宇文槑脸色铁青地指着身前的墙问："那些手印又是怎么回事？"

"鵹鹕磨爪子而已。"小乐转过视线，似笑非笑地摸了摸下巴，似乎隐瞒了什么，"说起来时间有点久，洛阳城池有些地方我记得不太清楚了，下次得找一张城池图来看看。"

他侧头问宇文槑："你知道藏宝阁在哪里吗？"

宇文槑头皮顿时一炸，他还想打藏宝阁的主意？谁知小乐看到宇文槑难看的脸色，笑眯眯地说："放心，我有办法，不会有危险的，也不会惊动守卫。"

几日之后，春雨淅淅沥沥地落下，洛阳宫殿之上的天色一片清冷肃杀，藏宝阁失窃了。

面对宇文槑惊恐的质问，始作俑者小乐无辜地歪着头说："我本来是没有留下什么痕迹的，可是洛阳城池图藏得太好，不容易找，所以我把里面弄乱了一点点。"

他口中的"弄乱了一点点"，让侍卫和内臣们清理了整整三天，才把东西都摆放回原位，清点出失物。

宇文槑只觉得心惊胆战，自从小乐遇到了他口中的"那个人"之后，行事就越来越大胆古怪。

"你到底想做什么？"宇文槑忍不住问。

“我要做一件冒险的事。”小乐狡黠地眨了眨眼睛，眼底似乎有百年红尘滚滚而过，笑意温柔而危险，“可惜最近雨水太多，要等大晴天，干燥时才能做。”

宇文琛的心剧烈地跳动，有什么直觉令他不安。

他突然发现，从始至终，自己并不曾真正地了解小乐。

六

“噫，好像听到了什么了不得的故事？”一个熟悉的声音从头顶传来，“也就是说，连你也不知道，你那个小伙伴的真正目的？”

宇文琛悚然抬头望去，只见崔希逸坐在屋梁之上，好整以暇地俯瞰着下方。今日他脱了戎装，一身锦缎玄衣华贵照人。

宇文琛顿时脸色发青：“崔……崔将军！你怎么能在梁上偷听？”初次见面时，他觉得崔希逸威仪赫赫，大有名将的风采，此刻看他的举止，眼角眉梢都带着极不安分的优美，倒像是个纨绔的登徒子。

“大门不让进，我只好走屋顶。怎么，不欢迎？”崔希逸从屋梁上一跃而下，朝张九龄抬了抬下巴，“张相，不说我都差点忘了，别人都说你的酒量千杯不醉，上次宴席和我喝了几盏，怎么就被放倒了？”

“……”

“还有，上次你喝醉了酒，我把你从凤池抱到了宫门口，值夜的宫人可都看见了，也不见你来谢我。”

见张九龄面带隐忍之色，并没有搭理他的意思，他上前凑到对方跟前，一脸遗憾：“啧啧，酒醉的样子挺可爱的啊，清醒的时候变得无趣了呢。”

张九龄忍无可忍地斥了一句：“将军慎言。”

“我说事实而已，怎么就言语不慎了？莫非丞相白白有大好的名声，其实只喜欢听甜言蜜语，听不进真话？”

这下宇文琛算是看出来了，崔希逸是在跟张九龄抬杠。窗口光影缭乱，只听崔希逸笑吟吟又补了一句：“当然，要是丞相喜欢甜言蜜语，我也会说。毕竟，对着美人儿说几句好话，也会让人心情大好，想当初我就是靠着能哄得我家娘子开心，才娶到她的。”

听到这话，宇文琛心里微微“咯噔”一下，忍不住瞟了一眼张九龄，却见对方神色坦然如常，并无丝毫儿女私情的伤怀。

——传言丞相追求卢家千金而不得，可如今看来，似乎并不是那么回事。世间许多事，被世人误传得绘声绘色，可其中真实的，又有几分？

崔希逸似笑非笑，深深打量着张九龄，突然挑起剑眉："丞相，说起来，我一直看你挺不顺眼的。"

他认真地说："你的诗写得比我好。"

张九龄回过头来，脸上的表情明显在说：你还会写诗？似乎是头一次听说崔希逸有这样的雅趣。

"……"崔大将军觉得自己受了侮辱，立刻从怀中掏出一张纸卷，证明自己会写诗，"那当然！"

那纸上确实写了一首他给自己夫人的情诗：思君心难耐，一刻不能留。野鸭大如狗，相思大如盆。

崔希逸的字写得银钩铁画、矫若游龙，配着这样惨不忍睹的诗句，简直暴殄天物。换了涵养稍差的人，只怕要一句"狗屁不通"送给他。张九龄忍了又忍，竟然只是清淡地说了句："将军果然是会写诗。"

"那是自然！"崔希逸马上来了精神，"你那个'思君如满月，夜夜减清辉'，写得还不赖，就是气魄小了点，打仗已经够劳神费力的了，写情诗就要直抒胸臆，你说这相思就得大，比碗口还大，比盆还大！"

张九龄扶额转过身去，崔希逸以为他是默认了自己的观点，满意地把情诗收好，高高兴兴揣起他那比盆还大的相思，昂首阔步跟了上去。很奇怪，气质这种东西，在崔希逸身上似乎就是专程用来糟蹋的，偏偏他天生剑眉星瞳，神态又带了贵族气的高傲，再怎么糟蹋，依然不丑。

张九龄在前面走，崔希逸和宇文粿跟在后面，往皇城南门走去。据宇文粿说，他也好几天不曾见到小乐的踪影，最近一次看到对方，还是在皇城南门，那时小乐趁夜在墙角挖着什么，他也没看清。

几人来到南门。张九龄也许是走得急了，脚下微微一晃，崔希逸从旁扶住他，笑挑剑眉："今天没有喝酒吧？怎么，丞相若是还需要我抱到马车上去，只管吩咐。"

张九龄没有理会他的调侃，目光突然直直地盯着地面，抬起眸子："这里有硫磺的味道。”

空中飘散出一股淡淡的硫磺味，墙下的泥土带着新翻的痕迹。崔希逸蹲下身来，用刀鞘敲了敲墙体，墙角确实被人挖动过。他伸手去摸青砖，指腹间顿时沾了一些暗黄色的粉末，他将粉末放置到鼻下闻了闻，面沉如铁：“这是火药。”

犹如平地惊雷，宇文槑的神色骤然一变，僵立在原地：“什么……”

这一瞬间，他的脑子里浮现出小乐笑嘻嘻的模样：“我要做一件冒险的事，可惜最近雨水太多，要等大晴天，干燥时才能做。”

金吾卫很快闻讯赶来了，崔希逸几乎是咬牙切齿地命令：“挖！”士兵们立刻上前，将墙根的泥土挖开。

随着越挖越深，士兵们脸上都露出惊惧神色，崔希逸的脸色也越来越难看——成筒的火药一排排用引线精巧地连在一起，暗红的引线埋在干燥的荒草之间，如同草丛中毒蛇的信子，危险地挑衅着，延伸向远方。

宇文槑的脑子里“嗡”的一声！小乐竟然在洛阳城的十二座城墙中都埋下了火药！

“砍。”崔希逸眼底杀气骤现，一片血红，“把引线砍断！”

“是！”士兵们立刻领命纷纷举刀砍去。出乎所有人意料，那看上去仿佛根本不堪一击的细线，竟然在无数刀剑下纹丝不动。

“报将军！砍不断……”

不等对方说完，只见空中凛冽寒光一闪，崔希逸一把拔出腰畔的昆吾刀，猛地砍了下去！饮血沙场的名刀，斩落在那纤细的引线上，如暴虐猛兽咬下猎物柔弱的颈脖，众人甚至感到脚下的大地在微微震动，地上一块半人高的巨石应声而裂！

可那细细的引线，仍然纹丝不动。

崔希逸的脸色，这时才真正变了，巨石碎裂在脚下，血色城池在他眼底崩塌。

火药埋在城墙下，砍不断引线意味着什么，他很清楚。若是这些火药一起爆炸，只怕转瞬间便是成千上万的伤亡……

只听他身边的张九龄开口了，声音像是烈火中的清水，沉静威仪：“谢统领，你立刻飞马驰报，传令全城守卫士兵，在四方城门疏散百姓！”

“是！”

“宋都尉，你立刻进宫禀报陛下，并请陛下调动禁军，速到东、西、北三门排查火药。”

“是！”

张九龄的话音不高，听在众人耳朵里，却每一个字都清晰可闻：“崔将军，请你——”

“明白。”不等他说完，崔希逸便默契地点下了头，神色郑重。这次他并未和对方抬杠，朝士兵们沉声喝道：“其他人都跟我来！”话音落时已翻身上马，在夕阳下举起光华如血的宝刀，刀锋杀气如霜，“若是有人趁机作乱，杀无赦！”

比城墙坍塌更为可怕的，是逆贼趁乱而起。

七

黄昏渐暗，远山一缕流云不散，像是谁在天地间抓出一痕血色执念。

张九龄策马在暮色中，握着马鞭的手冰凉，声音微带喘息：“百姓疏散得如何？”

迎面而来的将领满头大汗，拱手禀报：“禀丞相，只剩下东市还有百姓没有疏散！”

“去东市。”张九龄毫不犹豫地一扬马鞭，在新月中绝尘而去，疾驰向不可知的黑暗。

大唐虽然实行宵禁，但得在二更天的“闭门鼓”敲响之后，街道上才会杳无人迹，此刻夜幕初降，还有不少在街上徘徊的百姓。

等张九龄策马赶到东市，士兵们已经将百姓疏散得差不多了，只有一个粗布麻衣的妇人不肯离开：“我家阿宝去买烧饼了，官爷，让我在这里等他吧。他才八岁，我得等他，阿宝他不认识回家的路……”

士兵们怎么劝说她都不听，只是摇头：“我要等阿宝！等阿宝一起走。”

张九龄策马来到她面前，脸色因奔波而有些苍白：“这里太危险，大娘你先离开，孩子交给我们去找。”

也许是因为对方气度高华，声音温暖笃定如山岳，无端有种安定人心的力量，妇人犹豫了一下，终于跟着士兵，一步一回头地离开。

月华如同轻纱笼罩着天地，夜色中没有刀声剑影，却混合着火药与铁锈的危险味道。

“丞相！那边危险……”

张九龄将士兵的呼喊抛在身后，策马朝城墙方向去寻找孩童。凉风灌进肺腑，令他的胸膛微微起伏，喉咙里隐有血腥气。

城墙高高危立，仿佛一个安静如铁的陷阱，等着诱捕一个久违的梦境。

突然，张九龄的马蹄停住了。

城墙下的阴影里，一个小男孩孤孤单单地站着，右手背在身后，似乎藏着什么东西，夜色中看不清表情。

张九龄猛地勒住马缰，翻身下马。就在这时，只听身后远远传来孩童的呼喊声："阿娘！"数十丈开外，那对母子相拥喜极而泣。原来，去买烧饼的孩童阿宝，已经被士兵们找到了。

那么，眼前的小孩又是谁？

站在城墙下的孩童穿戴得整整齐齐，长了一张讨人喜欢的圆脸，神色天真无辜，歪着头打量着张九龄。

"丞相快走！"崔希逸的厉喝声从身后传来。

衰草之间，一点火星在枯草间缓缓爬行着，颜色刺痛人眼。

引线在黑暗中爬行，越来越近，不远处的孩童脸上带了一缕戏谑且满足的笑意。

就在这一瞬间，孩童稚气的声音在黑暗中轻柔而危险地响起："嘿，要炸了哦。"

"轰——"

一声巨响传来，耳边轰鸣，那一瞬间张九龄几乎要失去意识。

可预想中的疼痛与死亡并没有到来。

等他从耳鸣的晕眩中缓缓睁开眼睛，城墙仍然伫立在夜色之中，而空中突然绽开了五彩的烟花！

盛大而辉煌的焰火将十二座古城门齐齐照亮，洛阳一百零三坊同时醒来，刹那间，宽阔的天街如同银河璀璨流动，西面的涧水，北面的邙山，也都骤然映带成天地间一笔浓墨重彩。

张九龄错愕地仰起头，苍白的脸上露出难以置信的神色。

焰火纷飞如雨。

华光流彩中，只见那个圆脸孩童一蹦一跳朝他走来，身后是烟花绽放的夜，是黑暗中被唤醒的城。古旧的城墙上朱漆一块块似往事剥落，东都洛阳城似乎在无声倾吐，让一个古老而璀璨的秘密，与烟火一起盛放，让一句承诺锲入青石，不随生死而更改。

两人相距不远，只是十几步的距离，那一步步走来的孩童竟在不断地长大！脚下仿佛踩着时光瑰丽的魔法，顽皮的脸孔在月下从孩童变为少年。少年的身量迅速长高，脸庞从青涩变为俊朗，下巴渐渐生出胡茬，不过眨眼之间，青年的鬓角便染上点点霜白。

这只是短短的路程，步履匆匆，仿佛半生回眸凝练成这一瞬；这又是长长的凝望，相思悠长，浮光掠影如幻梦层层剥开。

夜色如谜，月光离奇，等走到张九龄面前时，那稚龄孩童已经是一个花甲老者。

老者站定在那里。

长长的一生，就这样走完。仿佛只要有某个人在眼前，就不觉得遗憾。

“我来了。”须发皆雪白的老者，不变的是圆脸上顽童般灿烂的笑容。他将背在身后的右手伸出来，手中拿着一支五彩的烟花，“这个给你。”

语气如此温柔随意，像是久未见面的故人。

“我来迟了百年，不过，这枚钥匙绝不会错。”老者指了指张九龄胸前，单薄的春衫遮蔽之下，锁骨处贴身挂着一枚玉饰，精巧而别致。用蓝田玉打造成钥匙的形状，带着张九龄的体温——那是祖传的护身玉。

“茗泉，我答应过你，带你看烟花。”老者仿佛在对着那枚玉钥匙喃喃自语。

“你……”张九龄怔了怔，“怎会知道曾祖母的闺名？”

沈茗泉，出身长安名门，在隋朝时举家被流放岭南。

“原来如此，”老者深深凝视着他良久，终于大笑，“你长得真像她啊，性子也是一样的固执。我叫宇文小乐，是茗泉的故人。”

这一刻，所有的秘密都如同溪流汇聚成海，听到那个如雷贯耳的名字时，张九龄顿时什么都明白了！

洛阳城池图只有一轴孤本，在洛阳藏宝阁中收藏，可还有一处藏图，既不在宫室，也不在任何人手中，只在一个人心中。

那便是这座城的建造者。

“宇文先生。”崔希逸眼前一亮，持刀大步上前，朝老者行了一个大礼，“原来近日洛阳种种奇事，是先生所为。”

宇文恺，字安乐，隋朝工部尚书，长安与洛阳两座都城的建造者①，数百年来最伟大的将作大匠，没有之一。

长安建筑巧思绝伦，洛阳行宫极尽瑰丽。宇文恺不仅懂得建造与城池规划，而且诗

①隋都长安与洛阳在唐朝时仍然沿用。

酒风流，是名噪一时的才子。他博览群书、学识渊博，用《易经》的卦辞作辅，让恢宏的中轴、十二条街道、一百零三座城坊与天上的星辰相对应，才能建造出这旷古绝今的城池。

宫室之美，在建筑本身，也在建造者的胸襟与情趣。

宇文恺二十七岁便建造了长安城，成为年轻的大匠。他唯一遗憾的是，建造了那么多的宫殿与城池，却不曾为她建造一座小小的府邸，一个属于他们的家。

当初两人相遇于长安早春，谦谦君子，窈窕淑女，虽然没有许下白头之约，但彼此心知，两情相悦。他赠她玉钥匙，为她敞开心扉。若非彼时世道丧乱，他家中遭逢变故，而她亦不幸随父一起被流放岭南，甚至来不及道别，他决不会错过与她约定的那一场烟花。

约定之日再去寻她时，却已人去楼空，伊人无踪。从此遍访山川，几度鸿雁，却再无消息。那是宇文恺人生最难过的一段，他发现，自己手中的砖石突然之间都失去了生命，变得僵硬。

爱一个人，与建一座城，都曾那样用心营造，期待时光久远，坚固如初。

可是剩下的似乎只有一个人回忆。

后来慢慢地，他又找回了微笑，城墙不是用来困守的，回忆也是。他会还她一场烟花，无论在今生，还是来世。

心愿不了，神魂不散。

洛阳城历经雨雪风尘与朝代更迭，这座城是他亲手所造，他清晰地知道它的每一处脉络与骨骼，知道城池脆弱的地方。

砖石上那一道道手印，并非是为了破坏，而是为了提醒今人隐患所在之处；墙根埋藏的焰火，在当年建造东都洛阳之时，就用机关藏匿其中，如今不过是重新打开而已。打开心愿与梦境，重续当初的约定，与春日渭水边的少女共赴这一场盛大的烟花。

“这个给你。”宇文恺将那支烟花递给张九龄，他的指尖渗出彩色火光，右手在夜色中渐渐变得透明。

“……”张九龄意识到了什么，眉心微折出一痕愕然。

空中璀璨的烟花已接近尾声，热闹非凡的夜空归于清冷寂寞。再盛大的烟花，也会燃尽，就像一场轰轰烈烈的人生终会归于宁静。

终于，所有的光芒都暗了下来。

只有宇文恺手上那支焰火还在燃放着五颜六色的微光，像是许多的小星星遗落在人间，流落在恋人的眼眸心上。

“我得偿所愿，就要消失了，这是最后一支烟火。”满头白发的宇文恺像孩子般笑着，布满皱纹的手握着光。

张九龄怔怔地伸手，将烟火接了过来：“曾祖母她……是个怎样的女子？”

“她的美，岂能形容？”宇文恺放声大笑，笑意释然洒脱，温暖而快活。

漫天星光之中，宇文恺的身影渐渐变淡，他是笑着消失的：“若非丧乱离别，我真想看到她白发苍苍的样子啊。”

我心如顽童，我心如顽石。

隐藏在这座坚固城池里最温情的部分，是我对你的爱意。

金蝉脱壳
「存其形，完其势；友不疑，敌不动。」
——《三十六计》中的第二十一计

一

卢湛实在想不到，自己有一天会被下属活埋。

这是一个数丈深的大坑，坑底有积水，倒映着破碎的冷月，周围是荒僻的丛林，杳无人烟，他被一张大网捆得结结实实，扔在坑底。

一名身着黑色铠甲的士兵拿着铁锹，正面无表情地朝坑里填土，碎土纷纷掉落在卢湛脸上，带着土腥气的沙砾渗进了他的嘴角。死也该死个明白，他吃力地扭动颈脖，忍不住朝上面问："为何杀我？"

对方手中动作并没有停，冷笑问他："我是谁？"

"……"这个简简单单的问题竟难倒卢湛了。身为陇右将军，他武功枪法虽好，却有严重的脸盲症，军中很多士兵他只觉得面熟，姓名却叫不上来。

"事到如今，你甚至叫不出我的名字。"对方的笑意狠厉中有点苦涩，"也好，如此一来，我便不需要有什么负担。"

更多的碎石泥土无情地朝卢湛身上头上砸落，他的身子大半被土埋住，粗重地喘息着，呼吸渐渐困难。是谁……这个士兵叫什么名字？为什么要杀自己？如果能想起来，是不是还会有一线生机？

死亡逼近时，人都有求生本能。卢湛挣扎着不让神志模糊，努力撑开沉重的眼帘，只见坑底冷月如线，细细映照出泥土里的一样东西。

看上去像是随着土渣从士兵身上掉下来的，那是一柄黑色的小刀。

这把小刀，卢湛认识。

二

卢湛这个人很挑食。

他虽然不喜奢华，但在"吃"这件事上极难伺候。忌荤吃素不说，军营里大家喜闻乐见的蒸饼、毕罗、寒具……他统统不爱吃，更不用提羊肉汤、乳酿鱼、卯羹、虾炙这些他绝对不碰的荤食。

陇右军营里资历深点的士兵们都知道，有一次沙场练兵时卢将军突然从马背上一头栽倒下来，士兵们都吓了一跳，大家一开始以为主帅遭了暗算，等军医慌慌张张赶来把脉后才发现……是饿的。原来的伙夫长告了四天假，临时顶缺的新伙夫长做菜不合口味，卢将军每顿饭几乎没动筷子，加上他性子高冷，又有洁癖，从来不和士兵同桌吃饭，大家也早就习惯了，没人敢在吃饭的时候打扰他，自然也没人发现他们的将军大人就这么愚蠢地饿了四天。

从那之后，伙夫长都不敢请假，怕一不小心落下谋杀主帅的罪名。

挑食如卢湛，倒也并非没有喜欢吃的东西。至于这东西究竟是什么……

这是秘密。

陇右的春天到来时，卢湛会独自到后山树林里去，连侍卫也不带，不知道一个人去做什么。忘了说，卢将军虽然挑食，人却长得很标致，脸孔是有下眼睫毛和泪痣的清秀，平时一张俊脸冰封雪藏，偶尔笑起来颊边有笑涡。

在士兵们心目中，卢将军对他们还是不错的，除了认不清他们的脸之外。

这天，就在卢湛独自吃饭时，耳边突然传来一个结结巴巴的声音：“卢……卢将军。”

卢湛抬头看去，只见眼前站着一个模样普通的士兵，穿着黑色的铠甲。

“有事？”卢湛放下筷子。

士兵的手粗糙，但洗得很干净，双手捧着一个干干净净的陶罐，递给他。

“这是什么？”卢湛没有接。

“我……我采的。”士兵跟他说话似乎格外紧张，脸也红了，“蜂蜜。”

怕卢湛没听清，他又补了一句：“比槐花蜜还要香甜，我在山坡后采的。”

陇右高大的槐树、桦树上，常有野蜂筑巢，蜂蜜的味道格外清甜。春夏两季，卢湛便仗着一身好轻功，自己爬上树去割蜂蜜。他以为每次去割蜂蜜时只有他一个人知道，却不知道这名士兵是怎么注意到的。

嗯，没错，卢湛喜欢的食物就是蜂蜜。

士兵给的蜂蜜，与卢湛以前尝过的都不同，颜色是罕见的莹白，味道美好而奇妙，像是经过冰雪的封藏，甜中多了一丝凛冽滋味，甚至还有一缕莫名的熟悉。

这么好吃的蜂蜜，是在哪个山坡后采的？卢湛很想知道答案。

他准备找士兵来问个究竟，可再仔细想了又想，才发现……自己并不知道对方的名字。

到了下一次吃饭时，卢湛试图凭着记忆找到当初给他蜂蜜的士兵，可脸盲症的他在人群中茫然了一会儿，又茫然了一会儿，终于放弃了徒劳的辨认……如果下次士兵再来，卢湛想，他一定要记住对方的脸。

可是，那个士兵再也没有出现。

三

陇右边陲是兵家必争之地，西有吐蕃，北有突厥，最近接连发生的几场战事，让卢湛觉得自己身边有奸细。

入夏以来，唐军和吐蕃打了几仗，卢湛的部署算得上缜密，可每次都不巧，半步之差被敌人抢了先机。这还不算，一次他带着先头部队在城外巡查时，竟然中了吐蕃军的埋伏，若不是他手中一杆长枪悍勇，拼死突围，差点就被吐蕃人给生擒了。

是谁泄漏了他的行踪？卢湛想不出来。兵将们在他眼里都长得差不多，就算平时有蛛丝马迹露出来，他也无从辨认。

更倒霉的是，暗潮汹涌的时刻，卢将军还感染了风寒，整个人都头重脚轻。

不知是夏夜蝉鸣聒噪，还是生病的缘故，卢湛一连几夜都睡不安稳，夜里身上总被冷汗湿透。

直到这晚天气转凉，他做了一个奇怪的梦。

梦中似乎下着雪，大地黑白斑驳如棋局，一头金色皮毛的怪兽行走在雪地里，摇摆着分叉的大尾巴，半透明的双翼遮天蔽日。似乎有个熟悉的声音大喝一声，鲜血飞溅，一杆长枪扎进怪兽的身躯，怪兽咆哮着怒吼。

那杆枪，竟是卢湛自己的长枪！

卢湛冷汗涔涔从梦里惊醒。他经历过无数场战役，也曾无数次策马挥枪，但他并不记得，自己曾经与一头长着双翼的怪兽对决。

醒来之后再睡不着，卢湛披衣起来，走到营帐外，黎明前的星子浅淡，他看着自己手中的枪，上面似乎隐有陈年的血迹，抹不去一场场战役留下的记忆与痕迹。

——这其中，是否有他已经忘记的恩怨？

月光照着山河与大地，仿佛也能照亮人们心中那些永不生锈的秘密。也许是风寒侵入肺腑，卢湛的胸口倏然有一点痛，像是被什么东西刺了一下。

就在这时，营帐旁的树丛里传来窸窸窣窣的动静，似乎有黑影一闪而过，卢湛神色一凛，提着手中的九尺长枪，快步上前。

黑暗中树影如魅，他用枪尖挑开草丛，里面空空如也。

夏夜寂静无声，只有他手中长枪的寒光，月下阴森的孤影。方才的气息和脚步声突然都移到了身后，卢湛猛地回头……一阵凛冽的掌风骤然从身侧袭来！不等他看清偷袭者，便被一掌劈在颈后，失去了知觉。

等卢湛再醒来时，已经被一张大网捆得严严实实，扔在一个山洞里。

山洞里伸手不见五指，只有单调得令人头皮发麻的水滴声。卢湛环顾四周："有人吗？"

没有人回答他。

四周是浓得化不开的黑暗，山洞里只有令人毛骨悚然的回音：有人吗……有人吗……

卢湛就这样被绑在山洞里三天三夜，看不见光，也没有食物，只有洞壁滴下来的水勉强解渴。

对他来说，最可怕的还不是饥饿，而是黑暗中那单调的水滴声，像是某种永无休止的责备和刑罚，宣判着时间的流逝，逼迫着人精神崩溃。卢湛凭借多年行军的毅力，闭上眼睛，强硬地与孤独和绝望对抗。

不知道过了多久，耳边突然传来脚步声。一开始他以为是幻听，后来那脚步声越来越清晰，卢湛的眼睛猛地亮了。他被绳索捆绑得不能动弹，被饥饿折磨得浑身乏力，并不知道来者是敌是友，但是，对"有一个人出现"的期待，甚至超过了获救的渴望。

他声音嘶哑地问："是谁？"

对方没有说话，只是将他拖出了山洞。外面山风凛冽，黑夜像绸缎一样铺展在群山之上，温柔的星光落进卢湛的眼睛里。历经囚禁与黑暗，他终于再一次呼吸到了山风，看见了星光——也看清了眼前人的模样。

那人穿着唐军将士的铠甲，脸孔普普通通，卢湛只觉得似曾相识，却想不起来在哪里见过。

士兵粗鲁地一抬手，把他推进一个大坑里："是我把消息泄漏给吐蕃人的——你可知道我是谁？"

卢湛狼狈地摔到坑底，浑身痛得几乎散架，更难以忍受的是坑底的土腥气，让有洁癖的他晕眩欲呕，但他实在想不起来对方是谁，更不知道对方为何要杀他。

"事到如今，你甚至叫不出我的名字。也好，如此一来，我便不需要有什么负担。"士兵冷笑。

碎石泥土无情地朝卢湛身上头上砸落，一寸寸将他活埋，他粗重地喘息着，呼吸渐渐困难，蒙眬的视线中看到了一样东西。

那是一柄黑色的小刀，他认识这把刀……竟是他自己的旧刀！许多年前，曾与长枪一样与他形影不离。

前尘旧物，遗失多年，星夜重现。

对方手中……怎么会有这把刀的？

卢湛干涩发烫的喉咙里堵着太多的疑问，可这时他已经说不出话来，无法呼吸到空气，胸腔快要裂开，依稀听到上方似乎传来兵刃交接的声音，像是有人在打斗。

然后是一声大喝："握住！"

夜空中银光一闪，一杆长枪凌空投掷下来，正是卢湛自己的枪！

卢湛拼尽全力握住枪杆，就在这时，一股大力猛地往上一带，泥土如雨飞溅，卢湛整个人被从坑里提了起来！新鲜空气灌入肺部，卢湛猛地大口呼吸，脸色由灰白变得涨红，止不住拼命咳嗽。

他在鬼门关走了一遭，终于回到了人间。

四

倾斜的星空在卢湛眼前从朦胧变得清晰。救他的是一个十五六岁的少年，身姿如月下雪松，笑意慵懒，右手持剑，左手扶了他一把："还好吧？"

活埋他的士兵已经逃走了，只剩满地泥土和月光凌乱。

“……不好。”卢湛饿了三天三夜，此刻心下一松，整个人几乎是脱力地挂在少年的手臂上。

“救命之恩，五百两。”少年笑吟吟地朝他伸出手，完全没有军人该有的样子，“再加上次的四百八十两，总共是九百八十两黄金。”

少年叫裴昀，是去年秋天才到陇右的新兵，姿仪美，剑法好，关键是记性好，所有见过一面打过交道的士兵，他都能叫出别人的名字，在士兵中格外受欢迎。如果说有什么缺点的话，那大概只有一个，就是不要脸。几个月前，两人刚在一场大战中经历过生死，裴昀救了卢湛的命，事后找他要四百八十两黄金，卢湛的俸禄也没那么多，于是他天天追着卢湛讨钱。

卢湛被自己的债主拎到一棵大树下：“这里离军营太远，恐怕天亮才能回去了。”

“你怎么找到这里来的？”卢湛虚弱地问。

“如果连我这么聪明的人都找不到，军中就没人找得到了。”月夜夏蝉阵阵，也比不过少年的聒噪，“咦，卢将军，你的脸色不太好啊。”

看到裴昀笑吟吟的脸，饿了三天的卢湛觉得自己快晕过去了。他有气无力地抬手想要挡开对方，谁知道裴昀突然一把扣住他的手腕，有洁癖的他本能地一缩，仍然反应不及，被裴昀的左手稳稳搭上了脉搏。

月影摇曳，裴昀看了他一眼，脸上的笑容缓缓凝固：“你中毒了？”

卢湛中的毒，是蜂毒。

少量的蜂毒对身体的害处不大，甚至有清热解表的作用，但毒素积累会令人全身麻痹。

所以这些天来，卢湛的胸口如同压着千斤巨石，他只当是风寒头晕。如果不是裴昀及时发现，也许有一天他在马背上正打着仗，就会突然摔下来，被敌军砍成肉泥。

“你最近是不是被蜜蜂蜇过？”裴昀仔细切他的脉象。

“没有。”

“那就奇怪了，你这蜂毒，分明是被毒蜂蜇过的症状。”

卢湛微微一怔。毒蜂？这一刻，他突然想起了春日里那一双粗糙但洗得干净的手，捧着干干净净的陶罐，士兵那张普普通通的脸……和今夜星光下身着铠甲的脸孔，重叠在一起。

是他!

“我想起来了——”卢湛愕然抬眸,“刚才要活埋我的士兵,我见过他!在春天曾给过我一罐蜂蜜。”

裴昀听他讲完事情的经过,一脸服气:“我说卢将军,别人给的东西,你随便就敢吃?连三岁小孩都知道,不吃陌生人给的东西。”

“那不是陌生人,是我军中士兵。”卢湛面无表情地试图挽回自己的尊严,和三岁小孩划清界限。

“哦,不是陌生人,那你可知道对方叫什么名字?”

卢湛闭上嘴不说话了。

“只要奸细穿一身唐军的衣服,想毒死你,实在太容易了。”裴昀毫不留情地指出,“你这样的家伙,到底是怎么活到今天的?”

当初舌尖清甜的余味,今夜铺天盖地的泥土……卢湛无论如何也无法把那张带着腼腆笑意的脸孔,和今夜要活埋他的杀手联系在一起。

实在太过疲惫,他迷迷糊糊地靠着树睡着了。不知过了多久,卢湛睁开眼,只见少年生了一堆柴火,正蹲在火堆边烤肉。

那肉被竹签串着,烤得金黄流油,四周弥漫着一股烤肉味。

“你在烤什么?”卢湛皱眉问。

“老鼠。”裴昀干脆利落地答了两个字。

卢湛脸色苍白地弯腰呕吐,他胃里早就空了,只能一阵阵地干呕。裴昀津津有味地吃着老鼠肉,好奇地耸了耸肩:“吃老鼠怎么了?我自己吃,又没强迫你吃。”卢湛脸色冷如霜冻,睫毛抖得厉害,像是黑压压的蝶翅被秋风无情惊动,毫无血色的嘴唇颤抖着说:“恶心。”

裴昀满不在乎地说:“鼠肉味道不算差了,闹饥荒的时候,这可是美味,比树皮和草根好吃多了。”

卢湛像一条濒死的鱼般跌回地上,他没力气跟对方辩驳,闭上眼睛头晕目眩,可是又渴又饿,偏偏睡不着。

突然,他的脑袋被什么东西轻轻砸了一下,鼻端随即闻到一缕青涩的露水气息。

在充斥着烤肉味的空气里,这一点气息比针尖还要刺人,卢湛猛地睁开眼,一个又小又青的桃子顿时映入眼帘。

三天三夜没吃过东西，此刻的卢湛实在饿得发昏，刚才还被烤肉味摧残过的胃，此刻被这新鲜带露的青桃子一撩，简直连口水都要流出来。他抓起桃子就啃，顾不得桃子洗没洗干净，也顾不得桃子又涩又硬。

如今只是初夏，桃子还没有成熟，在荒山野岭找一个桃子，比找一只老鼠难多了。

少年嘴上嘲讽他，其实心软得很。

火堆在夜色里温暖燃烧着，卢湛边吃边看了少年一眼，神色微微动容，想说什么，终究没有说出口。

他想问，你怎会知道饥荒时草根和树皮的味道？

童年与过去，如泥沙沉淀在夜的河床里，少年说起往事时，是笑着的，眼睛里藏着星。卢湛想，应该不需要被提及吧，对方的心中自有山海广阔，不需要自以为是的清风去撩起。

就这样安安静静地坐在星夜，便是朋友，不问缘由。

“那个士兵的身份来历，我已经知道了。”裴昀嘴里叼着烤肉的竹签，笑吟吟地打破沉默。

卢湛诧异地抬眸，显然不相信对方有这样的神通。只见裴昀兴高采烈地扔下竹签，得意地跳过来：“不相信？”

“相信——”卢湛抬手挡开他，“才怪。除非你也是奸细。”

“我怎么就不能是奸细呢？”裴昀立刻来劲了，“说起来，你这么信我，不怕我真的就是奸细？”

“奸细大概没有这么穷的。”卢湛高冷地说。

裴昀眼底映着火光，笑容潇洒如月华，虽然不太正经，却十分好看：“那个人叫金文文，是个军医，老家在长安。”

金文文？

卢湛一怔，这个名字似乎在哪里听过……

“其实我是捡到了这个。”裴昀伸了个懒腰，在月下从怀里抖出一张纸卷，“对方不小心掉落在大坑旁的。”

那是一张每个士兵进入军营时都会填写的“家状”，有士兵们的姓名、籍贯、亲族信息。上面的字歪歪扭扭的，不怎么好看，卢湛接过来，目光落在地址栏上，神色突然变得古怪。

“怎么了？”裴昀发现他神色不对。

卢湛错愕地缓缓抬眸：“这个地址不是金文文的家。这是……我家。”

五

卢湛记得，小时候，家里的冬天格外寒冷。

八岁的他坐在棋枰前，手几乎是冻僵的。那时他学围棋已有四年，棋艺不弱，小小年纪在长安城的棋馆里能与大人对战，有赢有输。

若是放在寻常人家，也算是聪颖过人。可惜卢家百年来代代出围棋高手，不少子弟在年幼时便有天才的名声。他的弟弟，六岁的卢洵已能与大唐围棋国手对弈，听说对方一开始见卢洵年龄小，自然地提议让他四子，卢洵彬彬有礼地说：“先生让洵两子即可。”结果那一战下来，卢洵不多不少，赢了半目棋，令对方连声赞叹“神童”。

在弟弟神童的光环下，八岁的卢湛就显得平庸了，哪怕他也按照父亲的要求对着棋谱钻研，把下过的棋一次次地复盘，寒冬腊月冻得双手通红……可他仍然做不到。在旁人比较的目光和议论声中，卢湛努力维持着兄长的尊严，绷紧小小的脸孔，克制着那一点滚烫的嫉妒。

也有那么一些时候，小小的卢湛想把所有的棋子都推倒——推倒不再重来，转身离开。

那只是一闪而过的念头而已，如同来不及捕捉就消散的一缕轻风。

身在围棋世家，不做棋手，还能做什么？在无数的清晨与星夜，他坐在棋盘前，像是徒劳的攀登者，日复一日地跋涉。

他从来不喜欢下棋，府里的天空层层铅云压抑，如同他的心情。

直到后来偶尔有一次，卢湛开始接触到兵器。冷冷的兵器，凌空划过，轻锐刺穿沉闷的空气。

他从小有洁癖，脸容清秀如女孩，在男孩中不受欢迎，连喜欢吃蜂蜜的喜好，也会被嘲笑像女孩子。在一次次被欺负后，他想要拿起兵器保护自己。后来渐渐地，他喜欢上手中的那杆长枪，与它形影不离，仿佛那是另一个孤独的自己。

但是在父亲看来，只有学棋才是正事，只有棋艺才是最珍贵的才华，其他的技艺都是旁门左道。

那时候，来找弟弟下棋的名士越来越多，弟弟也乐于与他们对战，遇强则强，几乎没有败绩。

这年冬天下着大雪，一名东瀛棋士前来讨教。

因为弟弟卢洵的名气太大，对方指名要与小神童对弈切磋。可那天，卢洵不知道跑哪儿去玩耍了。

那天东瀛棋士在卢府中等了许久，等不到卢洵，便对卢湛的父亲说："听说您还有一个儿子，也是位优秀的小棋手，能否让在下与他对弈？"

卢湛被叫过来，来到厅堂里。

东瀛棋手的棋风十分诡谲，到中局时，卢湛便出现了失误，被对方穷追猛打，他咬牙坚持到最后，还是输了。

收拾棋子时，东瀛棋士难免有几分失望："听说令弟卢洵是天才棋手，我才万里迢迢来求一战，如今一局，实在大失所望。"随行的官员神色尴尬，似乎都觉得脸上无光，父亲的脸色铁青，叹息了一声。

卢湛在那些扎人的目光中站起来，小小的脊背挺直，努力维持着所剩无几的尊严，走出门去。

在府门口，却看到弟弟迎面走过来。

刚玩耍回来的弟弟穿得像雪人一样，戴着一双漂亮的雪狐毛手套，无忧无虑地笑着拉住他："哥哥，我今天和小伙伴们去东街了……"

"走开！"卢湛猛地甩开弟弟的手，不想再听他说下去。

那天卢湛没有回家，独自跑进风雪中。黄昏渐渐地来临，雪越下越大，人迹越来越少，大雪覆盖了来时的足迹，他发现自己跑进了密林深处，已经回不去了，也跑不动了。

瑟瑟发抖的卢湛找到了一个半人高的山洞，躲进洞里避雪。

风雪被挡在了洞外，卢湛蜷缩起来抱紧自己，牙关打着颤，不知过了多久，他迷迷糊糊地睡着了，梦里仍然皱着眉头。

梦中一会儿是层层叠叠的棋谱，诡谲的棋阵如同海浪般交错，那些失望的目光像绳索缠绕住他的颈脖，让他压抑得无法呼吸；一会儿是同龄的男孩们在玩耍，把他扔在孤零零的远处；一会儿是姐姐卢瑜儿温柔地牵着他的手去逛集市；一会儿是弟弟卢洵小时候的样子，奶声奶气地用含糊的音节喊“哥哥”……

“哥哥……”

“哥哥！”

卢湛吃力地睁开眼睛，一时分不清是梦还是现实，眼前还是他避雪的那个山洞。

弟弟卢洵头上和身上都是雪花，满脸焦急：“你终于醒了！”

“……”卢湛环顾四周，这才发现地上有点点血迹，似乎发生过一场恶斗。

“发生什么事了？”

“刚才我冲进山洞，看到一只猛兽扑在你身上，正在咬你！”卢洵脸色发白，显然心有余悸，手中紧紧握着卢湛的长枪，小脸上湿漉漉的不知道是融化的雪水，还是汗水。

“哥哥，你现在觉得怎么样？有没有哪里痛？”

卢湛怔了怔，伸手摸向自己肩头，那里红肿一片，传来隐隐的刺痛。可是……寒冬腊月怎么会有猛兽？

恐怕是他误闯了什么洞穴，惊醒了冬眠的野兽……卢湛脸色一沉，心中微凛，挣扎着起身，拉起弟弟：“这里危险，我们快走。”

兄弟二人在黑暗的风雪中穿行，深一脚浅一脚，只有彼此的体温互相取暖。弟弟紧紧靠在他身边，这一刻，有洁癖的卢湛并没有推开他。

“你怎么找到我的？”卢湛冷着脸问。

“我顺着脚印找的。”卢洵说。

“脚印？”雪下得这么大，地上的脚印应该都被雪覆盖了才对，如何会有脚印？

“小时候你带我来过这片树林，你还记得吗？那时我喜欢数地上脚印，我们一起走过的路，那些脚印，我都还记得呢。”卢洵的脸冻得红扑扑的。

那是我心里的脚印，从来不曾磨灭。

卢湛一愣，许久没有说话，任由雪花染白了他的眉毛和鬓发……他忘了卢洵是过目不忘的天才。再复杂的棋局，弟弟看一眼也能清清楚楚记在心里，更何况区区道路？

手臂上传来一阵温热，他愣了一下，猛地抓起弟弟的手，这才发现对方的右手上有一道几寸长的伤口，鲜血染红了衣袖。

“什么时候受的伤？为什么不说！”卢湛怒喝。

“不疼的。”卢洵摇了摇头，温和地把手轻轻缩回来，“那个时候看到猛兽咬你，我抓着你的枪去赶它，划破了一点皮而已。”

卢湛难以想象，手无缚鸡之力的弟弟，是怎样在危急时刻鼓起勇气赶走猛兽，又是怎样为他拼尽全力和性命。

可他才是兄长啊，应该由他来保护好弟弟才对。卢湛只觉得一股怒气和热气冲上眼眶：“谁让你逞强的？你根本就不会拿枪！下好你的棋就行了，做这种事只会让我更讨厌你！”

卢湛僵硬地挺直脊背，铁青着脸，猛地转过身去。

不，我只是讨厌这样的自己，讨厌这个不聪明、不强大、不能保护你的自己。讨厌这个根本不配做兄长的自己。

“哥哥！”

身后传来卢洵着急的声音，和急促追赶的脚步声。弟弟从小就是这样，无论多么恼人的事情到他那里，不过温柔一笑而已。可这次他紧紧抓住卢湛的衣襟，仰起脸哭了。他从怀里摸出一个小小的油纸包，打开来，里面装着一小块蜂蜜，黏糊糊的，不知道在怀里揣了多久：“哥哥对不起，今天我不该出去玩……我，我出门去集市，是因为听说那里有西域胡商在卖蜂蜜。冬天别的地方都买不到蜂蜜，哥哥吃不到喜欢的东西，才会很久不笑吧？”

雪花落在蜂蜜上，弟弟冻得通红的小手颤抖，大颗的眼泪落下脸颊。

“哥哥……”卢洵哭着说，“我好怕再也找不到你。”

鼻子酸胀得难以忍耐，眼泪终于从卢湛的眼里夺眶而出，他维持了那么久的尊严与冰冷，在这一刻崩塌在蜂蜜的香气里。

不知过了多久，浅金色的晨曦照进树林，落在雪地上一串串脚印上。

他们一直从夜色走到了黎明，终于看到了回家的路。

“总算找到你们了！”耳边传来熟悉的声音，姐姐卢瑜儿满头汗水赶了过来，看来也找了一整夜。才貌盛名传遍长安的美人一抬手，在他们一人头上爆了一个大栗子：“一个两个，都学会离家出走了？爹急得全府出动，连夜找你们到现在！”

兄弟俩捂着被爆栗子的脑袋，都不敢吱声。卢瑜儿一脸人畜无害的温柔微笑：“回家蹲马步，一人一个时辰。”

“不要啊姐姐……”弟弟微弱地抗议道。

“一个半时辰。”卢瑜儿微笑。

哥俩都不敢提出异议了，卢瑜儿的目光落在卢洵的右手上："手伤了？"

弟弟老老实实地点头。

"下次闯祸的时候，保护好自己的手。洵，棋士的手，是很重要的。"卢瑜儿边走边说，"这话可不是我说的，是湛说的。他上次去集市千挑万选，为你选了那双雪狐毛手套，却不肯给你，让我给你。"

"姐姐！"一向高冷的卢湛涨红了脸，别扭地扭过头去。

就在这时，一个暖暖的拥抱突然将卢湛拥住。弟弟身上沾了蜂蜜，于是连这个拥抱也带着香气："我会保护好自己的手，哥哥也要保护好自己。我喜欢下棋，可我更喜欢哥哥。"

卢湛的脸上还沾着之前的蜂蜜，混着一片雪花融成的水，滴到嘴角，又甜又咸。

原来，这蜂蜜的味道，叫童年。

"洵竟然能赶走猛兽，"卢瑜儿毫不顾忌形象，露出一脸八卦的神情，"真想不到呢，是怎么做到的？"

"是用哥哥的长枪赶走的，那杆枪很锋利，很厉害的。"

"那杆枪是姐夫送给我的，他还送了我一柄黑金小刀。"卢湛故意不看卢瑜儿，高冷地说，"他送来兵器给我做礼物，让我在姐姐面前替他说好话，替他递情诗，让他少跪几次搓衣板。"

"嗯？"小卢洵睁大眼睛。

以马步服人的才女卢瑜儿，顿时羞得涨红了脸："湛，你活腻了？你给我站住！"

卢湛牵着卢洵笑嘻嘻地在前面跑，卢瑜儿在后面追，晨光照在雪地里，童年的时光似乎会和影子一样被无限拉长，无限延伸。

多年后回忆起往事，卢湛还记得那温柔晨光和雪景。

曾经拼命想要长大，想要蜕变成大人的样子，不顾一切地逃离那个小小的自己，奔向未知的远方。岁月不曾察觉，他抛得开的是过往，抛不开的是牵挂。

六

月色泼过树林，如同往事的薄雾泛起，记忆的初雪堆砌。

见卢湛微微出神，裴昀问："金文文怎么会有你家的地址？你确定之前不认识他？"

卢湛摇了摇头，从怀中取出那柄黑色的小刀："但这柄小刀我认识——这是我八岁那年，我姐夫送给我的。"

"崔将军？"裴昀眉头一挑。河西节度使崔希逸是卢湛的姐夫，也是大唐骁勇善战的名将。

卢湛颔首："当时姐夫送了我两件随身的兵器，一杆长枪，一柄短刀。枪是纯银所制，刀是黑金所铸，分别适合远攻与防身。兵器的颜色一黑一白，恰似一对棋子，按理说两件兵器一起，不该弄丢的……但是我记忆中，这柄刀在我小时候就丢失了，我已经十多年没有见过它了。"

"怎么丢失的，还记得吗？"

"不记得了，时间太久。"卢湛的神色有一点困惑，还有一些连他自己也不明白的失落。

"你果然都忘了。"黑暗中传来冷笑。

卢湛猛地握紧手边长枪，只见一个黑影从树林深处走出来。月下的轮廓渐渐清晰，无论来人是什么模样，都不会令他如此吃惊。

——来的并不是人，而是一头金色皮毛的怪物，和他梦中一模一样！

庞大的身躯，身后鼓起的双翼，甚至连那分岔的尾巴，都如此熟悉……记忆的碎片在卢湛脑海中旋转，如同夜幕降临时突然涌上天幕的群星，遥远地、微弱地闪动着，搅拌着沉眠的秘密。

……

"刚才我冲进山洞，看到一只猛兽扑在你身上，正在咬你！"

"洵竟然能赶走猛兽，真想不到呢，是怎么做到的？"

"是用哥哥的长枪赶走的，那杆枪很锋利，很厉害的。"

……

卢湛错愕地抬起眸子："你——是当年的猛兽？"

《山海经·中山经》中记载：放皋之山有兽，其状如蜂，枝尾而反舌，善呼，其名曰文文。

有一种皮毛金色的怪兽，长得像蜜蜂，会酿蜜，名字叫文文。

那年冬天在山洞里遇到的妖怪，点点斑驳的血迹，将往事的细节串联在一起。

"当初我蜇了你，蜂针也留在了你身上，我必须找回这根蜂针，否则我也会死。"文文的表情凶恶，"这么多年来我一直在找你，甚至不惜变为人形混进军营，试遍了各种办法，想拿回我的蜂针。”

“那么，要怎样才能取回你的蜂针？”裴昀似笑非笑，双臂环胸。

“很简单。”金文文的目光扫过两人，落在卢湛脸上，冷冰冰地说：“他死。”

猎物死去，蜂针才会回到主人身上。

“所以你要杀了卢将军？”裴昀懒洋洋地说，“但你的方法似乎都不太高明啊。且不说蜂毒根本不致命，今晚你既然要活埋了他，却特地在坑底留下清水，有点奇怪？我记得《洞冥杂记》里似乎记载了一种活埋假死的办法，只要保持泥土湿润，就可以用妖术让人像冬眠一样假死，几日后还能救出来。更奇怪的是，你还沿路暗暗留下记号，若非这些记号，我今夜也找不到这里……你到底是真想杀他呢，还是怕别人来杀他，想助他用假死逃脱？”

金文文脊背一颤。

就在这时，一支利箭骤然破空而来！金文文猛地推开卢湛，刹那间，那支箭狠狠洞穿了它的胸膛！

大妖怪的胸口破了一个大洞，鲜血顿时汹涌而出。

卢湛愕然看着眼前的变故，曾经胸口那一点如针扎的刺痛倏然扩散开来，变得难以忍耐，剧痛从胸膛蔓延到四肢，记忆的潮水也在头脑中奔涌，冲击着“突突”直跳的太阳穴。

他见过这只大妖怪的，不是在山洞里。

而是在更早之前。

那柄黑色的小刀并不曾遗失，而是被他遗忘在记忆里……

多年前，他曾将自己心爱的小刀，送给了一个人人惧怕的大妖怪。

七

金文文是个很笨拙的妖怪。它说自己会酿蜜，没有人相信；它说自己酿的蜜很甜，更没有人信。

也许是因为它长得太凶恶了，别的妖怪都怕它，离它远远的。被害怕似乎也没什么不好，没有人和妖怪敢来找茬，也没有无聊的琐事找上它，它只要专心酿蜜就可以了。

金文文有大把的时间，它飞越山海去寻找最甜的花朵，辗转四季琢磨酿蜜的技艺，酿制出芳香馥郁的蜂蜜。

唯一让金文文苦恼的是，这么好的蜜，没有人来品尝，也没有人来分享。

终于有一次，它对路过的兔子说："喂，来尝尝我的蜂蜜，很甜的。"金文文尽量让自己的声音不那么凶，表情也努力地柔和。可自从接受了自己大反派的设定，大妖怪已经很多年不笑了，这诚恳的邀请多少有点僵硬。兔子吓得一溜烟跑没影了。

金文文独自站在夕阳下，有点失落。

后来狐狸路过，老虎路过，鹿路过……它们听到金文文的邀请，都迅速摇头走开，唯恐避之不及。

冬去春来，金文文酿的蜜太多了，多到把大树都压弯了，它的心情也像大树的树枝一样，沉甸甸的。把金色浓稠的蜜放进嘴里，它舔了舔嘴唇，也许是蜜太甜了，竟甜得有些发苦。

如果不是那个小孩的到来，也许再过千百年，金文文仍然是形单影只地在酿蜜吧。

那天树林里刚下过雨，泥土里还带着潮湿的清香，雨后的阳光像蜜一样，小孩抱着一盒黑白棋子走过来，坐在树下。

孩童很清秀，脸孔看起来像是女孩，但装扮又是男孩子的模样，脸绷得紧紧的，好似初夏池塘里笔直的荷花骨朵。

他坐在大树下自己跟自己下棋，端坐得有模有样。

小小的身影，很是寂寞。

就这么过了一个夏天，又过了一个秋天，金文文看不懂棋盘上那些复杂的图阵，小孩也不知道树上蹲着一只大妖怪。

时间一久，金文文竟然莫名有点期待小孩每天的到来，毕竟是独自生活了数千年的妖怪，竟然有人日日来到它的树下。因为有了那一道身影，使得每一个单调重复的日升与日落都变得不同。那些黑白子，听说被人类叫作"围棋"，是藏着玄妙真理的游戏，比星海和宇宙还要神秘。孩童有时候望着棋盘深思很久，有时候看着满地落叶，神色很认真，但金文文从没见他笑过。

直到有一天，小孩在棋盘前端坐了一整天，天近黄昏时，仍然没有动，似乎被一手棋难倒了。

金文文终于忍不住从树叶里探出头来："你、你不开心啊？"

"……"小孩抬起头来，露出意外的神色。

大妖怪好奇地看着他："我看你的眉头锁得好紧。"

看到树上的妖怪，孩童的眉头锁得更紧了："咦，蝉成精了。"

"你有脸盲症吧……"金文文纠正他，把自己分岔的大尾巴摆了摆，"我不是蝉，是一只蜜蜂!

"我、我看你每天一个人来这里下棋……虽然从来没有跟你说过话，但我、我挺喜欢你的。"金文文眨巴着铜铃一样的眼睛。

"哦。"孩童高冷地反问，"你一个妖怪，知道什么是喜欢？"

金文文想了想，努力用自己少得可怜的对人类的认知猜测："喜欢就是娶你做新娘？"

八岁的卢湛大怒，喝道："看清楚，我可是男的！"

"哦哦，那我们结为兄弟。"金文文赶紧改口。

"我才不和你这么丑的妖怪做兄弟！"卢湛嫌弃地看了对方一眼，而且他讨厌什么兄弟。

——兄弟之间那些被迫的比较，不公平的细微伤害，比蜜蜂的针还要伤人。弟弟的笑容再甜再可爱，他也不会喜欢的，卢湛别扭地想。

"我酿了蜜，很甜的，你要尝一尝吗？"金文文小心翼翼地问，明明长着一张"我超凶哦"的反派脸，眼底的表情却忐忑不安，完全是食草动物的眼神。

它已经被拒绝过太多次了，那些金色的蜜就挂在树上，沉甸甸的，日积月累。那一点一滴用心酿成的蜜，在阳光下叫嚣般地折射着被品尝的渴望。

卢湛的神情冷冷的："我不吃别人的东西，脏。"

金文文愣了一下，目光渐渐变得黯淡，硕大的脑袋耷拉了下去："哦……"它失望地站在快要消失的夕阳下，影子被沉甸甸的沮丧压弯。

"不过蜂蜜例外。"卢湛接着说。

金文文猛地睁大眼睛，转过身来。站在小孩面前，它的体型庞大得就像一座山，手足无措地傻笑着。它酿了几千年的蜜，第一个来吃蜜的，竟然是一个人类的小孩子。

那天，卢湛接过大妖怪递来的蜜罐，伸出舌头舔了一点，然后，又舔了一点。

"甜吗？"金文文紧张地问。

"甜。"卢湛高冷地板着脸说，号称从不接受投喂的他，迅速把一小罐蜂蜜舔完了。

月光照进树林时，大妖怪悄悄地转过头去，一滴眼泪突然从它的眼睛里滚落下来，把树影打湿了。

原来，用心酿出的蜜，在有人品尝的时候，才是最甜的。

卢湛吃了蜂蜜，小脸虽然还是绷得紧紧的，不过脸颊上沾了一点蜜渍，再严肃的小人儿，也不由得多了几分天真滑稽。

“你在烦恼这棋盘上的阵法吗？”金文文指着棋盘，好奇地问。

卢湛的神色黯淡下来：“这里的劫争，我解不开。”

“解不开就解不开，那有什么关系？”金文文完全不明白对方为何苦恼，摇摆着分岔的大尾巴问他，“你想不想飞？”

“飞？”

巨大的月亮盘踞在树梢，大妖怪展开它的翅膀，刹那间，仿佛穿过树林的风化为实体，带着遮天蔽日的气势。

这是卢湛小小的生命里，第一次真正的冒险。

坐在大妖怪的背上，被巨大的翅膀托举着，越过林梢，越过星光，卢湛的心剧烈地跳动，有恐惧，还有一丝忐忑的兴奋。

很快他看不见自己的棋盘了，然后他看不见熟悉的大树与高高的树梢了，后来，连整片树林也模糊了，巍峨的山峦变得微不足道，无法逾越的宽广河流变得清浅。

原来，天地是这么大的。

卢湛被强烈的震撼攫取了心神，金文文憨笑着问他：“飞是不是很好玩？”

是的，飞翔的感觉太奇妙了。卢湛从来没有想过，宇宙如此广大，以大地为棋盘，以星辰为棋子，年少的热血如此滚烫，可以纵横天地。

当一个人能看到山川与天地，又怎会介意棋盘的一子胜负、一寸之地？

从那之后，卢湛仍然每天来树林，却不再带着棋盘和棋子了，倒是带了一杆比他还高的枪。

他在树林里练枪，练得满头汗水。金文文听说，人类的枪就和蜜蜂的刺差不多，都是用来防御敌人的。

卢湛很珍惜他的枪，无论走到哪里，几乎从不离身。

那时金文文无论如何也想不到，有一天，这杆枪会被用来对付自己。

对当时的金文文来说，眼看秋天快过完了，地上铺满了厚厚的金黄的落叶，它最苦恼的，仍然是自己酿的蜜。

“蜜太多了，吃不完呢。”金文文慢吞吞地对卢湛说，掰着自己的爪子数，“我和你再吃一、二、三、四……八、九，再吃九十年也吃不完。”

“我有个办法。”卢湛想了想，从腰畔摸出一柄黑金小刀，示意对方过来。

这晚星光格外温柔璀璨，大妖怪和卢湛一起，把它珍藏的蜜割下来，都放进了溪水里。

第二天，清晨的阳光照进树林，秋高气爽，天空那么晴朗那么蓝，仿佛蔚蓝的海水倒在了天上。

来溪边喝水的兔子咂巴着三瓣嘴，喝了一口，又喝了一口，大声喊自己的同伴：“快来快来，溪水是甜的！”

这一个秋天，树林里的动物和妖怪们，都喝到了甜的溪水。

但没有人知道甜甜的溪水是因为有大妖怪的蜂蜜，它们看到金文文的时候仍然一脸警惕地绕道走，但金文文很高兴。

“真是个笨蛋啊。”卢湛擦拭着割蜂蜜的小刀，声音冷冷的，颊边却微微牵起笑涡。

金文文不好意思地挠头，连分岔的大尾巴也害羞地卷了起来。

冬天来临时，天越来越冷，许多动物开始冬眠。金文文曾经也会一觉睡到春暖花开，但这一年它不想睡，因为它还想见到卢湛。

这天冬阳清透，只见卢湛穿得严严实实，提着长枪走到树下，金文文忍住眼皮打架的困意，高兴地从树上跳下来：“你来啦！”

卢湛似乎有心事，眼眸微微忧郁，沉默了一会儿:“过了这个冬天，我就不能来树林了。”

“为什么？”金文文一怔。

“我父亲被贬官，我要和家人一起离开长安。”卢湛从腰间取出那柄他最珍惜的黑色小刀，递了过来，“这柄割过了蜂蜜的刀，总有香气，以后我若上战场，也不想让它染上血迹。给，送你作礼物。”

金文文呆呆地站在原地，半晌才笨拙地说:“谢谢，可、可是……”后面的话它说不出口。

可是我从来没有想过会和你分离。

我等了上千年，才等到一个朋友，一个愿意品尝我的蜂蜜，愿意和我一起飞的朋友。

分别的离愁比石头还要沉，压得金文文努力挤出的笑容好难看。它握着那柄小刀，吞吞吐吐地说："那……我也该送点礼物给你。就送你一罐蜂蜜，你带在路上吃吧。"

如今是寒冬腊月，没有花朵，也没有蜜。

作为天地间最会酿蜜的妖怪，金文文有一个小秘密。

——寻常的蜜蜂会用百花酿蜜，它会用雪花酿蜜。

漫天飞雪酿出的蜜是纯白的，许多个日夜，茫茫万里的雪，才能酿出一点点蜜，那蜜带了山风凛冽的滋味，还有遥远的春的甜。

从那天开始，金文文开始盼着下雪。

冬天越来越短，日光越来越长，离分别的日子也越来越近。

可这个冬天一直没有下雪，连一小片雪花也没有。

若是没有雪，就无法酿蜜送给卢湛了。就在金文文急得团团转的时候，一天夜里，寒风呼啸，远远地传来落雪的声音。

第二天清晨金文文起床，发现世界成了白茫茫的一片，树林、河流、山峦……到处都是雪！

大妖怪欢呼一声，像小孩一样奔到雪地里，然后被冻得"嗷"一声叫，连忙张开结界取暖。身为神兽，它虽然有强大的能力，但是也有怕冷的弱点。上千年来，金文文只用雪花酿过很少的几次蜜，有一次还把爪子给冻伤了，养了许久才养好。

这一次，金文文用雪花酿的蜜，与以往任何一次都不同。

为某个人而酿的蜜，如此独特，令漫天单调的雪花，也有了七彩悲欢的滋味。金文文一点点努力地、用心地酿蜜，雪花蜜快要酿好时，它悄悄地尝了一点，却发现蜜里有一点涩味。

……就是离别的滋味吧。

蜜是由心酿成的，曾经它独自专注地酿蜜，无惧时光悠长，也无惧天地辽阔，它的蜜是单纯而单调的甜。

当它有了一个朋友，就有了微笑和眼泪，世界变得拥挤，挤不下每次相见的期待，世界又变得空旷，空不过一朝离别的惆怅。

不知道什么时候，大妖怪的一滴眼泪落在了蜜罐里。

它酿了几千年的蜜，第一次知道，当蜜有了人品尝，就有了不同的滋味——那滋味也许是甜的，也许是咸的——

这才是人间的蜜。

雪花蜜终于快要酿好了，就在这时，一场意外突如其来。

那是一个大雪的夜晚，金文文突然闻到了卢湛的气味，远远的，就在树林里。它曾飞越山海寻找花蜜，嗅觉最为灵敏，能在风中捕捉到熟悉的气息。

平时卢湛都是白日里来树林，它也听对方说过，夜晚长安城里有宵禁，在太阳落山之前就要回家。

这一次，卢湛为何会深夜里到树林来？

金文文直觉不好，它焦急地顺着气味的方向，一路搜寻，终于找到了那个山洞，然后，它在洞口看到了悚然的一幕。

一条毒蛇缠绕在熟睡的卢湛身上，火红的信子在卢湛的肩膀上游走，猛地咬了一口！睡梦中卢湛轻轻颤抖了一下。

“浑蛋！”金文文猛地扑了上去，死死掐住那条毒蛇的七寸！蛇很快被制服，迅速慌张地逃走了。那应该是一条在洞里冬眠的蛇，被卢湛的体温所温暖而苏醒过来，咬伤了卢湛。

金文文慌乱地摇着卢湛的肩膀：“醒醒，醒醒……”

可卢湛并未醒来，嘴唇泛起骇人的青色，在熟睡中陷入了昏迷。金文文突然觉得恐惧，他……会死吗？

慌乱中金文文浑身一颤，突然想起——对……自己还有蜂针，可以解毒的蜂针！

世人只知道蜂针有毒，却少有人知，在遭遇剧毒时，蜂针也能为人解毒救命，只是这代价对于蜜蜂而言太大了。

蜂针就是金文文的元神，把元神送给别人，就意味着送出了自己的性命。

大妖怪毫不犹豫地从自己身上拔出金色的蜂针，刺入卢湛的胸膛！就在这时，身后传来一个愤怒而惊慌的声音：“不准伤害我哥哥！”

金文文着急救人，来不及解释。

谁知身后那小小的身影扑了过来，抓起地上的一柄长枪，猛地扎进了它的后背！金文文愣了一下，吃痛地回过头。

那是一个和卢湛长得有些像的小孩，脸色发白，手中颤抖着握住的，正是地上卢湛的长枪。

这是寒冷的冬天，金文文的力量最弱的时候，酿蜜几乎耗尽了它的体力，也无法张开结界保护自己，被刺中的地方，海啸般汹涌的疼痛席卷而来。皮糙肉厚的大妖怪痛得发出惨叫，摇摇晃晃地站起来，发怒地摆动着头颅。

比卢湛更小的孩童脸色苍白，惊惧地盯着它，金文文看着那相似的脸庞，不知为何，心中一软，放弃了教训对方的打算。

这应该就是卢湛提过的弟弟吧？虽然每次提起弟弟时，卢湛都是不以为然的冷漠语气，眼底却有别扭的关怀。

他很在乎这个兄弟呢。

金文文深深看了昏迷的卢湛一眼，对方嘴唇上那可怕的青色渐渐褪去了，看来毒已经解了……它一瘸一拐地往外走，一滴滴鲜血落在雪地里，孤独的身影消失在风雪中。

……

当初那罐雪花蜜，终究没有酿成，金文文失去了蜂针，又受了伤，在死亡边缘挣扎着，气息奄奄地挨过了那个冬天。等到春暖花开、溪水解冻的时候，它想去道别，卢湛却已经不知所踪。

这十四年来，金文文一直在找他，找遍了山河与湖海，平原与丘陵……直到它终于来到陇右战场。

长大了的卢湛，依稀能看出儿时的模样，却已经完全不记得它了。

原来，当初的蜂针埋藏在卢湛体内，毒素日积月累无声地渗漏，如同清水渗入大地，对普通的人类而言，蜂毒毕竟太过霸道了……忘记，只是后遗症的一种。渐渐地，卢湛的手脚和肌肉都会麻痹，整个人会无法动弹，最终死去。

金文文以军医的身份混进军营中，想要帮他。它用尽了各种办法都无济于事，最终它发现，只有一个办法可以真正做到。

——当蜜蜂死去时，蜂针也会一起失去力量。

这是救他唯一的办法。

八

“文文！”感觉到生命正与汹涌的鲜血一起在大妖怪身上迅速地流逝，卢湛慌乱地抱住它庞大无力的身躯。

蜂针在一点点失去力量，记忆在一点点复苏，而他的朋友在他眼前一点点死去。

“当初答应过送你的雪花蜜……迟了好多年……”大妖怪身上金色的皮毛被血染得乱七八糟，它笨拙地想要去摸卢湛的头，渐渐涣散的眼神温柔，“那罐蜜……甜吗？”

卢湛的唇角有冰凉的咸味，他这才怔怔地发现，自己脸上全是泪水。

手中紧握的小刀还有香气，久违的重逢却又将别离。

“别伤心……”濒死的大妖怪好脾气地微笑，伸出血迹斑驳的爪子，轻轻按了按卢湛胸口的位置，“我不会离开的，我的元神……一直在这里。”

从当初蜇卢湛那一下开始，失去蜂针的它就渐渐走向死亡了，只是因为神兽的寿命长久，在人类看来，它才又活了十四年。

“你要连着我的份一起，好好活下去……”

大妖怪的脸像是水中的倒影，被风吹散了，片片龟裂开来，它的轮廓一片片虚化，如星散开，灰飞烟灭。

林中莽莽苍冷的月色，像是落了一场大雪。

卢湛跪在大妖怪消失的地方，许久许久，仿佛凝固成为了一座悲伤的雕像。

九

秋天到来时，卢湛拿出那只空空的陶罐。

当初的蜂蜜早已吃完，陶罐带着些许岁月的痕迹，和一缕清冽残香。卢湛看向陶罐的底部时，微微怔了一下。

罐底刻着几个歪歪斜斜的字，稚拙如孩童。

不想说再见。

卢湛转过身去，在冰凉而灿烂的秋阳里，他用右手捂住脸，任由眼泪从指缝汹涌而出。

陇右后山，大片桦树被秋风冲洗成金黄，高低不平的土坡像一座座青青的坟冢。

一个黑乎乎的影子坐在土坡上，正专心地啃着玉米，只听一个清越的声音从身后传来：“喂。”

巨大的身影吓得跳了起来：“啊！”

“果然是你啊，我还以为认错了人——哦不，认错了妖怪。”少年裴昀双臂环胸站在它面前，诧异地看着它，“你竟然没死！”

啃着玉米的大妖怪，或许现在应该叫黑文文——那一身金色的皮毛变成了夜色般的漆黑。不变的是看似凶巴巴的脸上，食草动物般无辜的表情："我之前的躯壳确实是死了……少年，你听说过金蝉脱壳么？"

"可你是蜜蜂啊！"

"话虽如此，但我的确会脱壳，脱掉旧的躯壳，获得新生，也获得新的元神。"金文文不好意思地挠挠头，忍不住问，"小湛现在怎么样？最近他有没有打仗受伤？"

"卢将军以为你真的死了，他很伤心。你为什么要骗他？"裴昀看了它一眼。大妖怪耷拉着脑袋，沉默了一会儿，神色有些悲伤："如果我不死，那个人不会放过我的，也不会放过小湛的。"

裴昀皱眉："那个人是谁？"

金文文的眼睛里骤然缩紧一点针尖般的恐惧，不敢吐露那个名字。

"当初就是因为'那个人'要杀了卢将军，你才会表面上服从配合，暗地里把卢将军藏起来？先是将他悄悄藏在山洞里，后来被发现了，于是铤而走险将他埋进坑里，想让他用假死来逃避？"裴昀直视着对方。

大妖怪艰难地点了点头。

"你应该很清楚，你的方法救不了卢将军，"裴昀脸上笑意全无，"你如果真的想帮他，就该说出实情。"

"那个人在找龟甲……"金文文艰涩地说。

"龟甲？"裴昀一怔。

金文文庞大的身躯蜷在树下的阴影里，低声说："有一卷上古兵法奇书，用石墨与朱砂刻在玄武龟甲之上，后来流落到人间，因为被多方势力争夺而破裂成数块。如今，那个人想要找回所有的龟甲，重现上古兵法。"

日影无声地在树下游走，风也无声地穿梭在树影间。

这一刻，少年裴昀突然想起，他的老师张九龄在来信中提到，数月前洛阳行宫藏宝阁被盗，没有丢失别的东西，只少了一块龟甲。

"那个人是真正的修罗，真正的战神，天地间的万物与生灵，没有不怕他的。"金文文的声音微微颤抖，转身离开，"当心你们身边……那些看上去无害的人。"

欲擒故纵
「紧随勿迫，累其气力，消其斗志，
散而后擒，兵不血刃。」
——《三十六计》中的第十六计

一

崔希逸在西北边境大有名气。

他治军极严，手中一柄长刀威震四方。更了不得的是他的诗，据说读过的士兵都被感动哭了。崔大将军有一首《绝句》:“两只青蛙顶呱呱，一行蛤蟆蹦哒哒，不听军令都找死，个个屁股打开花。”

崔将军还是个痴情种，几乎每天都给自己远在长安的夫人写情诗，他人长得英俊，仗打得好，诗也写得缠绵悱恻，当然，诸如“我心戚戚忧更烦，但求不跪搓衣板”这样丢面子的诗是绝不会让下属们看到哪怕一个字的，绝不。

让崔大将军忧烦的除了被夫人罚跪搓衣板，还有一件事，那就是总有人诗写得比他还好。

就说那当朝宰相张九龄吧，一板一眼无趣得很，竟然也会写诗。

在崔希逸心目中，两人的水平，实在不相上下。曾经崔将军拿了自己的诗和张九龄的诗，诚恳地去问属下的士兵：“本将军的诗和张丞相的，到底哪个更好？”

被问到的士兵要么目瞪口呆，要么支支吾吾，要么含含糊糊地说“都好”，就是没有一个人肯定地、确凿地、斩钉截铁地直接说出他想要的那个答案：“当然是将军的好！”

崔希逸苦恼地想，看来真的是难分高下啊。

与写诗相比，打仗就容易得多了。崔将军打仗的风格与众不同，别人担心腹背受敌，不打无准备之仗，他则百无禁忌。

想当初，吐蕃趁着突厥强大，想趁火打劫骚扰大唐西北边境抢掠粮食，还得意洋洋放出话来：“如今料那河西唐军也不敢打，他们这个时候打，就不怕突厥南下，攻他们个措手不及？”

崔希逸确实怕突厥突然袭击——才怪。

他先派了一支骑兵深入草原，牵制突厥兵力，让突厥无暇南顾；随后主力军队迎头痛击吐蕃，崔希逸自己提刀策马，冲杀在队伍的最前方，一身气势何止是生猛？简直长刀所至，片甲不留。唐军一路追击，许多吐蕃残兵狼狈逃窜至祁连山下，崔希逸傲然高居马背之上，说了一个字：“杀。”

“可是……”身边的副将有些迟疑。

“现在手软，日后战场上死的，就是我大唐将士。”崔希逸横刀立马，身后群山俯首。

汉人大多讲究仁义礼恕，但崔希逸不是。他身材高大，宛如祁连山的神祇所化，手中长刀灿若霜雪，冷酷地下达绝杀的命令。

那一战河流淤塞，尸横遍野。

从那之后，草原之狼竟然被他们口中的羊打怕了，吐蕃士兵看到唐军的“崔”字大旗就胆战心惊，士气低落得一塌糊涂，不敢轻易来犯。

二

这年的秋色格外隆重，云天之下，山色欲燃。

崔希逸刚在校场操练完三军，提刀翻身下马，突然听到不远处传来喧哗声，士兵们似乎围观着什么。一个将领小跑到他面前：“将军，那边有情况。”

“什么情况？”崔希逸停住动作。

“呃，”对方的表情似乎有点欲言又止，“……你去看就知道了。”

崔希逸走过去，只见全副武装的士兵中间，竟站着一个粉雕玉琢的小女孩，七八岁的模样，额头洁白，发鬓微卷。她还没有士兵的长刀高，像是一只毫不怕生的小猫，仰着脸挨个从士兵们面前走过，一边看一边摇头：“不是你，也不是你……”

军营里怎么会混进小女孩？四目相对，崔希逸的眉头不由得拧了起来，正要发作，小女孩的眼睛却突然一亮，欢喜地跑过来，抱住他的胳膊，“是你！爹——”说到这里，小女孩突然打了个大大的喷嚏！

“……”

围观的将士们面面相觑，顿时都露出难以置信的八卦表情，看向崔希逸的目光十分意味深长。

众目睽睽之下，崔希逸不由得一脸尴尬——这是哪来的乱认爹的熊孩子？仗可以打输，清誉不能玷污！崔大将军这辈子最不擅长应付女人，也从不敢招惹女人，唯一招惹过的女人就是自己的夫人，还常被罚跪搓衣板……最重要的是，他确定自己完全不认识眼前这孩子。

“你认错人了！”崔大将军声音傲慢，心中早已震惊尴尬至极，冷冷摔开对方的手，试图挽回自己的清誉。

“不会错的。”小女孩天真地仰脸看着他，一边揉着小鼻子，一边把刚才没说完的那句话说完，“爹说，河西军营里长得最好看的那个人，就是我苏叔叔。”

士兵们听得一脸云里雾里，什么苏叔叔？

小女孩粉嫩的脸蛋上眉毛弯弯，眼瞳里都是开心的湖水：“他们都没有你好看，肯定是你——苏叔叔，我终于找到你了！”

原来真的认错人了。

崔大将军松了口气，他板着脸瞪着小女孩，同时在内心愤然不满：说话不带这样的，在关键时刻打喷嚏！

“苏叔叔，这些年你一直给我爹写信的，还送过我好多东西，你忘了吗？”小女孩身上有淡淡尼木香的味道，在中原并不常见。

“你爹是谁？”崔希逸问。

小女孩天真地回答了一个名字，大唐士兵们顿时震惊地面面相觑，长刀倒映的秋色惊心。

“我爹叫乞力徐。”

乞力徐是吐蕃名将，也是唐军最头疼的劲敌。此人少年时去过长安留学，会认汉字，读过兵书，行军布阵时常出其不意，是个骁勇难缠的角色。

崔希逸与身边的副将对视一眼：“你是乞力徐的女儿？”

“嗯！我叫梅朵。”孩童的眼睛清澈如星，带了几分委屈，“我爹去打突骑施，一连好几个月不回家，他说好在我生辰之前会回来的，可他说话不算话，我好想他，我也想苏叔叔……既然爹不回来，我也不要等他了，我来找苏叔叔。叔叔送我茶叶和花种，笔墨和诗笺，苏叔叔最好了。”

崔希逸眼底深黑，似笑非笑地蹲下来，与小女孩平视：“我虽然不姓苏，但我可以替你找人，和你父亲通信的苏叔叔还有些什么特征，你能再详细跟我说吗？”

“真的不是你？”梅朵露出失望的神色，嘟着嘴说，“苏叔叔会写漂亮的行书，会折纸鹅，还有……爹说他的官职是‘生姜’。”

“生姜？”崔希逸拿起一根树枝，在地上写了两个字，问，“是不是这两个字？”

参将。

“嗯！”梅朵用力地点头。

遍地落叶金黄如剑，崔希逸扔掉树枝，对身边的副将冷冷地说了一个字：“查。”

三

两天后，副将便来向崔希逸禀报，查出和乞力徐通信的人是一名甘州参将，名叫苏凉。

苏凉祖籍云中，曾经参加科举没有考中进士，便来西北从军，也立过几次战功，算得上是一名儒将。

议事营帐内的气氛十分凝重，崔希逸身边的傔人[①]孙诲忍不住说：“苏凉与敌将通信，行为有疑。他正在驻守甘州要地，为今之计，请将军尽速将他革职撤换，用其他可靠的将领来领兵。”

谁知崔希逸毫不犹豫说了两个字：“不行。”

“……为何？”副将一愣。

“苏凉与敌将有书信来往，这件事的虚实还有待查证。此时撤换他，上至甘州刺史，下至普通兵卒，必然人心惶恐不安。谁能保证，这不是乞力徐的反间计，故意来乱我军心的？”

副将的后背顿时冷汗涔涔：“将军所言甚是，是末将考虑不周。”

“派一个靠得住的人到甘州去，”崔希逸挑起剑眉，“告诉苏凉，说本将军有军务交给他，让他回凉州一趟。事实真伪，我自会亲自问他。”

“是！”

三日后，苏凉到了凉州军营。

年轻的参将身材颀长，眉眼颇为雅致，在一群武将中的确显得秀美。

在小女孩梅朵口中，乞力徐与苏凉不仅长年鸿雁传书，而且交情颇深，但听完崔希逸的问话，苏凉只是淡淡地否认：“我从来没有和什么吐蕃将领通过信，只怕这是吐蕃人的反间计。”

他说话时面不改色，倒有几分令人信服。

麾下将领们的神色将信将疑，还想要问些什么，就在这时，营帐门突然被推开，一个将领气喘吁吁地冲进营帐：“崔将军！乞……乞力徐打过来了！”

---

①傔人，即随身的侍从官。

乞力徐率领了三万大军，经过大斗拨谷，过焉支山，一路东进直逼凉州。

"我与乞力徐在番禾城外相遇，原本料想他翻山越岭，长途奔袭而来必然人马疲惫，于是以精锐相迎，"番禾城守将南宫醐满身血汗，狼狈地说，"一开始，吐蕃军的确被我唐军精锐冲散，我率军乘胜追击……谁知道追了三里，乞力徐突然掉转马头冲杀过来。他对河西的地形竟然极为熟悉，早晨又起了大雾，十几步开外便看不清敌军虚实，弓箭手也无法瞄准，乞力徐用战车火攻，一下子把我四千精锐都冲散了。"

"起了大雾？"崔希逸在沙盘前看地形图，"看来乞力徐不仅对地形熟悉，还熟知天象。作战天时地利人和，他都考虑得周到。"

秋阳照进营帐，却并无暖意。

浑身伤痕的南宫醐心有余悸地擦了擦额头上的汗水，右手紧握着染血的长枪："乞力徐的诱敌之计得逞，当时情势极为危急，我们人马皆困，所幸遇到了陇右的友军，得了增援，才能死里逃生。"

顺着南宫醐的目光，崔希逸才注意到他身边还站着一个戎装少年。

少年腰佩长剑，一身秋高气爽，衣襟上虽有血渍与风尘，却仍然很明亮，像是带了沿途秋山的风景与阳光。银色铠甲之上，是一张极为年轻的面孔，轮廓俊美而青涩，看上去不过十五六岁的模样，可带笑的唇角竟有几分秋意的沉醉，看来是极受女孩欢迎的类型。

"这位是卢湛将军麾下的参将，姓裴。"南宫醐执枪向崔希逸介绍，"就是他带兵救了我们。"

"陇右参将裴昀，见过崔将军。"少年朝崔希逸行礼。

崔希逸看到眼前这张分明写着"我很会撩"的脸，心里就在琢磨这是哪里来的桃花放浪的人物？听到对方的名字，突然恍然大悟。

原来是张九龄的学生，探花郎裴昀。

张九龄容貌清冷，气度高华，连路过他身边的阿猫阿狗都要比旁人多些气质，更何况这个从小被他亲手教养长大的少年裴昀。长得好看，笑得更是风采卓然，眼瞳像是比别人照了更多的太阳，清澈得光明灼灼，全然不像在战场上杀过人的样子。

"你就是上次打赢吐蕃与吐谷浑联兵的小将裴昀？"崔希逸打量着他，问，"怎么会到河西来的？"

"卢将军原本让我来捎个口信，让你下次寄战报给他时，就不要寄情书了，崔将军的诗固然好，但有些肉麻。"裴昀如实回答，"不巧遇见唐军受困，就一起打了一仗。"

战场凶险，死里逃生，他只悠闲说“一起打了一仗”。少年说得轻松自在，令压抑在将领们眉宇间的阴霾也不觉被稍稍驱散，左右顿时传来笑声。

崔希逸也勾了勾嘴角，陇右将军卢湛是他的连襟妻弟。他这辈子最怕的就是自己的夫人，怕夫人不高兴，怕夫人哪怕皱一下眉头，他也能辗转反侧四五天睡不着觉。于是爱屋及乌，他很看重这个妻弟，大家同在西北为将，彼此毗邻，平时有事没事他都罩着对方，还把自己倾诉衷肠的诗也抄送妻弟一份，好让弟弟在夫人面前多多美言。没想到对方全然不理解他的一片苦心，实在让他沮丧。

想到这里，崔希逸满头黑线地大手一挥，言不由衷地说：“儿女私情，何足挂齿？如今你来得正好，裴昀，你也随我河西军一起迎敌。”

“将军，”侍从官孙诲走上前来，“依末将看，乞力梅朵既然在我唐军手上，将军不妨将那乞力梅朵绑在阵前，只要乞力徐敢踏凉州一步，就让他女儿血溅三尺！”

这话说出来，麾下将领们顿时议论纷纷，而苏凉始终淡漠地站在一旁，仿佛事不关己。

秋阳淋漓尽致地洒落营帐，裴昀听完事情的始末，不以为然地耸耸肩：“既然乞力徐是来找女儿的，给他送回去就是了。”

“少年，你说得轻松！这乞力徐可是大唐在西北的劲敌——”副将急了。

“放心，”裴昀眉宇间春风缭绕，似笑非笑，自信得令久经沙场的将领也不由得一怔，“吐蕃铁骑虽强，但崔将军赢得了他。

“三万大军如果分散在草原，想要各个击破好比大海捞针，他们既然主动送上门来，便省去了唐军各处追击的功夫。”

少年的话闲适得掷地有声，笃定如月下山川：“乞力徐走的是大斗拔谷，军队必然疲惫。他打赢了唐军的先锋而不乘胜追击，便是顾虑人力马力难以坚持，更惧怕士兵水土不服。如今对手自投罗网，唐军以逸待劳，何妨把乞力徐的女儿送回去，把他三万大军留下？”

崔希逸凝视他半晌，突然朗声大笑。这个少年，他喜欢！

四

这夜军营里格外安静，崔希逸在营帐里写字。

烛光一动，窗外似乎有人影闪过，随即一道凌厉的刀光骤然破空而来！崔希逸头也未抬，只侧身闪避，刀刃险险擦着桌案上的宣纸划过。崔希逸由衷地说：“好险。”

狼毫笔稳稳落在纸上，补上方才没有完成的一捺，他吐了口气，把方才没说完的半句话继续说完："好险，差点把纸划破。"

对方见偷袭不成，呼吸有些不稳，随即又是一道雪亮刀光朝崔希逸头顶劈来！

这次，崔希逸右手执笔，左手抓起桌上的宣纸，轻身凌空而起，电光火石的瞬间，双脚已经踩在对方的长刀之上！

大唐名将一身皎洁月光，神色灿若霜雪，右手一动，狼毫笔顿时朝偷袭者的面庞打去！对方大惊闪避，却见那狼毫笔只是擦着他的脸孔飞过，随即稳稳落在紫檀木笔架之上。

"乞力将军，别来无恙？"崔希逸居高临下地微笑。

对方见身份被识破，也不再遮掩，猛地一把将那溅了不少墨汁的蒙面布摘下来！

来人正是吐蕃名将乞力徐。他体格高峻如松，容貌英武，此刻眼中满是怒火杀气："崔希逸！把我女儿还来！"

"我料想将军今夜会来，"崔希逸悠闲地抬了抬剑眉，示意他看手中的蒙面布，"许久不画画，手生了。"

不看还好，一看之下乞力徐差点当场吐血！

方才电光火石的瞬间，崔希逸竟迅速挥笔在他的蒙面布上画了一只简笔乌龟来羞辱他！乞力徐大吼一声，怒目拔刀："崔希逸！枉你们汉人自称仁义道德，竟然为难一个七岁的孩童！你的兵道在哪里？"

崔希逸嘴角微弯："没有人告诉过你吗？霸道，就是我的道。"

夜风拂动宣纸，纸上浓墨遒劲，酣畅淋漓地写了八个大字：日月所照，风雨所至。

——日月所照，风雨所至，莫不从服。

乞力徐只觉得一腔战意都被他撩起，只想立刻跨上马背，跟这个狂妄的男人大战三百回合！

"想打？"崔希逸傲慢地抬起下颚，"来啊，手下败将。"

盛怒之下，乞力徐终于再次拔刀冲了上去，可没等他冲到崔希逸面前，只听一声闷响，中了激将法的他已经连人带刀狼狈地摔倒在地上，瞬间双脚离地，被凌空吊了起来！任凭他奋力挣扎，却被越捆越紧。

"我的营帐里设了机关，今夜客人来得仓促，来不及相告，实在失礼。"崔希逸好整以暇地踱到他面前，神色带了挑衅的笑意，"乞力将军，我听梅朵说，你和我军中的参将苏凉多年鸿雁传书，可有此事？"

乞力徐狼狈地被吊在半空中，听到苏凉的名字时神色微微一变，眼底仍然是不服输的愤怒，咬牙切齿反问："有又如何？"

"有的话，倒也有趣。"崔希逸似笑非笑，"此前你多次败在我手上，总是嚷嚷说败得不服，如今却殷勤联络唐军，是终于想通了，愿主动向我唐军示好？"

"胡说八道！我与苏凉只有私交，无关家国。"乞力徐本能地反驳。

"可你们身为军人，家国之敌，岂容私交？两军对垒，只能将敌人尽数斩杀。"崔希逸昂首俯视他，"今日又擒住你一次，若你肯心悦诚服，便收兵回草原，从此两军休战，各自撤去守备。如何？"

月夜清寒，烛火映着崔希逸贵族气的面孔，竟不像是玩笑。乞力徐瞪着他半晌，愤然扭过头去："痴心妄想！将我女儿还来！"

想了想又发现不对，大怒反驳道："谁说我打不过你！"

崔希逸微笑，以手压住桌案上一方精美的洮河墨砚，机关缓缓转动，随即"咚"的一声，绳索松开，乞力徐狼狈地滚落在地上。毕竟是久经沙场的名将，乞力徐一得自由，便如同豹子般窜起！他拔刀正要和崔希逸再战，却见对方优雅地掸了掸衣襟上的灰尘与月光："女儿可以还给你——这一次，我仍然放你走。"

乞力徐的刀僵在半空中，几乎不敢相信自己听到的话。

就在这时，营帐外传来急促的脚步声，一个侍卫气喘吁吁前来禀报："将……将军，梅朵不见了！"

月影缭乱，秋夜风声低诡。

"你们耍什么把戏？"乞力徐脸色大变，骤然拔刀架在侍卫的脖子上，"混账——"

崔希逸猛地抬手，压住乞力徐的刀，神色也有些意外："梅朵不是我唐军弄丢的。夜袭我河西大营的，只有你一个人，还是另有其人？"

四目相对，乞力徐死死盯着崔希逸片刻，确认对方眼底的震惊不是伪饰，终于从齿缝中挤出愤怒颤抖的几个字："只有我一个。"

"找。"崔希逸眼底冷月如霜，朝侍卫沉声下令，"务必把人找到。"

五

一夜星光漫长无眠。

天快要亮了，乞力徐眼底却没有一丝光。唐军四处找寻，可哪里都没有梅朵的影子。

不过是一夜之间，乞力徐仿佛憔悴了许多，下巴上青色的胡茬凌乱，黑眼圈深重，甚至连他握刀的手也在不自觉地发抖。曾经纵横草原悍勇的名将，此刻仿佛只要一个庸碌的士兵，就能打败他。

河边小路多湿滑，乞力徐不知踩到了什么，身形竟然狼狈一倾，旁边的崔希逸伸手拉了他一把。这一夜，也许是为了监视他，或是别的什么原因，崔希逸竟也和他一起找寻了整夜。初晨霜冷露重，崔希逸的手也凉。就在这时，不远处突然传来慵懒的声音："崔将军！"

晨曦的薄雾中出现了两个身影，少年的身形潇洒挺拔，左手牵着一条半人高的狗，右手抱着一个脏兮兮的小女孩。

乞力徐骤然抬头，难以置信地哑声呼唤："梅朵？"

梅朵浑身脏得像个泥人儿似的，被少年抱在怀里，不哭，也不害怕。

她不怕，乞力徐怕。

这世上的生死，他都见过；这沙场的离别，他都尝过。没有什么能让他发抖，除了眼前的情形。

他拔足狂奔上前，猛地从少年怀里抢过女儿，把梅朵紧紧抱在怀里，热泪几乎要涌上眼眶。

崔希逸似乎也有些动容，他侧头问少年裴昀："你怎么找到人的？"

眼前的少年正是裴昀，他笑容灿烂，一身露水气息清新："营帐里留下了独特的香味，是尼木香的味道，于是我找士兵借了一条狗，狗鼻子是最灵的，我跟着它找了一夜。后来快天亮的时候，狗终于停在了一个水沟前，梅朵就在里面。"

"是裴哥哥救了我，"梅朵搂住乞力徐的脖子，"阿爹，别担心，我没有遇到危险，只是遇到了朋友，我才跟着跑出去的。可是一出营帐它就不见了，我到处找它，后来不小心掉进了水沟里……"

"什么朋友？"乞力徐摸了摸梅朵脏兮兮的头。

"一只三足的大乌龟——当初驮我来凉州的，就是它！"

乞力徐一愣。

唐蕃之间隔绝着大斗拔谷，山路狭隘，地势险峻，常年风雪不息，训练有素的军队要通过也不容易，一只乌龟，能驮着小女孩行走千里抵达凉州？

“那时我离家出走没多久，马就跑不动了，还好遇到那只大乌龟，它蹭到我脚边驮起我，走山路也如履平地，我只睡了一觉便到了凉州。”梅朵开心地说。远涉千里，翻山越岭，在孩童的口中仿佛只是星夜的童话。

晨风温柔如手，小女孩突然想起了什么，委屈地嘟起嘴，摸着空荡荡的脖子说：“阿爹，我昨夜掉进沟渠里，把龟甲项链弄丢了……就是阿爹给我的那条。”

听到“龟甲”两个字时，少年裴昀的神色微微一凛。

梅朵困惑地继续说：“那时我掉进了水沟里，黑暗里突然有声音响起，像是什么碾过地面。一个声音对我说：‘小朋友，把你的龟甲给我，我用杏仁糖换。’我本来很害怕，但那个声音说话很柔和，并不凶，还有一股清凉好闻的味道，不像是坏人。于是我说：‘不换，这是我阿爹送我的，不能取下来给别人。’然后我闻到一股甜腻的香味，就什么都不知道了。等我醒来，龟甲项链已经不见了，我手边放着一把杏仁糖。”

“你有没有记住其他的细节？比如，他的声音还有什么特征？”裴昀问。

“太黑了我什么都看不见，”梅朵摇了摇头，“不过他的气味我有点熟悉……”

她想了想，肯定地说：“我以前应该在哪里见过他。”

裴昀神色微沉，对方那彬彬有礼的作派，甚至说话与遣词，都更像是汉人，如果是梅朵熟悉的人……

“是苏凉吗？”裴昀皱眉问。

“……苏叔叔？”梅朵愣了一下。

“不要挑拨离间。”乞力徐冷冷地说，“梅朵，我们走。”他说话时并没有看崔希逸，仿佛料定了对方不会在此刻为难他。战场上的对手，甚至比朋友更了解彼此。

“苏叔叔不会伤害我的，你说他的坏话，阿爹会生气的。不过，仍然谢谢你救我。”梅朵冲裴昀吐了吐舌头，认真地说，“裴哥哥，你给我的桂花糕真好吃，下次我请你喝马奶酒，还送你一朵花。”

“给。”

一边的崔希逸百无聊赖，不知道什么时候摘了一朵紫色的野花，随手递给梅朵。

梅朵脏兮兮的小脸上开心得神采飞扬：“哇，好漂亮的花！”

崔希逸双臂环胸，风中传来坦荡的香气："乞力将军，你还不如一个七岁的孩子，连梅朵都知道，礼尚往来，胜过兵戎相见。"

河边的树木金黄，映在水面上格外好看。乞力徐沉默了一会儿，抱着梅朵转过身去："你们汉人狡诈，我不信你们。"

父女俩在秋风中走远，梅朵的小手拽着那朵花，恋恋不舍地回头。

"阿爹，崔叔叔和裴哥哥都对我很好，你不跟他们打仗，真的不行吗？"

乞力徐沉默了一会儿："汉人最会骗人了。"

"那苏叔叔骗阿爹了吗？"

"……没有。"

"那阿爹不跟汉人打仗，大家都不会受伤，阿爹可以跟苏叔叔快快乐乐、白头偕老。"梅朵高兴地说。

"……"乞力徐踉跄了一下，差点一口血吐出来，"阿爹教你的成语，不要乱用！"

"梅朵用得不对吗？"梅朵委屈地对手指。

"阿爹和阿娘才叫白头偕老，懂吗？"乞力徐一边说一边在心里想，真的是有其父必有其女，想当年，他在长安学习时，也是闹过不少笑话……

六

十七年前，少年乞力徐在大唐国子监留学。

那时有许多东瀛、新罗的留学生，说得一口流利的汉话，乞力徐长得高大英武，但汉话说得不好，课堂上常常闹笑话，国子监博士对他也多少有点嫌弃的意思。博士讲授的《春秋》与《周礼》，他常常听得云里雾里，到了群英荟萃的问难会[①]，别的留学生高谈阔论，意气风发，他总是一个人在角落里当听众。

同学中有几个新罗学生很受欢迎，他们精通数国语言；几名东瀛学生懂得儒家经典，写得一手好书法；当然，最受欢迎的还是大唐本土的青年才俊，他们大多幼承庭训，博学多才，让各国留学生们争相结交。那时候大家都年轻，呼朋引伴，而乞力徐大多数时候都是孤单的一个，陪伴着他的，只有从草原带来的一把佩刀。

---

①唐代国子监的"问难会"类似现代大学的学术沙龙。

偶尔在星夜，乞力徐坐在凉如水的台阶，想念故乡，想念草原上的星空。

长安的日子有些漫长，但乞力徐没法回去。他的父亲在一次部落争夺中被仇敌所杀，家族也渐渐衰败下来，就连这次遣唐留学的机会，也是原本拟定好的一名年轻人选突发急病，才落到他头上的。

六年时间，在天下最繁华最伟大的都城，他总得学一点什么。

乞力徐很仰慕汉人的兵法，他曾经在市井听说书人讲淝水之战、谢安用兵，听得心驰神往，可是太学不教兵法，律学院、书学院、算学院也不教兵法。他找到讲课的博士去求教，对方只冷冷甩给他一句："礼仪不通，安知兵道？"

被拒绝的乞力徐有点苦闷，于是到长安的酒馆里去喝酒。

酒肆有绿蚁新酒，红泥火炉，有美貌风流的胡姬，吟诗作赋的文人。乞力徐找了一张偏僻的小桌子，点了一壶最便宜的浊酒。

小桌案陈旧油腻，他正喝着酒，一低头，看见桌面上刻着不知道谁写的几行字："少年温酒行，一壶秋月明，抱负总被读书误。"

那一笔字写得很好看，能想见是个有学识与志向的书生。

看来，独自在酒肆的角落喝闷酒的，不止他一个人。

乞力徐觉得有趣，便将随身的佩刀抽出来，趁着酒肆伙计不注意，也在破旧的桌子上刻了几个字："有刀有月有好酒，不问前程，喝完便走。"

过了几天，乞力徐又到酒肆去喝酒，心念微微一动，还是坐那张角落里的旧桌子。

果然，桌上不知何时又多出了一行字："兄台汉语学得不错，是留学生？"

乞力徐哑然失笑，他的字写得歪歪扭扭，被对方一眼看出了留学生身份，他也不隐瞒："吐蕃留学生，让兄台见笑了。"

"兄台这字，是用刀刻的吧，敢问刀取何名？"

"见笑。"

"不必谦虚，我问你刀的名字。"

"见笑——这把刀叫'见笑'。"

……

这样一来二往，两个从未谋面的年轻人，竟以这酒桌为媒，聊起天来。

好在这酒肆不起眼，酒桌也破旧。乞力徐每次上完课，最期待的事情竟然就是来到酒肆里看一看对方的留言。说起来，乞力徐的刀，也和它的主人一样不招待见，长安的名士与侠客们更喜欢用剑，他们推崇剑术的飘逸潇洒，不爱刀的草莽之气，可在这桌案上，他的刀、他的字，竟然都没有被嫌弃。

“草原是什么样子？”一次对方留言问。

“逐水草而居，牛羊和星星一样多。”乞力徐持刀刻到这里，突然间有些思念故乡和亲人，在桌子上轻轻刻了一行小字，“长安繁华，草原苦寒，愿天下同冷暖，百姓不受饥寒。”

时间不知不觉过得快了许多，有了这旧桌案，长安的日子也不再寂寞，就这么过了三个月，一天乞力徐像往常一样来到酒肆，坐在熟悉的位子上，却没有发现新的留言。

他正在疑惑的时候，酒肆的伙计走过来，交了一个包袱给他：“今儿早上有位郎君来，说日落之前谁来坐这个位置，就把这包袱交给他，是给你的吧？”

乞力徐接过包袱打开，里面竟是几卷兵书。

此后在长安的几年，乞力徐去过酒肆很多次，可那张桌子上再也没有留言出现——那个和他以桌为媒聊天的年轻人，就此消失了。

他是书生还是游侠？乞力徐不知道。他为何离开长安？乞力徐也不知道。甚至连他姓甚名谁，乞力徐也一无所知。

萍水相逢的人，没有留下一句告别的话，却留给了乞力徐几卷珍贵的兵书。那时长安纸贵，书籍都是达官贵人的专属，留学生想读书只能在国子监太学找博士借，除了儒学九经之外，其他课外书更不可能借得到。

那几卷兵书，正是乞力徐渴望已久的。于是他更努力地学汉字，在闲余时间将那几卷兵书记得滚瓜烂熟。

或许，正因有了那几卷书、那几年留学时光，才造就了后来的吐蕃名将乞力徐，长刀纵横沙场，铁骑威震草原。

原本以为，当初送书给他的人，此生不会再有机会相见。

可一次在战场上，他与河西唐军遭遇，一身明光铠甲的秀美青年横刀立马：“久仰。”

“初次见面，何来久仰？”乞力徐不买账。

“此刀名‘久仰’。”对方神色从容，白净面庞，乌黑眉目映着刀刃，在日光下熠熠生辉，“在下河西唐军参将苏凉。”

乞力徐怔了一下：“你可知道，我的刀叫什么名字？”

对方微微一笑：“见笑。”

这一刻，往事温暖汹涌排云而来，乞力徐怔怔地看着对方，猛地将刀收入鞘中：“今日这一战也罢！”转身掉转马头，命令身后的士兵，“撤！”

那一日晚上乞力徐独自坐在营帐外，看了许久的星星。

是他吗？

当初胸怀抱负的年轻人，赠他兵书的朋友，如今成了唐军的参将？

没过几日，乞力徐收到了一封书信，他一展开，便看到熟悉的字迹：“长安繁华，草原苦寒，愿天下同冷暖，百姓不受饥寒。多年未见，兄台风采依然。”

落款写着俊逸的两个字：苏凉。

乞力徐眼眶一热，胸膛倏然滚烫。

故人重逢，苏凉的字和当初丝毫未变，只是信中却不再谈及战事，只谈风月。

乞力徐心中有些伤感，却更多坦然——这样也好，两军敌对，他身为吐蕃主将，若是与唐军将领谈论战事，只怕有通敌的嫌疑。

他们鸿雁往来，所议的不过是吐蕃的牛羊，边境的雪月，祁连山下的草木。

早春到来时，临河的树木抽出了几痕绿意，映在冰面上，像是冰碎了似的，格外温暖。

苏凉随信寄来了一小袋花种，说是牡丹花的种子。那时乞力徐的女儿梅朵已经有五岁了，长得极为可爱，他便将这些花种给了女儿。

草原长大的小女孩儿见过许多野花，却还没有见过中原的牡丹花，对这些种子宝贝得不得了，每天浇水施肥，缠着乞力徐写信去问苏叔叔，该怎样照顾花种。乞力徐只好回信去问，苏凉也耐心地答。一封一封书信往来，等到花枝抽出新芽时，梅朵又长大了一岁。

那个时候，河西节度使崔希逸的名声也越来越大。一开始听到时，乞力徐多少有点不以为然。汉人男子在他眼里总是偏于柔弱，况且崔希逸据说出身一等一的清河贵族，只怕身上的纨绔气都没有洗净，就敢上战场？

谁知道这崔希逸竟是个狠角色，能打仗，唐军士兵们在他的率领下从羔羊变成了虎狼。

两军一交战，唐军士气如虹，乞力徐竟然吃了败仗。

打不过怎么办？乞力徐只有逃。可崔希逸穷追猛打，逼得他连盔甲也丢弃了，跑死了四匹骏马，一口气逃出了两百多里回到草原。更让乞力徐差点吐血的是，他惊魂未定地下了马来，只见几个士兵交头接耳，似乎想笑又不敢笑，其中一个好心提醒他：“将军，呃，你后背上……”

乞力徐伸手一摸，衣裳破破烂烂的，铠甲早就扔了。当时崔希逸在他身后追赶，他曾觉得背后一凉，刀风贴着皮肤仿佛随时要刺穿他的心脏，但那时他全心逃命，来不及细想。

“后背怎么了？”乞力徐把身上汗湿的衣裳脱下来，只见后背上的破洞，赫然被刀划破成了一个乌龟的形状！

欺人太甚！乞力徐气得脸色涨红。

这件事很快在草原传开来。一向与乞力徐不合的将领结桑东则布见到他时，故意问：“乞力将军，听说你和唐军打了一仗，回来时后背衣服上被画了乌龟？我们草原男人只崇拜雄鹰，想不到还有崇拜乌龟的，啧啧，果然是去过长安、喝过几年汉人墨水的，口味独特啊。”

乞力徐一口老血堵在胸口，他怒气冲冲地回到自己的帐篷，却见六岁的女儿梅朵怀里抱着羊羔，正在拿青草喂小羊。

梅朵见他回来，眨巴着大眼睛问：“阿爹不高兴？”

乞力徐铁青着脸没有说话，梅朵红扑扑的脸蛋上挂着又甜又糯的笑，扑过来：“阿爹教过我，胜败乃兵家常事，这次败了，下次再赢唐军就是！”

从小梅朵便是听着乞力徐说打仗的故事、讲兵法长大的，能认汉字，说汉话，格外聪慧。

乞力徐将梅朵抱在膝盖上，狠狠地说：“那唐将崔希逸如此羞辱我，我一定要生擒他，剥他的皮，吃他的肉！脱了他的衣服示众，在他脸上画乌龟！”

梅朵伸出白藕般的小手，捧住乞力徐的脸：“阿爹别生气了，苏叔叔送给我们的花种，已经开花了！”

被女儿的小手捧脸，乞力徐的心软得一塌糊涂，伤也不疼了，气也不生了，他抱着圆滚滚的梅朵：“走，带阿爹去看花！”

帐篷后的草原，开垦了一小片花地，春意里开出了几朵粉色、紫色、红色的牡丹花。

其实，这孤零零的几朵牡丹花，根本无法与他当年在长安看到的相比，比不上那样雍容华贵，也比不过那样硕大绚烂，但乞力徐还是惊喜。

塞外的水土，养中原的花种并不容易，但它们终究还是开花了。

夕阳静谧，似乎连风都不忍打扰平静的草原，只有远远传来牛羊的叫声。这一刻，乞力徐突然想，若是草原上到处都开出花来，没有战争的铁蹄来践踏，该多好？

……

士兵们纷乱的脚步声打断了乞力徐的回忆，副将匆匆来到他面前站定：“将军，有何吩咐？”

行军露营的篝火灼灼，乞力徐抱起熟睡的梅朵，交给对方：“此战凶险，你把梅朵先送回去。”

“是！”

等副将带着小队人马绝尘而去，乞力徐看向夜空中明亮的北极星，神色冷如铁——崔希逸放过了梅朵，却绝不会放过深入河西的三万吐蕃大军。接下来这一战，只怕极为艰难。

“不……不好了！”一个士兵慌慌张张喘着气冲过来。

“出什么事了？”乞力徐持刀霍然站起。

“刚拦截到情报，唐军趁着我大军调动，后方空虚，陇右将军卢湛已率一万骑兵深入草原，直捣我吐蕃王庭！”

星空纷乱，篝火四溅，乞力徐狠狠握紧手中的刀柄，额头上的汗水混合着灰土与血痕滴落下来：“混账！”

他这才明白过来——陇右小将裴昀来到河西，根本不是来闲逛的，而是前来联络河西唐军与陇右唐军，助崔希逸与卢湛一明一暗，里应外合！

如今卢湛的大军一入草原，他们便是腹背受敌。而吐蕃王庭逻些城，也危如累卵。

“将军，现在该怎么办？”兵将们都忧惧地看着乞力徐。

情势危急，乞力徐深吸了一口气，冷静地沉声说：“卢湛率领的陇右唐军孤军深入我王庭，只要粮草不济，便不足为虑。我们现在有三万人，并不比唐军人少，也不比唐军弱！”

星空之下，他面朝三军将士下令：“众将士听令，只要截断唐军粮草，就能将他们杀得片甲不留！卢湛孤军深入，不用惧怕他们！大军进发直取焉支山粮道，四千轻骑随我做前锋，劫下唐军粮草！”

焉支山粮道是唐军粮草车的必经之路，只要截断唐军的粮草车，便能在困境中反败为胜。乞力徐很清楚，这是他唯一的机会。

星夜中唐军的粮草车正在全速行进，但吐蕃骑兵的速度更快，几个时辰之后，乞力徐便率先锋轻骑追了上去。

四千骑兵如飓风席卷，两军厮杀混战在一起，终于，唐军的粮草车被包围截断，押送粮草的军官也被生擒活捉。

“都给我绑了！”先锋将领吩咐士兵将人绑了，捆到乞力徐面前。

星夜清凉，乞力徐看到那个满脸灰土的俘虏，突然愣了一下——押送粮草车的将领，竟是苏凉。

此刻对方脸上带着血迹，原本白净的面孔也显出几分狼狈，只是眼神还是那样，不曾蒙尘。

长安酒桌上的刻字，临别相赠的兵书，边关战场上的书信，犹带墨香的花种……乞力徐的喉咙有些发干。他走到苏凉面前：“想不到再次见面，会以这样的方式。当初在长安，你我倾心神交；如今两国兵戎相见，国家生死存亡，如箭在弦上，你我各为其主，我不得已劫走唐军这千车粮草。我于国于家无愧，但于私，我用你赠我的兵法书赢了你，胜之不武。”

他亲手将苏凉身上的绳索解开，为他牵过一匹马，把缰绳交到他手上：“你走吧。”

苏凉没有接缰绳，他站在原地凝视着乞力徐，活动了一下被绑得酸胀的手腕，十分客气而突兀地说了一句：“乞力将军，你的话苏某有些不懂，我并不记得曾送过你兵书。”

乞力徐一愣。

“而且，开元七年，苏某也并不在长安。”苏凉没有半点开玩笑的意思，“我是云中人氏，开元十五年才到长安参加科举。听闻将军是开元七年到长安国子监留学，实在不知，你我二人怎会有交集？恐怕将军是误会了什么，进入河西军营之后，苏某也从未给你写过信。”

说到这里，苏凉的神色十分无奈：“背上这私通敌将的罪名，实在莫名其妙。”

“可……当初在战场初遇，你怎知道我的刀名‘见笑’？”乞力徐难以置信地问。

“让将军见笑了，”苏凉的神色更加无奈，“当初我原本要说的是‘见笑，我不知道’，可话还没说完，你突然神色大变，我以为大军要发动攻击，便不再赘言，准备应战，谁知道将军掉转马头就撤军了，实在令我困惑万分。”

不等乞力徐从震惊中回过神来，突然空中一道烟花冲天而起，伴随烟花呼啸之声，粮草车上覆盖的稻草纷纷被掀开，唐军精锐如潮水涌出！

“不好，中计了！”

“将军！我们中计了……”

……

粮草车里竟然根本没有什么粮草，而是潜伏着唐军数千精锐！崔希逸早就知道乞力徐会来劫车，便设好了局等他。

“快撤！”乞力徐惊愕愤怒地想要带士兵后撤，却已经来不及了。

埋伏的唐军从山上冲下来，迅速将去路与退路都封死了。

乞力徐死死握紧手中的刀。

他征战这么多年，第一次陷入这样的绝境。他不得不承认，崔希逸是用兵的天才。在河西军营，崔希逸已经放过了他一次，任由他带走梅朵，并不是出于仁慈，而是因为对方有必胜的把握！唐军之中人才辈出，汉人从来就不柔弱，他们的智谋、勇气、胆色，都不逊于草原的雄鹰。

可他身后呢？吐蕃三万大军，那些信任他、跟随他出生入死的将士，如今也陷入死局了吗？

眼看将士们浴血厮杀，再不容他片刻迟疑，乞力徐将手中长刀举起：“将士们，狭路相逢勇者胜！今日我等全力突围，若是不能重回草原，唯死而已！”

他悍勇冲杀过去，绝地求生的悲壮也感染了众多将士。吐蕃士兵虽然处于劣势，但也不断试图将唐军潮水般的包围冲开。

“很勇猛啊。”

不远处的高地，崔希逸正勒马观战。在他身边，一身戎装的裴昀慵懒地微笑，少年的脸孔鲜活如星夜的桃花，眼底刀锋却比新月更明亮危险：“看来至少要打到天明，才能结束这一仗。”

“用不了那么久。”崔希逸成竹在胸地说：“我现在就放他们走。”

“什么？”裴昀一愣。

“传令下去，西面放开缺口。”崔希逸朝身边的副将挥了挥手，对方立刻领命而去：“是！”

唐军西面的围攻缺口一开，乞力徐的大军如同饥饿的狼群闻到了血腥味，看到了生机，立刻拼杀而去，将唐军的缺口冲开……

眼看吐蕃主力军队在眼皮底下逃走，崔希逸却半点儿也不着急，傲慢的剑眉抬起，黑眸如寒星。少年裴昀眼底映着绵延的火光，突然微微一亮，什么都明白了：“围师必阙？”

若是将败军包围得无路可退，他们心存死志，奋力拼杀，剿灭就要付出极大的代价。但是在包围圈中留一个缺口，让败军看到逃逸的希望，他们便一心拼命逃跑，这时再率军追击，对方已经如同惊弓之鸟，击杀不过是探囊取物！

“好一招欲擒故纵，”裴昀的衣襟被夜风吹起，微笑侧过头来，问了一句，“崔将军，其实，你早就知道苏凉是冤枉的吧？”

“哦？”崔希逸并未回头。

“梅朵跟我说，苏叔叔每次写信都顺寄情诗。我就奇怪了，苏凉似乎并没有这个爱好。莫非是有一个擅长写情诗的人，常年冒用苏凉的名义给乞力徐写信——这个人，不会就是崔将军你吧？”

月光笼罩之下，旷野如昼敞亮。

崔希逸猛地回过头来，瞪着少年——这小子，实在是太聪明了！

的确，从始至终与乞力徐刻字留言、鸿雁传书的人，根本不是苏凉，而是他。

当初他在长安，正是少年最为躁动不安的时候，有病呻吟，无病也写诗，在桌上文绉绉地刻字抒情，偶遇了单纯的留学生乞力徐。

其实有好几次，乞力徐在桌上刻字回复时，他就坐在旁边的桌子端着酒杯，好笑又好玩地观察对方。可是这个脑子不开窍的呆头鹅，实在是实诚得很，他不说见面，乞力徐也不提见面，甚至没有想过暗中打探。

那年崔希逸已经取得了功名，在长安没闲多久，便被任命到江淮之地，做河南转运副使。离开长安之前，他送了对方几卷书。

当时也未曾想过，那段年少的友情，有朝一日会在战场上兵戎相见。

白驹过隙，再见面时乞力徐虽然是英武的大将军了，可眼神还是当初单纯的少年，一激将就炸毛，一骗就上当。

他用苏凉的名义给乞力徐写信，虽然有点好玩的意思，但最要紧是为了避开天子的疑心——两国敌对，他身为主帅却与对方主帅通信，只怕引来天子猜忌。

这些年来，两人谈诗词风月，谈花花草草，情情爱爱——当然是他对自己夫人的思念之情，倒也不错。

更不错的是，只有乞力徐坚定地说他的诗写得好，天下第一。崔希逸心里想，得一知己，夫复何求啊。

正因为有了乞力徐，他才更加豪迈地写诗，才能写出“两只青蛙顶呱呱，一行蛤蟆蹦哒哒，不听军令都找死，个个屁股打开花”这样的绝句。

“乞力徐是个很有眼光的人，我舍不得杀他，”崔希逸对身边的少年说，“他对我的诗赞不绝口，说比你的老师张丞相写的还好。”

“……”裴昀望天，他这是瞎呢，还是瞎呢？

裴昀一脸疑惑地看着崔希逸：“崔将军，说起来我一直有个疑问，你怎么总是跟老师过不去？”

“你是听到了什么流言蜚语吧，情敌什么的？”崔希逸傲慢地昂起下颌，嘴角微弯，“当初听我娘子说，张相少年时来跟我岳丈提过亲，岳丈想答应，可娘子她一口回绝了。这些年来，我看张相坦坦荡荡，并无芥蒂，恐怕当初是把我家娘子错认成谁了吧？”

世人雾里看花的绯闻，到了崔希逸这里，竟透彻如清水。

“我离开长安之前，有一次下朝遇到张相，他说，止戈为武，国之大幸。”远山星月辉映，马蹄之下清风和鸣。崔希逸神色坦荡，眉宇骄傲如雄鹰张扬，“这些年来，我杀敌无数，不惧鬼神，也不怕报应，只怕河山陷落他人之手，百姓陷于水深火热。止戈为武，国之大幸——张相此言，正是我心中所愿。”

天下名将大笑后一扬马鞭：“追！”他身后月光磅礴，三军齐发，手中长刀清光，山河俯仰。

七

吐蕃军逃了几十里，早已人马疲惫，远远却看到了火把残酷的光亮和整肃列队的唐军——那并不是追来的唐军，而是早已在焉支山之下，以逸待劳等着他们的唐军！

“乞力将军！那……那是……”

“是陇右大军！”

为首的唐军将领一身金色明光铠甲，面容俊雅冷秀，手持银色长枪，正是陇右主帅卢湛。

乞力徐脸色发白。他终于反应过来，所谓一万骑兵深入草原直捣吐蕃王庭，根本是假情报！卢湛的陇右唐军压根儿没有前往草原，而是等待在这焉支山下，截断他的退路。

征战多年从不言败的乞力徐，这一刻突然感觉到了绝望。他已经穷尽了所有的智谋、勇气、体力，可仍然被阻截在最后一刻，被夺取了所有的希望。他已经尽了全力，仍然无法赢崔希逸。

远山天快要亮了，可他与数万士兵只怕再也看不到日出与黎明。

只听身后传来熟悉的马蹄声，崔希逸率轻骑追击而来，声音傲慢而优美：“乞力将军，又见面了——这一次擒住你，你可心服？”

乞力徐猛地回过头，仇人相见分外眼红，他咬牙切齿地说：“人为刀俎我为鱼肉，唯死而已，无需多言！”

“比试一场再死，也不迟。”崔希逸微笑，“你用刀，我也用刀，听说你的刀叫‘见笑’，不如让我见笑一下？”

乞力徐被他几句话激得羞愤莫名，大喝一声，提刀就冲杀了过来！

月下骏马狂嘶，刀锋交缠在一起，两人单打独斗，马背功夫竟是不分上下！乞力徐一开始满心仇恨杀意，可两人交手了近百招仍分不出胜负，他竟忘了绝境和绝望，只觉得生而为将，临死前有这么酣畅淋漓的一战，也不枉此生了！这样一想，乞力徐竟然不再畏惧死亡，他仰天大笑，突然将手中染血的长刀举起：“我不能做俘虏，也不能死在敌人手上，这把刀跟随我多年，今日就送我最后一程吧！”

刀光如雪闪过，就在乞力徐猛地拔刀自刎时，突然一股悍力打在他手腕上！长刀顿时掉落在地，崔希逸一跃而起，竟放弃了自己的骏马，凌空跃到乞力徐的马背上！

“你——”乞力徐一时错愕。

“前几天你给我写信，还说得了我的花种，来日要还礼给我，怎么，礼物没有给我，就想赖账？”崔希逸微笑。

乞力徐呆在马背上，半晌才反应过来：“你……”

“送你兵书的人是我，送你花种的人也是我。想不到这么多年你不但字没有写得好看，人也还是那么好骗。”

乞力徐的脸色由涨红变得苍白，眼前的敌人陌生又熟悉，眼前的光影清晰又凌乱……汹涌而至的情绪让他胸口剧痛，骤然喷出一口血来！

崔希逸见他吐血，手中的禁锢不由得一松。就在这时，乞力徐反手用肘部狠狠撞在他的胸膛上，崔希逸防备不及，两人顿时一起摔到马下，滚下山坡！

山坡上的野草野花与山风一起，擦得脸生疼。

不知过了多久，崔希逸滚到山坡底下终于停下了，他摔得七荤八素，捂着快要散架的腰站起来：“差点被你摔死……”

“你想用诡计，擒住我吐蕃三万大军，痴心妄想！我三万将士不做俘虏，必与你玉石俱焚！”乞力徐咬牙按住胸前的伤口，吃力地也想要站起来，可不等他直起腰，崔希逸大笑，一把狠狠扭住他的胳膊，再次将他压倒在草地上！

“我擒那三万大军做什么？我要擒的人，是你。”

月光从远山渗漏出来，照亮了两个男人满是血汗的脸庞。崔希逸的刀分明还在鞘中，乞力徐却觉得刀锋刺目晃眼。

——明月之下，刀意绵绵，攻我心防。

乞力徐奋力挣扎，却挣脱不开。牢牢禁锢住他的是崔希逸的臂膀，也是那些信，那些花种，那些过往。

“当初在长安的时候，你只有十四岁吧，那时你说长安繁华，草原苦寒，愿天下同冷暖，百姓不受饥寒。这么多年了，血流在河里，枪折在马下，尸骸弃在荒野，坟冢乱在山头，”崔希逸如铁的手臂压制着他，“我发现自己曾经想错了战争，只怕你也发现了，打仗不能同冷暖，只能生灵涂炭。”

“你想要怎样？”乞力徐喘息着问。

“议和啊。”崔希逸仍然是目中无人的语气，“那三万大军我都放走，就是我的诚意，怎么样？”

乞力徐浑身一震，抬起眼来，几乎不敢相信自己听到的话。

“你这么好骗，我倒是不忍心骗你了。”崔希逸在月光里微微昂首，“这次我不骗你，我放你大军回去。你回了吐蕃之后，拆栅栏，收兵戈，开垦田地。”

月下能看到一片绵延数里的栅栏，四周没有牲畜，也没有人烟，只有荒草孤零零地蔓延向远方。崔希逸抬臂遥指前方：“回头这里做一片集市，该十分热闹。途经波斯、大食的货物，各国商人会频繁往来，用牛羊换粮食和布匹。吐蕃子民、大唐百姓都能各自耕作园田、放牧牛羊。”

乞力徐沉默良久，终于艰涩地说：“去年我战败被你追了两百多里，当时你就可以擒住我的吧？”

“嗯。”

“前日我孤身夜袭河西军营，你只要一声令下，我便插翅难飞，但你又放了我和梅朵走。”

“嗯。”

“方才我要自杀，你打掉了我的长刀，如今还要放了我？”

“嗯。”

“你这样一次次捉弄我，便是欺我赢不过你？”乞力徐突然抬腿，膝盖如电猛击崔希逸的腹部！随即如豹子般翻身，趁对方吃痛时将其反摔在地上，欺身死死压住他，眼眶通红，“当初你为何送我兵书？如今又为何放我生路？既然是敌人，就不要这样对我！与其用兵法里的谋略来骗我，用欲擒故纵来羞辱我，我宁可你杀了我！”

崔希逸平躺在铺满月光的草地上，伸开修长的四肢，摸了一下被打出血的嘴角微笑：“已经杀掉了啊——”

乞力徐怔了一下。

“我对敌从来斩尽杀绝，不会心慈手软。那个与我为敌的吐蕃名将已经被杀死了，现在从胸腔里掏出了一颗温热的心来质问我的人，是朋友啊。”说到这里他叹了口气，眼底星光清澈动人。

是朋友啊。

夜风吹过，所有锋利染血的草尖都柔软匍匐下来。乞力徐一摸脸上，尽是热泪滚烫。

两人身后的星空浩瀚似海，耳畔席卷而过的山风那样温柔而猛烈，如同撞击的拳头，带着血汗的味道，带着誓约的温度。崔希逸朝他伸出手：“以诚相待，以信相约，以血为盟，以命相付。”

声音掷地如铁石，劲风穿透染血的铠甲，驱散了远山的寒凉。

“你总想赢我，也不是没有机会，”趁乞力徐怔神，崔希逸稳稳拉住他的手，借力爬了起来，好整以暇地掸掸身上的灰，“我可以跟你比写诗，当然了，我的诗写得好天下皆知，你也知道。不过文无第一，你可以与我并称‘西北二诗仙’。”

……

开元二十四年，河西节度使崔希逸与吐蕃将领乞力徐歃白狗之血，立下盟誓，两军相约信任，各自撤去守备。战争的炎夏终于从西北边境退却，迎来了一场清凉宁静的金秋。此次唐蕃和平，史称“白狗之盟”①。

①《资治通鉴》记载：河西节度使崔希逸遣使谓吐蕃边将乞力徐……乃刑白狗为盟，各去守备，于是吐蕃畜牧被野。

无中生有
“诳也，非诳也，实其所诳也。”
——《三十六计》中的第七计

一

李隆基看中张九龄，也不是一天两天了。

当初他做太子的时候，在东宫主持策问，问到治国方略，阶下那个清丽绝伦的少年答：“国以民为本。”当时只觉得殿堂敞亮，春色如许。

后来他登基做了皇帝，自负雄才伟略，办了许多大事，也用了好几位有才能的宰相。直到有一天晚上，殿前明月格外皎洁，他突然想起那个人来，问身边的宦官高力士：“张九龄现在何处？”对方赶紧恭敬地答：“在岭南。”

那段时间，张九龄在岭南修建大庾岭梅花驿道，和工匠一起开山凿石，亲力亲为，风雨兼程。

“他那单薄的身体，能凿石修路？”李隆基笑了笑，饶有兴味地侧身，“岭南与中原隔绝数百年，崇山峻岭，多少英雄豪杰望而却步，朕想不到他竟然有这样的器量和志向。”

盛世在望，天涯共此一段月光。

那天，李隆基微微出神地想：张九龄在山路上看到的月亮，与长安的明月又有何不同？

一年后，大唐帝国的版图上，多了一条醒目的道路，从岭南到中原，贯通南北，由那人亲手所绘。宽阔大地上那块滞涩多年的筋脉，被大庾岭梅花的暗香打通；长安的浩荡长风，从此长驱直入，推开帝国南面的屏障。

再一次在长安见到张九龄时，对方仍风华如初。逝水流年，眉下鬓间，如同岁月不曾摧折的山岳，立在朝堂之上仍是一轴水墨画卷。

曾经东宫里一室清雅的春光，少年诗意的面庞，掷地有声的辞章，如今多年过去，当初的惊鸿一瞥，风雨沉浮不改。

李隆基凝视对方良久，不知是惊艳于经年时光有情的雕刻，还是渴盼着对方眼中那一轮盛世的明月。

大雪纷飞时，李隆基拜张九龄为大唐宰相。那一年的雪下得格外久，皑皑白雪覆盖了楼阁与宫殿。李隆基与大臣们讨论开通西域商路一事，路途遥远，困难重重，波斯等国使臣送来了国书，许多朝臣认为此事不可行，李隆基问张九龄："张卿怎么看？"

张九龄微微一笑，眼底长风万里："相知无远近，万里尚为邻。"

兴庆宫外单调的雪景在这个清晨变得精彩。李隆基朗声而笑，执着张九龄的手，与他议通商的细节。雪在天地间飘洒如画，那一天，君臣并肩而行，走在廊下也丝毫不觉得冷，无畏路之远近。

二

商路一通，千里之外的胡商云集长安，十年饮冰的将士回归故里。大唐的春天就这样到来。

御苑百花盛开，李隆基偷得浮生半日闲，便让太监放一只彩蝶，自己跟随蝴蝶踏春而至。蝴蝶停歇在哪位妃嫔的院墙，便宠幸哪位美人儿。天子风流潇洒，知情识趣，妃嫔们自然都含羞带怯地翘首以盼。李隆基缓步走在春色里，在如梦如雾的浅绿中不知想起了什么，一转眼，蝴蝶却不见了。

"蝴蝶呢？"李隆基侧头问身边的太监。

"回陛下，刚才还在这里的……"太监高力士也是四处张望，却不见了蝴蝶的影子。

"罢了。"李隆基觉得无趣，摆摆手，"起驾回兴庆宫，朕还有几封折子没看。"

兴庆宫里堆积的奏折，所奏之事无非是州郡的赋税，边关的粮草，官员的稽核。李隆基被慵懒春意扰得昏昏欲睡，耐着性子批阅完那些冗长的奏报，天已近黄昏。他将手边最后的奏折合上："让张卿来朕这里。"

张九龄来的时候，暮色四合，阶前花香却更为馥郁。

李隆基一抬眼，便看到熟悉的人影走进大殿。太监高力士眼前一亮："陛下，这不是……"

只见一只蝴蝶在张九龄身边翩跹起舞，蝶翅上扇动着金色的夕阳。

正是先前不见的那只蝴蝶!

高力士自知失言，赶紧将话头一转："这不是……上次陛下鉴赏滕王名画'百蝶图'中的那只蝴蝶吗？"

李隆基按着手边的奏折，暗暗松了口气。

若是让眼前的宰相知道自己"蝶幸"之事，只怕劝谏的折子明日就要呈递上来。

开元盛世，万国来朝，自己是威震华夷的天子，可偏偏怕一个宰相，这似乎有点说不过去?

那只蝴蝶全然不知帝王的烦恼，在那人身边流连不去，使得暮色中的剪影更为飘逸。

大唐天子近乎赌气地淡淡说："爱卿踏花而来，衣襟上沾了花香，这蝴蝶倒是懂得识趣闻香。"

"蝴蝶自在于宫苑，不过倚仗春暖，"张九龄微笑，声音磁性而和缓，"国之仁政，亦如春暖，为天下百姓所倚仗。不久前定州、襄州遭遇了蝗灾，还请陛下恩准减免两州的赋税。"

殿前没有春雨，却有春雨洒落，滋润在人心。

中原州郡遭遇了蝗灾，收成不如往常，李隆基是知道的；张九龄外柔内刚的固执，他也是知道的;但他却不知，这殿前清凉的暮色是因何而起，阶下黄昏的阴影又何时而至。各级官员的奏报中,似乎越来越多"张相示下"。张九龄在官员中的威望,李隆基听得多了,心中便多少有一丝如纤针芒刺般的感觉。

"那爱卿认为该如何减免,几成为宜？"李隆基站了起来,在殿内踱步,神色晦暗不明。

"租税十成全免，"张九龄答，"仅征调税与役税。"

李隆基不赞成地皱眉："未免太过宽松。"

"依大唐律法之规定，凡水旱虫霜为灾，十分损四成以上免租，损六成以上免租调，损七成以上课役俱免。"张九龄的话音从容，字句清晰如珠玉，"如今定州、襄州因受蝗灾，收成已少四成有余，依律例当免除租税十成。"

"卿口中常称律法，"李隆基意味深长地凝视着他，"朕贵为天子，与律法孰轻孰重？"

"君轻民重。陛下尊崇大唐律法，不以一人之喜恶而施政，才能令百姓受其恩泽。"

李隆基似笑非笑道："朕使天下百姓受恩泽，那你倒说说——你，受朕的恩泽了吗？"

张九龄抬眸，眼底一片清凉坦荡："陛下对臣有知遇之恩。"

李隆基被他认真的样子气得发笑，突然骂道："朕的恩泽给你也是白给。朕看你，就是块石头！"

旁边的高力士忍俊不禁。张九龄却站在原地，像那些秀丽但质地坚硬的山岳："臣倒愿意做一块石头，不会与陛下争执。可臣既然身在朝堂，知晓民生冷暖，便需尽人臣的职责，做不得石头。还请陛下恩准减免定州、襄州的赋税。"

"你啊你！"李隆基微微动容，踱了几步，"民间传说女娲用泥土捏成人形，你这个人，估计是女娲用了石板勒出来的，固执！"

固执如磐石，可神在造他的时候，手上不小心沾了二月的春水吧？造就得眼前的大唐宰相如此骨清神秀，温润光明。

殿内的黄昏如水漫溢，花香与暗影交织难辨。也许是被天子的脚步惊到，那只蝴蝶倏然飞走了。

疑心，像是蝴蝶，倏然自眼前心间飞过，想要细看时，却不见了。

世间之事，心中之念，有些不过无中生有。

有些，却会落地生根。

三

仲春芳菲将尽时，宫殿外落了一场细雨。

内廷送来一方新制的上谷春绿墨，墨锭盛放在狭长的椢木匣中，浑厚如漆，连落在墨锭上的雨后阳光也显得格外清透。李隆基兴致勃勃正要命人前来研磨，试笔新墨，只听太监来通传："侍御史薛简求见陛下。"

"传。"

侍御史薛简是个精明干练的官员，他原本不过是小吏出身，但能办实事且懂得灵活变通，为左相李林甫赏识，推荐进了御史台。此刻，薛简恭恭敬敬地弯腰，双手呈递上一本奏折："陛下，微臣有本弹劾。"

"弹劾谁？"

"微臣弹劾河西节度使崔希逸。当初崔将军与吐蕃将领乞力徐交战时，原本可以一战击杀，却几度放虎归山，纵容蛮夷在边境抢掠，并与吐蕃议和，有损大唐国威。"

李隆基抬起头，眼底深黑难测，不见喜怒。

薛简看着天子的神色，忐忑地顿了一顿，继续说："……还有，张丞相的爱徒、探花郎裴昀在西北战场屡立战功，与崔希逸私交甚好。微臣听说，崔将军曾与裴昀一同打猎，猎得一头白鹿。”

日影斜斜投落，照得天子衣袍上的五爪雕龙颇为狰狞惊心。

李隆基沉默了一会儿，突然冷笑：“如今的御史台，已经沦落到捕风捉影来弹劾官员了？”

豆大的汗珠从薛御史脸上落下：“微臣……微臣冒死直言……”

“边将在战场上舍生忘死，宰相在朝堂上殚精竭虑，朕这些年苦心经略边疆，开通商路，为天下民生计，而你们这些言官又在做什么？”李隆基冷冷地说，“给朕滚。”

“是……是……”薛御史几乎吓成了一滩泥，跌跌撞撞地退了出去。

李隆基余怒未消，把手中的奏折重重扔在御案上，那块新制的墨锭从案上滚落在地，原本清亮的颜色也沾了灰。天子起身来回踱步，屏风上摇曳着明暗竹影，绿意淋漓泼洒，仿佛在他心中落了一场烦燥的大雨。

秋风吹至洛阳城时，西北边境传来了坏消息——吐蕃攻占了小勃律国。

小勃律国不过是帕米尔高原上的弹丸之地，但它遏制葱岭的交通要塞，在葱岭以西，碎叶之北，大唐与西域各国的通商都需经过小勃律。如此一来，大唐经略西北的商路，便从通途变为天堑。

这一日早朝时，大殿外的天色沉沉铅灰，李隆基脸色难看地端坐在龙椅之上：“小勃律之事，众卿议一议吧。”

文武百官立在下方，左相李林甫观察着天子的脸色，率先上前启奏：“吐蕃攻占小勃律，阻碍西域商道，用心何其险恶。臣请陛下下令河西兵将奇袭吐蕃，将他们驱赶出青海草原！”

兵部尚书徐晰上前：“臣附议。”

“臣也附议。”

……

在一片附议之声中，李隆基将目光投向并未开口的张九龄：“张卿怎么看？”

“臣反对。”张九龄声音清冷，神色旷远如秋。他一开口，朝堂上便安静下来，众人的目光都落在他身上，“小勃律位居商路要塞，却并非大唐属国，只因其地理位置紧要，为唐与吐蕃多年争夺，冰冻三尺，非一日之寒。如今既有盟约在先，陛下不宜出兵，可分化瓦解，不战而屈人之兵。”

“如何瓦解？”李隆基略微向前倾身。

"据河西战报来看，吐蕃国内主战与主和两派一直对立。此次攻占小勃律的是吐蕃将领东则布[①]，而乞力徐曾当众痛骂东则布，可见主战一派在吐蕃未必得人心。如今东则布攻占小勃律，吐蕃国主一定也日夜恐惧大唐出兵讨伐。陛下只要派出使臣前往安抚，在吐蕃国内，主和派的意见必然会占上风。届时东则布失势，吐蕃从小勃律国撤兵，西北商路仍可重开；若是此时出兵讨伐，吐蕃再无退路，大唐与吐蕃两国之间难免一场血战，大唐并不惧战，只是战祸殃及黎民，陛下多年苦心经略也会毁于战火。孰轻孰重，还请陛下三思。"

一缕秋阳坦荡明澈，从厚重黯淡的云层中钻出来，照过大殿与河山。

"张相言之有理，"尚书左丞严挺之出列，"臣附议。"

殿内比先前明亮许多，主战的几名官员都不说话了。

这时，只见左相李林甫笑着侧身："张相向来主和不主战，可有时候，宽仁在蛮夷眼中就是懦弱，令大唐国威不存。不过我听闻张相的爱徒裴昀也在西北战场，一旦开战，只怕刀剑无眼，丞相与探花郎师生情深，对战事有所顾虑，也是人之常情。"

"两国邦交，岂徇私情。"张九龄却并没有看他，淡淡地说，"昀儿身在战场，我的确日夜牵挂他，但我所顾念的并非他一人的性命。陇右、河西、安西有万千将士的生死，关内、河东、剑南有万千为人父母的百姓。征伐杀戮的雄心固然远大，可百姓在荒野哀哭，中原州郡白发人送黑发人，我不愿看到这样的景况。"

秋凉如水，令御座上天子杀伐滚烫的雄心，也有了一丝怅惘。

"交战不易，可是遣使议和，也未必就能如张相所愿。"李林甫脸上仍带着惯有的笑容，眼底隐匿着一丝危险的寒意，"就说那吐蕃将领乞力徐，虽说是主和，可他曾经放出话来，他与唐军所缔结的盟约，并非对大唐，而是只对崔将军一人。"

斑驳的日影微妙惊心，天子眼瞳深黑如墨。

"两国止息刀兵，将领之间需彼此信任，否则议和无从谈起。崔将军奉陛下之命镇守河西，收服蛮夷，并非为一己私义。即便有流言蜚语传出，也多是小人之言，不足为信。"张九龄的神色孤高，从始至终甚至都不曾看对方一眼。

"张相就如此信任崔将军？"李林甫嘴角微笑，甜如蜜的笑里藏着淬毒的刀锋，"你我身为人臣，当信陛下英明圣心如镜，还是将此事交予陛下决断更为妥当。"

兵部尚书徐晰附和："还请陛下圣裁。"

天子略一沉吟，目光威严扫过群臣："吐蕃攻占小勃律，朕欲命河西节度使崔希逸亲

①据《敦煌本吐蕃历史文书》记载，该人名亦作"论·结桑龙则布"，为吐蕃将领，曾出兵小勃律国。

率大军攻打乞力徐，以示惩戒。”

“臣不敢奉诏。”张九龄站在原地，“请陛下三思！”

“朝中之事，是朕说了算，还是卿说了算？”李隆基终于不悦。

这话说得极重，张九龄怔了一下，脊背仍然挺得笔直：“陛下将国事托付于臣，臣不敢明知不妥，而不加劝阻。”

朝堂上寂静得可怕，仿佛落下一场无声的暴雨。

李隆基按在龙椅上的手背青筋微微暴起。多年来，他觉得自己对张九龄已经极为容忍，身为天子，他也读过“匹夫一怒，血溅五步；天子一怒，伏尸百万”，如今边境的纷争，眼前人的固执，令他终于雷霆震怒：“放肆！”

群臣都恐惧地伏跪下来，只有张九龄还站在原地，唇色苍白坚定，像是梨花枝上覆盖的薄雪：“战事一起，商路阻断，祸及百姓，臣万死不敢奉诏。”

“给朕——”李隆基骤然提高声音，“带下去”几个字还未说出口，却突然见张九龄的身形晃了晃，吐出一口鲜血。

“丞相！”众臣顿时乱成一团。

天子的脸色也变了变，蓦然被对方唇边殷红的鲜血刺痛了眼睛。

他这才想起，每年秋凉时张九龄都要病上一场，殿前议事时脸色也总是苍白。多年来，彼此的脾气早已熟悉，但仍然会不管不顾地争执，盛怒之下忘乎所以。

“带下去”的念头早就被抛诸脑后，一腔怒火如被雪水浇灭，冷静下来的李隆基甚至有一丝惊痛。他霍然站起，快步走下台阶把人扶住，沉声命令：“传御医！”

等御医赶来，切过了脉，诚惶诚恐地抬头禀报天子：“丞相这是忧思过甚，心力交瘁，胸中积有一口淤血，方才急怒之下吐了出来，并无大碍。”

听了这话，李隆基这才松了口气，重新想起他的“天子一怒，伏尸百万”，该杀的人还是得杀，该打的仗还是得打——可御医的下一句话却让他刚蓄积好的怒气再次半途而废：“陛下，丞相的身体，切不可再忧急动怒。”

李隆基一口怒气梗在胸口，他也想吐血。

大唐天子铁青着脸，瞪着御医半晌，终于怒气冲冲拂袖而去：“此事再议。”

曾经许多天子想做的事，就这样变成了“再议”，一次两次总是“再议”，他很在意。

怒气冲冲的李隆基在太监的“退朝——”声中走出大殿，并没有注意到，身后一个少年官员如释重负地出了一口气。

那名官员是监察御史杜清昼，和探花郎裴昀一样，也是张九龄的学生。此刻悄然拢袖，将一颗石子收进袖中。

“丞相当真不要紧？”走出朝堂时，尚书左丞严挺之担忧地看着张九龄，“车马就在宫外，我遣人送丞相回去？”

张九龄摇了摇头：“无碍。”他的气色倒不似先前苍白，只是目光略带困惑不解，一回头看见不远处独自站立的少年，不由得怔了一下。而杜清昼则立刻心虚地躲开目光。

等旁人都走了，杜清昼才磨磨蹭蹭地来到张九龄跟前，靴子上沾着落花。

“老师，对不起。”眼看张九龄微皱着眉头，杜清昼不敢撒谎，老老实实地把那颗石头从衣袖里拿出来，“方才是我用小石头打了您的穴位，您才会吐血的。”

“你在何处学的武功？”张九龄面沉如水。

“我只会这一招，裴昀教的。”

“……”

“裴昀离开长安之前，教了我这一招，说若是遇上老师与陛下争执不下，天子盛怒，就用这一招点老师的哑穴，可以保老师平安。我……我学艺不精，出手重了，我不是故意的。”

张九龄气得呼吸一窒，脸色如雪。

杜清昼忐忑地看着他：“裴昀那家伙去陇右的前晚和我说了一整夜的话，他说最担心的就是老师……老师平安，他在战场上才能安心。”

“最后这句话，也是裴昀教你说的？”张九龄怒极而笑，淡淡看着他。

“嗯。”杜清昼硬着头皮点头，突然上前蹭到张九龄身边。少年向来严肃的脸孔微微红了，与平素的铁面御史判若两人，难为情地低着头，“裴昀还说，老师要是生气了，让我也学他，厚着脸皮来撒娇。”

“……”张九龄被气得哭笑不得，拂袖想要推开他，衣袖却被对方拉住，“西北战事老师也无需太过忧心，陛下会听老师劝谏的。”

秋凉虽至，多年君臣之义尚在；袍袖之间，仍有余温。

四

李隆基手持金杯玉盏，在梨树下饮酒。

边关狂沙未定，宫中仍歌舞升平。兴庆宫新修建了“流杯亭”，在石头上开凿蜿蜒曲折的水道，引入流水，任由酒杯在水道中漂流宴饮——左相李林甫办事，一向是体贴圣意的。

杯中徘徊着云影，大唐天子仰头，将酒中天光云影一饮而尽。他少年时便以宫变夺得天下，从来不是什么养尊处优的皇子、心慈手软的帝王。多少年他在马背上杀伐，在命运的洪流中挥剑纵横，从不畏惧强敌，也不在乎因果。

而如今的他年岁渐长，偶尔有迟迟倦意，眼前的美景，杯中的美酒，身侧的美人，让他常有停歇观看的心情。远方的边关，四海的州郡，已经在他的励精图治之下生出欣欣繁华，他的功业彪炳千古，想随着自己的性子饮酒、欢笑、歌舞、征伐。

他想打这一仗。战争需要多少战马盔甲多少粮草补给，征兵加赋多少，他都不在乎，他只想痛快打一仗，像少年时星夜率三军夺得大明宫，站在帝国最高处一样。铁骑挥戈所向，让千里之外的草原，看到他的力量。

可有一个人告诉他不行，告诉他战祸殃及黎民，商路毁于征伐，告诉他陇右、河西、安西万千将士的生死，关内、河东、剑南万千为人父母的百姓……他不想听这些话，但他心中清楚，这些话沉甸甸的分量。

四海烈日浩荡，这天下始终是他的天下，不可推卸，亦无法放下。这么多年来行走在风雨冷暖中，他是孤家寡人，这世间唯一敢与他争执、与他同行的，是他的宰相。

这条盛世之路太孤独，这份君臣之义太难得，他不敢轻易怀疑、推倒、打碎、毁坏。

如同那个人的身体一样。这些年来时病时好，春寒时风寒缠绵，秋凉时咳嗽难止，固执地坚守，舍命地燃烧，这样劳心劳力，只怕……终究是不能长久的。

“陛下在想些什么？”

一句轻柔的话语拉回了李隆基的思绪，红叶落在美人的裙裾上，李隆基笑了笑：“朕在想西北战事。”

武惠妃是艳光四射的美人，她是武皇帝的侄孙女。和大多数后宫女子不同，她聪明得近乎智慧，总能在最适合的时候安抚天子的心绪：“想当初，陛下策马的英姿，真令臣妾倾倒。何时能再带臣妾去一次猎场，射下林中白鹿与白兔？”

李隆基放声大笑，捏紧了她盈盈不堪一握的细腰：“你这桂宫的仙子，还是如此喜欢白兔！”

想当初他做临淄王时，曾猎得一头白鹿，被心腹臣属视为天命所归的吉兆，那时他不过十九岁。抚摸着美人乌黑的鬓角，再摸向自己染霜的发鬓，李隆基不由得感慨：“可惜，朕也渐渐老了。”

“陛下如此多情，自然会生华发，”武惠妃巧笑嫣然，“年华虽旧，仍有日月如新，陛下的壮志雄心，从没有老过；陛下的脸孔，比当日猎场初遇时更为深邃英俊。”美人的手指轻柔如水，抚摸过李隆基的脸庞、眉宇与鼻梁，“臣妾心中，只想和陛下一起老。”

李隆基喉咙动了动，深黑眼底情潮泛起，正要将她打横抱起，只听太监来通传：“陛下，崔希逸派回长安的人到了。”

这次从河西回长安的，是崔希逸的侍从官孙诲。

孙诲下巴尖削，显得精明强干，但眼窝深陷，眼神滑腻像墙角的青苔，给人一种捉摸不定的机敏感觉。他向天子行过大礼，双手恭敬地将一封军报递过头顶：“末将奉崔将军之命，前来向陛下启奏——小勃律的龃龉虽令人不快，但崔将军已与乞力将军订立盟约，为守信义，不愿再开战，望陛下遣使到吐蕃，分化瓦解，不战而屈人之兵。”

太监赵惠琮立刻取了军报，交给李隆基。

树下日影被拉长，李隆基漫不经心地看着军报：“崔将军的想法与对策，倒是和张卿不谋而合。”帝王貌似无意地随口问了一句，“听说崔将军喜爱打猎，曾猎得白鹿？”

孙诲略一思索，便清楚详细地回答：“确有此事……末将记得去年冬天十二月初九，陇右参将裴昀来河西，崔将军与他两人于风雪中驰马射猎，得了一只白鹿。崔将军向来豪爽，便将鹿角送给了那少年。”见天子听得专注，孙诲露出颇为讨好的神色，继续回忆，“当时末将留心听了他们的对话，裴参将说，要将这只鹿角托人带到长安，送给他的老师张丞相。”

天子眼底深黑的光芒一动，那种如芒刺般的感觉再次隐隐浮至胸口，面上却只是笑了笑：“他们倒是师生情深。”

秦失其鹿，人共逐之，白鹿之角，取之何为？

“朕有些话问你，”李隆基微微俯身，“你不必有顾虑，知无不言便是。”

孙诲赶紧弯腰回答：“末将愿为陛下肝脑涂地，自然对陛下知无不言，言无不尽！”

秋意撩起一片阴影斑驳，等孙诲退下，李隆基的脸色极不好看。

身旁的太监赵惠琮见天子的脸色不好看，看准了时机，意味深长地说：“崔将军行事骄狂，在军中威望甚高，连太子殿下也想要亲近。老奴记得去年陛下带群臣春猎之后，太子殿下曾执鞭感慨‘猛将如虎，当如崔希逸’。”

秋风不知何时有了些肃杀的凉意，李隆基重重合上奏折。前些日子，太子曾向他举荐清河崔氏的崔煊做东宫主簿。崔希逸本人向来不与朝中文官往来，但清河崔氏毕竟是天下第一的士族，崔氏子弟之中，也不乏愿意亲近东宫的……太子李瑛做了多年储君，远不如武惠妃的儿子寿王受李隆基的偏爱。这些年，若非宰相张九龄固执于礼法，李隆基早已将心中“废长立幼”的念头付诸于行。

无论如何，手握重兵的边将，不该与太子有任何牵扯。

李隆基仰头看浮云舒卷，万千气象吞吐翻覆，似在酝酿猜疑着一场暴雨：“传李林甫来朕这里。”

左相李林甫做宰相的时间也不算短，却是第一次在没有张九龄的情形下，独自参与机要。

听到天子问计，李林甫的态度一如既往的恭谦：“西北之事，陛下圣心自有决断，臣当谨遵圣意。”

李隆基看了对方一眼，突然发现与宰相议事竟能有如此方式，一丝莫名的轻松与杀伐决断的快意从心中涌起。他在大殿内负手踱步，任由身后阴影被拉长：“可崔希逸遣使者来长安，向朕禀明，他不愿出战。”

“只要陛下决意出战，天子之命，为人臣者，岂有不从？崔将军若是领命，便是忠贞；他若是抗旨，便是忤逆。”

殿内烛火惊心地一颤。

李林甫弯腰跟在天子身后继续进言：“是战是和，陛下乾纲独断便可。崔将军战功再煊赫，也不过是陛下手中利剑，陛下可以恩赐于他，也可以降罪于他。假如这把剑用得不称手，陛下大可夺了他的兵权，改换其他骁勇的将领驻守河西。”李林甫的姿态柔顺，说出的话令天子听来极为舒坦顺耳。

“不过……”只听李林甫的话音微微顿了一下，“臣只怕，张相不赞成此事。”

李隆基皱眉，眼中光影闪动。

大唐以礼法治国，六部之上，门下与中书并列，左右宰相辅佐君王处理政事，即使贵为天子，也不能对军国大事随心所欲。

“陛下爱惜张相，不愿君臣争执。”李林甫弯腰上前，似乎完全懂得帝王此刻的心事，恰到好处地提议，“臣是微末之人，得陛下厚爱而忝居相位，臣愿尽力替陛下劝一劝张相。”

大雨终于落了下来，红叶片片被卷入雨水，像是血溅落在玉阶。

张九龄一身雨丝走进殿中，看到李林甫已在，只微微怔了一下，便如常向天子行礼。

已是掌灯时分，眼前的人的轮廓在灯影中美如清夜，鬓角微湿了细雨，广袖飘然，似春风的一声喟叹。

“长安秋月冷，漠北风沙寒。如今西北诸事纷扰，朕心中不安。”李隆基笑了笑，凝视着殿中灯影画出那一轮诗意的弧度，“朕欲召崔将军回关中任职，委派其他将领驻守河西，卿以为如何？”

张九龄沉默良久，后道：“崔将军多年来镇守河西，治军严明，从无过错，陛下此时调派他回关中，只怕不妥。”

“陛下用心良苦，我等为人臣者当体谅陛下的苦心，”李林甫带着亲切甜蜜的笑容，恭恭敬敬地上前相劝，“崔将军与乞力徐两人之间私交甚好，歃血为盟，而崔将军看重朋友义气，恐怕因此而影响西北边境驻防。”

“崔将军人品贵重，从无公私不分。”张九龄虽在与李林甫对话，目光却从容地看向御座上的天子，“君臣之间贵有信义，陛下以信义相待，以赤诚相托，边将方会为陛下舍生忘死。”

雨声淅沥落在殿前玉阶上，似是在清冷叩问人心。

“崔希逸对朕有所隐瞒。”李隆基凝视着张九龄，一字一字说，“他的侍从官亲口告诉朕，崔希逸与乞力徐是旧识，两人多次交手，他都手下留情。其间种种，他没有向朕禀报过。”

“有时袒露未必是忠诚，也可能是痴愚；隐藏未必是欺骗，也许是保护。”张九龄平静地与天子对视，“朋友之心，亦可利于公器，对朋友有义的人，才会对君王有信。臣认为，此事崔将军并无过错。”

天子怫然不悦，眼中猜疑的冷意如山谷迷雾泛起：“朕先前一直以为卿与崔将军不合，看来，是朕狭隘了——原来卿与崔希逸面不合，心合。”

“臣与崔将军既无私怨，也无私交，但在对待吐蕃一事上，臣与崔将军政见一致。”张九龄的目光坦荡如水，毫不回避。

帝王似笑非笑，眼底深黑而危险：“所以，朕要卸了崔希逸的兵权，非得要爱卿点头不可吗？”

烛火晃动，张九龄蓦然抬眸：“崔将军是天下名将，多年镇守西北，陛下岂能自毁臂膀？”

“他是朕的臂膀，还是爱卿的臂膀？”李隆基冷冷反问。

张九龄的脸色苍白了下去，眸子里风雨飘摇。一旁的李林甫垂手而立，嘴角露出几不可见的笑意。

“崔希逸与你的学生裴昀交好，两人一起骑马射猎喝得酩酊大醉；当初与乞力徐一战，他们联手把唐军的千担粮草拱手送给吐蕃人，这些，当真以为朕不知道吗？”

“粮草之事必然子虚乌有。”张九龄毫不犹豫地说，胸膛微微起伏，“昀儿一腔热血，或有冲动，不拘小节，但他决不荒唐。”

“人人都说张相清正无私，却也有偏袒维护之人。”李隆基怒极冷笑道，“裴昀少年成名，行事何等骄狂？他在军营里喝酒、打牌，目无军纪。朕犒军的旨意传到陇右，众将都跪拜接旨，唯有他醉酒在营帐……这一桩桩、一件件，朕若依律处置他，可折断他这柄利剑，令他永不能再回来！”

最后几个字带了斩钉截铁的杀意，比秋夜更为寒凉。

烛光如血洒在紫衣之上，张九龄难以置信地抬眸。良久，他突然缓缓撩起衣袍，曾在朝堂之上面对帝王的万钧雷霆震怒也不曾屈膝的大唐宰相，双膝落在冰凉的大殿上。

李隆基愣了一下，连旁边的李林甫也呆住了。

“裴昀年少轻狂，是臣教导无方，请陛下降罪于臣——”张九龄深深伏跪在地，“臣愿以身替之。”

殿外一道闪电划过，骤然照亮了天子苍白的脸孔。

“你……”李隆基盛怒的瞳孔竟涌出几分悲凉，袖中双手颤抖，“看来，朕在你心里，不但比不上大唐的律法，甚至比不上几个边关的武将！这些年来，你屡次触怒龙颜，朕原谅你；内政外交，朕托付你；御史弹劾，朕保你；储君废立，朕信你。朕将这一颗帝王之心都掏给了你，你却是如何待朕的？你的心中，从来就没有朕和朕的江山，只有你袒护的那些人！”

天子的话语如有实质，重重砸落在冰冷的玉阶上。奏折被盛怒地掀翻在地上，血淋淋的朱批狰狞。

这一刻，殿外雨声滂沱而下，曾经也是这样的暴雨，他所信任的宰相浑身湿透，被刀剑加身，仍不肯妥协。

他对他的信任，原来始终混杂着一缕猜忌，如雨水混杂尘土。

张九龄的脸庞毫无血色，一痕冰凉哀痛如刀入骨："臣为江山社稷，早已将此心此身托付于陛下与家国，虽百死而无悔。"

风雨如晦，帝王决绝无情地转身走出大殿，没有再回头。

五

开元二十五年，天子诏令崔希逸攻打吐蕃，命孙海与太监赵惠琮前往河西凉州传旨。

据前方来报，崔希逸收到天子诏命后失声痛哭，随后率军攻入草原。数月后，崔希逸在青海大败乞力徐，唐军孤军深入，将士死伤无数[①]。

这一场胜利，李隆基并不觉得欢喜。

御案之上堆积着许多奏章，再没有熟悉的笔迹。李隆基一卷卷地批阅，突然看到奏章之下，压着那一方被他遗忘的上谷春绿墨。

墨锭方正，如漆如夜。天子抬手试新墨，忽觉淡雅的幽香传来，一时之间他竟有些恍惚，似乎在哪里曾闻到过这样谦冲怡人的墨香。

李隆基召来宫廷墨工祖敏，饶有兴味地询问新墨的制法。唐时炼制墨的技艺已经相当高明，宫中专设有墨务官，祖敏是其中极为出色的一位。

听到天子问话，须发花白的墨工祖敏回答："回陛下，这是微臣用嵩山古松与凉州鹿角之胶炼制而成。制墨所惯用的凝胶中，鼠胶黑，犀胶黄，马胶赤白，牛胶火赤[②]，唯有鹿角胶青白清透。而普天之下，以河西凉州所产的白鹿角之胶最为上乘，其与古松木混合炼制可得极品松烟墨，墨香雅正，恰似君子。"

李隆基的眉峰聚在一起："凉州白鹿？"

"正是。"墨工说到这里，似乎想起了什么，"倒也巧，去年冬日张相公也来问过微臣这制墨之法，当时微臣把方才跟陛下讲的话也跟张相公讲了，只是凉州白鹿角可遇而不可求。到今春时，张相公给了微臣一只白鹿角，那次微臣难得看见张相公笑得开心，说是学生从凉州捎过来的，托微臣制一方新墨。"

李隆基的手微微发抖，他看着自己手中那块端端正正的墨锭，上面写着四个字：松

①据《旧唐书》记载，开元二十五年"三月乙卯，河西节度使崔希逸自凉州南率众人吐蕃界二千余里。己亥，希逸至青海西郎佐素文子觜，与贼相遇，大破之，斩首二千余级"。

②记载于《周礼·考工记·弓人》。

风清泉。

原来，裴昀送给张九龄的鹿角，不过是用来炼墨而已……

当初张九龄的衣袖间正是带了鹿角松墨的清香，才有蝴蝶翩然而至。

帝王的权杖之下，是逐鹿天下的野心，而那人怀中所藏的，不过是一痕清雅的墨迹。

“陛下？”墨工见天子微微失神，略带惶恐地问。

李隆基一时间竟只是用力握着墨锭，不知该说些什么。他这才发现，他看错了，也想错了。

“张卿是懂墨之人，是朕不懂。”李隆基喃喃说。

天子屏退了墨工，独自来到御园，一只雪白的蝴蝶倏然闯入他的视线，在瑟瑟秋风中格外醒目。

——秋意已深，这也是最后的蝴蝶了吧？

菊花白，秋水碧，可偌大的宫中少了一个人的身影，风景也寡淡。李隆基恍惚想起张九龄坐在梨花树下，君臣二人对弈的情形；想起落花的阶前，飘雪的廊下；想起对方眉宇间的霁月光明，眼底的长风万里；想起那人朗声说“相知无远近，万里尚为邻”；想起那人微笑地说着“国之仁政，亦如春暖，为天下百姓所倚仗”……

这么多年来，他总能看见一轮熟悉的月光，如同玉山照影，明镜砌台，映出他身为盛世帝王的得失与功过。

或者，那只是一个人的目光。

是松间寒泉，湖心初雪，让他一腔怒火杀心也失了狂热；亦是灼灼星火，光明滚烫，让他冷酷的天子之心，也几度动容。

如今西北边境战火重燃，商路阻隔，大唐军队虽然在东面奇袭乞力徐赢得了胜利，但在西面并未能夺回小勃律——男儿尸骸埋骨草原，无数百姓流离失所。

他是天子，即便血流成河，也不该言悔。只是，那些杀戮的鲜血如同心魔滚烫，终究经不得午夜梦回，一人回望的目光，一襟月光清凉。

“陛下——”高力士匆匆跟了过来，将大氅披在天子身上，“秋凉了，陛下要保重龙体……”

李隆基努力压抑住心中的狂澜，让自己的声音听起来毫无波动：“许久没看到张卿，他近来如何？”

“这……”高力士看了看天子的脸色，赶紧回话，“那日陛下走后，张相公在大殿里跪了一夜，听说后来晕倒在殿内，这些日子一直病着。”

李隆基衣袖下的拳心握紧：“随朕出宫一趟。”

张九龄的府邸十分朴素，李隆基一身便装进入，也不让仆人通传，自己穿过回廊小径。

远远地看见熟悉的人影了，似乎比数月前更显清减，院子里意外地还有一个人影，看装束像是宫中的太监。

李隆基疑虑地皱眉，摆了摆手，左右便不敢出声了。

张九龄似乎还没有病愈，清雅的面孔清清冷冷地苍白着：“何事？”

太监笑得油腻而讨好，瞳孔里还有一点阴冷的味道：“张相公近来身体安好？我进来时，看到贵府的乌头门前都堆了薄薄的灰尘，想来这些日子格外冷清。朝堂上大多是趋炎附势之辈，看到陛下冷落了张相公，便踩低就高，落井下石。可我们惠妃娘娘说，张相公高风亮节，她与寿王殿下都十分敬佩。只要张相公能保护寿王，必保张相公稳坐相位[①]。”

张九龄冷淡地看着对方，直看得太监有些不自在起来。

“国有法度，兴废皆依礼法而行。你告诉惠妃娘娘，相位为陛下所赐，亦可为陛下所夺。此身许家国，何惧世人谤我、毁我，又何惧陛下疑我、弃我？”张九龄的神色淡淡傲然，笔直的脊背不惧凛冬的威压，也不屑秋风轻薄的撩拨，“我心如一，不结私党，只求不负盛世之约，不妄君臣之义。”

他的声音有一股泉水般的冷意，却令李隆基的眼眶微微发热。这一刻，他想起那人伏跪在冰凉大殿的身影，想起对方眼底的失望，灼痛自己的初心与泪光。

原来，这些年来，他一直不曾改变。

“陛下……”高力士小声提醒，李隆基这才回过神来，怔怔地发现自己不知何时，竟满脸是泪。

他转身便走：“不要让张卿知道，朕来过。”

夜色笼罩着万重宫阙，这一夜灯火无眠。

“陛下……”面对天子冷冷的质问，武惠妃慌了神，泪水簌簌滚落脸颊，跪在地上拉住帝王的衣襟，“是臣妾派人去的，臣妾罪该万死，但臣妾已经夭折了三个孩子，如今只

①据《资治通鉴》记载：惠妃密使官奴牛贵儿谓九龄曰：“有废必有兴，公为之援，宰相可长处。”

想保护好寿王……这也是陛下最爱的孩子啊。若不是张九龄屡次忤逆圣意，陛下又怎会时常叹息不能乾纲独断随心而为，改立寿王为太子？”

月光映着美人脸上的泪水，却也带了心机的冷光。

“朕有时不喜欢张九龄，但朕敬他；朕喜欢你，不表示你可以逾越。”李隆基毫不怜惜地掰开她的手，失望地拂袖而起，“看来，你不懂朕的宰相，也不懂朕。”

“陛下——”

李隆基头也不回地走出寝宫，不再看身后哭泣的宠妃一眼。

六

深秋已至，无边落木萧萧凋零，李隆基独自坐在空旷的大殿里，看不见蝴蝶、春水和梨花，还有什么随春夏而逝去的，仿佛是他少年时引以为豪的理想与雄心。

战报一份份频繁从西北快马加鞭传到长安。这天，李隆基拆开一份战报，目光落在一个漆黑的名字上，手突然顿住了。

陇右唐军参将裴昀，阵亡。

裴昀……

李隆基骇然怔立良久，遥远的烽火仿佛在这一刻猝然燃烧到指尖，令长安的秋阳也惨烈浓稠如血。裴昀战死沙场……他该如何面对他的宰相？想起那句“臣愿以身替之”，他心中只觉得惊痛茫然。

如果自己从未下达过出战的命令，如果唐军从未疾行千里而入草原，举刀征伐……可，战争没有如果。

“快，到中书省去！”李隆基霍然站起。他很清楚，送到他这里的战报，此刻也送到了中书省！

日影惨淡如雾，空中不知何时开始飘雨。御辇刚停下来，李隆基便疾步推门进入中书省，细碎风雨随之涌入：“张卿呢？”

官员们不知天子为何突然驾临，都跪了下来，其中胆子略大的一个回答：“回……回陛下，张相还未到官署。”

李隆基一眼看到桌案上封存的军报，完好无损的火漆，猛地松了一口气。他正要将战报拿起，只听到身旁的太监高力士小声提醒：“陛下，张相来了。”

李隆基骤然一回头，便看到熟悉的身影步入室内。

自从那次雨夜争执之后，君臣在朝堂之外相见，还是第一次。

张九龄肩头落着雨丝，神色苍白清淡，浅色薄唇带着病容，看到李隆基时微微一怔。

“朕……来看看你们。”李隆基的手心出汗，用几张案卷将那纸军报压住，却压不住狂跳的心。

君臣四目相对，张九龄凝眉不说话，其他官员也不敢说话。

半晌，还是年轻的中书侍郎姜几许轻声打破沉默：“丞相，中书省今日收到定州与襄州刺史的奏报，两州今春虽然遭遇蝗灾，但因皇恩减免赋税，如今百姓经冬仍有余粮，不至饥寒冻饿。”

听到这个消息，张九龄的眸色终于多了几许温度。而李隆基始终眼神游离，直到身边的太监悄声提醒：“陛下——”

“……嗯？”李隆基这才猛地回过神来，额头上竟有汗水。

见天子一副魂不守舍的样子，官员们都面面相觑。

张九龄的目光顺着天子的手落到案上的军报上，终于起了疑虑，层层卷轴下露出一纸微潮的边角，像是欲盖弥彰地遮掩着什么。他径直走到案前：“陛下，今日可有陇右的战报送来？”

“……”李隆基拦在桌案前，想要阻止张九龄走过来翻阅，但是来不及了。

张九龄已经拿起那纸军报。

风雨无声地坠落，张九龄看了战报良久，没有动。

“送往安西的粮草已有月余，”张九龄抬起头来，平静地说，“皆因天气寒冷，连日暴雨而有所耽搁，待到雨停，粮草便可抵达安西。”

李隆基愣了一下，从对方手中接过那份战报，目光急促地扫过上面的字迹——原来，这一份并非是阵亡名单的战报，只是一份寻常军报。

走出中书省时，雨已经停了，红墙青石潮湿依旧，深蓝如洗的苍穹流浪着几缕雪白的云痕，仿佛命运之手无情抓过的伤痕。

李隆基驻足片刻，回望中书省的官署一眼，对身边的高力士吩咐道：“近来送到长安的战报，不要送到中书省，直接呈递给朕。此事不要让张卿知道，朕怕他的身体承受不住。”

“老奴这就去办。”高力士不无忧心地提醒，“可是纸里包不住火，陛下，这件事只怕始终瞒不过张相公……”

“能瞒一时是一时。朕还没有想好……该如何告诉他。”

“是。”

七

秋色清透，一高一矮两道影子在宫中游荡。

“呵，想不到你还会有这么大发慈悲的时候。”矮的那个身影慢吞吞地说：“刚才在中书省，战报是你悄悄换掉的吧？”

“裴昀本来就没死啊，写战报的士兵没注意忘了把他的名字划掉而已。他只是被砍伤失血太多昏过去了，尸体太多，最初收捡战场的士兵以为他也死了……他夜里被冷雨浇醒，独自走了几里路遇到救援，真是顽强的少年啊。”

“嗯嗯的确，还有那个卢湛，在暴雨和血水满地的战场上发了疯一样地找他。如果不是卢湛这么执着，以裴昀的体力也不可能撑到驻军的地方，估计还是会死在半路上——人类这种动物真奇怪，如果彼此牵挂，心中就会有所感应；一旦成为了‘朋友’，甚至会为对方舍生忘死。”

宫墙下对话的影子，竟是两只妖怪。

矮的那个是一只脸盆大的乌龟，碧绿的眼珠憨厚好奇地转动着。高的那个是一只雪白的鹿，四肢修长，头上鹿角断了一只：“这宫殿里伤心的气息……比战场还要浓郁。”

大乌龟幸灾乐祸地说：“夫诸①，你可以闻到人心中的悲伤，闻到人类灵魂的气味，却听不到他们要砍你鹿角的挥刀声？”

白鹿的表情顿时恼怒起来，抬起修长的鹿蹄，踢了乌龟一脚：“当初要不是为了夺得崔希逸身上那块龟甲碎片，我也不会以身为饵，被崔希逸和裴昀在雪地里追了四百里，连角也折了一只，真是奇耻大辱。”

“用鹿角换一块龟甲，也不算亏，反正你有四只角。”大乌龟被踢得翻了过来，四肢悬空笨拙地乱蹬，“你不会是因为不服气才使坏，让裴昀差点被乱刀砍死吧？”

“那是人类自己的战争，我没有那么无聊。”白鹿姿态傲慢地昂首，“跟随主上几千年来，人类互相对抗、猜忌、仇视，挑动战争，互相杀伐时的血腥气，失望后悔时散发出的悲伤气味，我都再熟悉不过了。”

---

①《山海经·中山经》记载：敖岸之山……有兽焉，其状如白鹿而四角，名曰夫诸，见则其邑大水。

“熟悉归熟悉，你偶尔还是会心软。”大乌龟终于翻了回来，小心翼翼挪动短小的四肢，慢吞吞地跟着白鹿。

“心软？没有那种东西。”白鹿冷哼了一声。

“是因为那个叫张九龄的人类气息纯洁又长得好看吗？”

“自然不是。主上交代过，我们的任务是拿到龟甲。”白鹿鄙视地斜睨着地上迟钝的大乌龟，“我换掉战报，是怕这份写错了的战报不拿掉，裴昀没死，张九龄会先心碎而死……人类的肉体太过柔弱，竟会死于悲伤。裴昀这次受重伤，张九龄应该已经心有所感，万一他出了事，龟甲又藏得太隐蔽，我们就没办法回去向主上复命了。”

大乌龟赞同地点头，想了想却又抬起脑袋问：“……话虽如此，但是张九龄从来没有打过仗，没有兵器，甚至连一点拳脚功夫都不会，他身上怎么会有战神的龟甲碎片？”

“我也觉得奇怪。”白鹿俯下身，化为四肢修长的少年，“但我的嗅觉应该不会错，今夜我们再去探个究竟！”

夜深人静，丞相府中仍亮着一盏灯烛。

烛光清雅朦胧，屋子里传来少年担忧的声音：“老师，夜深了，还是早些休息吧……”

“许久没有收到昀儿的来信，近来西北战火绵延，书信容易丢失，我再抄写一份。”张九龄披衣执笔书写，纸上的字迹极美，一笔一划力透纸背，墨迹潮湿如秋，似饱蘸着思念丰沛的雨水。

张九龄提笔写字的侧影和他的字一样，所有的线条都不张扬，却有种神形兼美的气质与章法。

“裴昀那家伙真是的，”少年杜清昼在老师身边坐下来，挽起袖子研墨，“上次还来信说要想吃长安的酸辣豆腐，我让他自己回来吃，他说已经跟卢将军讲过，过了冬天他就能回长安探亲了。”

张九龄微笑摇头：“只怕他回来，这府中又要鸡飞狗跳。”

杜清昼也忍不住笑了，手中的墨却渐渐磨得慢了下来，烛光中眼神也有些怅然担忧：“老师，如今西北战事频繁，我真担心裴昀。”

张九龄手中的笔微微一顿。“昀儿会平安的。”清淡的神色里有种坚韧，“他答应过我，在战场上守护所有重要的东西之前，先守护好自己。”

他又重复了一遍，像是强调，又像是要说服自己：“他答应过我的。”

秋夜凉如水，执笔书写的人眉宇间仍有一抹明亮的烛火，胸臆间仍有一缕温热的牵挂。他将自己襟间的护身玉取下，与信放在一起：“玉保平安，明日托人一起送到陇右吧。”

杜清昼的眼神微微动容，用力地点头：“好。”

月华漫过窗棂，灯烛被吹熄，杜清昼轻轻掩上门离开。

桌案上的玉石压着一份墨迹未干的书信，屋子里只听得到清浅的呼吸声。

寂静的夜里，床上的张九龄睡得不安稳，似乎做了什么噩梦，睡梦中胸膛微微起伏，眉心紧锁，唇色苍白地喃喃呼唤：“昀儿……”

白鹿化成的少年从窗外跃入，月下露出精致的眉目。

“他发烧了呢，身上好烫。”白鹿少年在桌案上翻找，又在他身上仔细摸索，露出失望的神色，“奇怪，竟没有我想要的东西。”

“我就说这样的文弱书生，身上不会有战神之物的啦。”

“可我明明嗅到熟悉的气息了……一定是他藏在哪里了，再找找！”

眼看白鹿少年失望地四处翻我，大乌龟慢吞吞地挪动着小短腿：“万一今夜找不到，我们不能再耽搁了，还要去找下一个目标——那个叫叶铿然的金吾卫，就要离开长安了。”

树上开花
「借局布势，力小势大。」
《三十六计》中的第二十九计

一

秋风撩透祁连山脉时，叶铿然到陇右去从军。

他牵着战马，马背上除了铠甲、火石、干粮这些东西，还有不知在哪里沾上的几片红叶，鲜艳得很。小径边溪水清冽照人，映出少年冷峻干净的面孔。

叶铿然把马拴在溪边的大树上，自己也停下来休息，吃了些干粮，喝了几口水。

霞光细碎散落在马蹄下，远山悄然轮换出一溪月华。

四野空旷得很，就像回忆一样空荡荡的。叶铿然从腰间摸出一只竹笛，放在唇边吹响，笛音在崇山峻岭间蜿蜒出一缕乡愁，在热闹的秋意里格外悠远动人。

暮色里雄伟的山峦似乎描画着往事的叠影，风在叩问心门，却听不见逝水流年的回响，让叶铿然有些寂寞。

一曲终，叶铿然将竹笛从唇边拿开，耳边突然传来好奇的声音：

“少年，你的笛子吹得真好，很久没有笛音能打动我了。”

叶铿然举目四顾，周围空无一人，只有脚边一只大乌龟慢吞吞地爬过，像一个会挪动的黑锅盖。马被拴在树下，仍然在悠闲地吃草，似乎随时准备一蹄子踢翻这个锅盖。

“……”叶铿然总觉得哪里不对，愕然看去，大乌龟竟然只有三只脚，碧绿的瞳孔无辜地与他对视。

“嗨，”树后轻盈踱出来一只雪白的鹿，“我叫夫诸，它叫贲贲，我们都是妖怪，来自沃野。”白鹿说话时歪着头，笑得落在它身上的夕阳也格外多情，“少年，你是不是弄丢了什么往事？好像很不甘心的样子。”

叶铿然怔了怔，被对方说中了心事。他有种直觉，像是忘记了什么重要的人，铭心的事，热血的约定。

"忘记了也没有关系，那些注定相遇的人，一定还会再相遇。"白鹿优雅地转身，"少年，你想听故事吗？我用一个故事，换你再吹奏一曲，如何？"

在它身后，一棵花树的轮廓于朦胧新月之下渐渐清晰。枝叶修长舒展，冠盖茁壮如云，树上结着一对并蒂花。

叶铿然的目光不由得诧异地停顿了片刻。

那竟是一棵铁树，铁打的枝干暗哑，栩栩如生的花苞含得紧紧的，像是有一缕芳香迷失在命运的掌心。

白鹿狡黠地眨了眨眼，在黑暗中微笑回首："少年，你想听这棵铁树的故事吗？"

二

少女玉祁幼年时孤苦，流落到长安城，被一户裴姓人家收做婢女。这户人家虽然权势煊赫，对待下人倒很宽厚。

府中有一口枯井，伫立在后院荒僻的角落，常年被半人高的衰草掩映。平日各处院落和厢房都有人打理，唯独那口井，府中严令不许任何人靠近。

下人们不乏悄悄议论的。有人说，井里死过人，会闹鬼；还有人说，井里藏着黄金以及数不尽的珠宝；最古怪离奇的一种说法是说井里有妖怪，月圆之夜会从枯井里浮出来。

玉祁十五岁时，已经长成了亭亭玉立的少女。她的容貌不算十分娇艳，但脸孔白净，轮廓深刻而耐看。

这天，清晨天刚亮，她早起路过枯井旁的小路时，见四周空无一人，终于忍不住好奇心，朝那口井走去。

四周弥漫着青苔潮湿的气息，安静得令人有些发怵。

她绕到井边，里面黝黑一片，什么也看不见，只能听见自己咚咚的心跳声。

就在玉祁想要再靠近一点看个究竟时，身后骤然传来声音："你在那边做什么？"

她受惊地转过身，只见几个家丁走了过来。

"我……只是路过……"玉祁慌慌张张垂下眼睫，赶紧退得离井口远远的，匆匆想要走，却被家丁们拦住："闯禁地可不是小事，会被赶出府的，想蒙混过关，没那么容易。"

眼看众人将她围住，玉祁眼圈泛红，哀声恳求："不……不要赶我走！我……我真的什么都没看到……"

正在玉祁绝望之时，只听一个懒洋洋的声音说："咦，怎么了？"

迎面走过来一个少年，春风柔嫩，少年头发上沾着几根杂草，脸上脏兮兮的，怀里抱着一捆乱七八糟的芦苇，模样原本应该是滑稽的，可笑容仍然好看，像是一枝三月天的桃花，再怎样糟蹋也掩盖不了灼灼春光般的秀美。

玉祁认得，他是府中的小郎君裴虚己，自小受父兄溺爱，不学无术，行事放诞，向来比旁人出格。

家丁们赶紧朝裴虚己行礼，把事情的原委说了，谁知道少年笑着说："不关她的事，是我的蹴鞠掉落到草丛里，叫她去捡的。"

玉祁蓦然抬眸。

等家丁们走了，裴虚己也抱着芦苇准备离开。

"你……为何要帮我？"玉祁红着眼圈，出声叫住他。

"咦？"裴虚己回过头，满脸奇怪地看了她一眼，理所当然地说，"我可不想让好看的姑娘哭鼻子。"

晨光温柔，庭院里的玉兰花树芬芳半开，少年慵懒的目光不经意落在她的腰畔，不知看到了什么，突然放下手中的芦苇："跟我走。"

这天，裴虚己把她带到东街的面馆，给她点了一大碗羊肉面。

坐在临窗的座位，玉祁有点好奇又有点紧张，少年玩世不恭地用筷子指了指她的碗："吃面。"

玉祁忐忑地挑起一筷子面条，放进嘴里，她很久没有吃过这么香的面，只听对方说："面条不要咬断，可以长命百岁。"

他说话间，小二又端了一盘糕点上来，制作得不算太精致，但也香气扑鼻。玉祁抬头看到那糕点，不禁愣了一下。

"客官，你们点的寿糕。"小二将盘子放在桌上。玉祁错愕地将目光从寿糕上移到少年脸上，只见对方笑得灿烂："我既然请你吃饭，你又刚好过生辰，除了吃寿面，当然还要吃寿糕。"

"你怎么知道……"玉祁手中的筷子停住了。

"喏，"少年指了指玉祁腰间挂着的铁牌，桃花眼弯弯，"那里写着你的生辰八字，方才我不小心看到的。”

贵族家的孩子会佩戴长命锁与护身玉，而玉祁只有一个廉价的铁块，那是过世的爹娘留给她的。

面馆外春寒料峭，桌案前蒸腾的热气扑了满脸。

没错，这一日是她的生辰。她记不清有多少个生辰没有吃过长寿面、长寿糕了。也许是从娘去世的那一年开始吧，她历经丧乱，小小年纪流浪到长安，后来做了奴婢，就再也没有吃过这些东西。

那一碗长寿面的滋味，带着羊肉和小葱的香气，在舌尖微烫，玉祁很久都不曾忘记。

三

这年秋天，裴虚己成亲了，新娘是霍国公主。

大婚的那一日，裴府张灯结彩格外热闹，一派喜气洋洋，玉祁和其他婢女一起到新人身边伺候。

霍国公主李虞儿身着华美的嫁衣，手执团扇半遮着面颊，隐约可见倾城容颜，但她的眉眼间却并无寻常女儿家出嫁的欢喜，反而弥漫着一缕清愁忧伤。还有些天真娇憨，从她紧张眨动的大眼睛里透露出来。

玉祁伺候得离公主近，突然听到一阵轻而奇怪的声音。声音不大，除了离得最近的玉祁，大概没有旁人听见。

然后，她便见公主轻声吩咐：“你们去看看喜床上用的花钿和果子准备好了吗？”

“是。”婢女们立刻应声而去。等把婢女们支开，李虞儿把手中的丝绢绣凤团扇移开，拎着嫁衣，蹑手蹑脚地走下床榻，在屋子里找寻着什么。

这时，只听一个声音说：“公主，在那边。”

还没有走远的玉祁忍住笑，悄悄地指了指一个角落，李虞儿顺着她指的方向，找到了一个果盘和几块核桃糕。

刚才的声音，原来当真是公主的肚子在咕咕叫的声音……

“谢谢你。”李虞儿赶紧把核桃糕吃了，微红着脸问，“你叫什么名字？”

“回公主，我叫玉祁。”

此后的日子，玉祁便做了公主的贴身婢女，她落落大方又聪明伶俐，很快成了公主的贴心人。

自从成了亲，裴虚己也收敛了贪玩的性子，日日陪伴在公主身边。

其实他给小妻子的，都是些慵懒而随性的温柔——为她用竹叶编织蚱蜢，为她用梨木雕刻马球，还有不知从哪里找来一对波斯猫，两人一起给猫洗澡。

时日渐久，当初成亲之日公主眼底的忧伤思念，不知何时慢慢被阳光与微笑融化不见。

河东裴氏是名将世家，皇家与名将世家的联姻，原本是冰冷刻板的赐婚，可春去秋来，相执的手心竟生出寻常夫妻的温情。裴虚己看着自己的妻子时，眼神专注而炙热，笑容却干净如初雪。

或许爱一个人，就会拥有最长久的耐心，用手掌来捂暖岁月留下的伤疤，用指尖在对方胸口画出怦然心动的花。

这天，冬日阳光温暖，裴虚己给猫洗好澡，额发被水沾湿，李虞儿用丝绢为他擦拭水珠，两人有说有笑，玉祁低眉垂首地侍奉在一旁。

小猫突然从裴虚己怀里跳下来，蹭了蹭玉祁的脚。

玉祁本能地后退了半步。其实她并不喜欢小猫，毛绒绒的宠物她都不喜欢。养了猫狗，便害怕它迷路走失——付出的情感也是如此。

待到春暖花开时，边关传来战事的消息。

玉祁跟在公主和驸马身后，听说仆固部落新首领发兵甘州，裴家四郎率兵平叛，却战败而归。

那夜的月亮格外清冷皎洁，几人走过府邸的庭院。

“四哥打仗打输了，不要紧吗？”公主不谙世事，仍有些担忧地问。

“打仗有赢便有输，况且，能把对手杀光的胜利，也不是我的兄长们想要的兵道。”裴虚己满不在乎地笑了笑。他举止疏朗，如同竹林中放诞的名士半敞着衣襟。

公主的神色似懂非懂。缠绵夜风中，她停住脚步，指着庭院的深处：“每次经过，我总觉得那口枯井……好像很悲伤的样子。”

驸马的脚步也顿了一下，那一瞬间，他仿佛在出神地倾听风中草木的絮语，又仿佛在聆听往事久远的回声。

“那口枯井里有很多版本的鬼故事，不过，都是世人以讹传讹。”裴虚己执起她的手，“其实井里，只有先祖留下的一柄断剑。”

“断剑？”公主好奇地抬眸。

裴府枯井的谜底，隐藏在月下荒草之中的秘密，似乎在这寂静的春夜呼之欲出。

跟在他们身后的玉祁也忍不住屏住呼吸。

但裴虚己没有再说下去，他伸了个懒腰，笑吟吟地转移了话题：“近日岐王李范那家伙不肯来找我喝酒了，还托人给我传话，说我自从娶了妻，酒德越来越差。”

“不害臊。”李虞儿羞怯地扭过头去。

长安城的贵公子们早已传遍，别人是酒后吐真言，驸马是酒后秀恩爱，喝醉了之后念念叨叨的都是爱妻，在王孙贵胄间传为笑谈。

同时传开的，还有一些风言风语。

不知道是哪里来的传言，说裴家儿郎在朔方与仆固部落交战不利，又拥兵骄狂，惹了陛下猜忌。

一开始人们都以为只是流言而已，可不久之后，一向与裴氏不合的左屯卫将军王毛仲等官员在朝堂上书弹劾，激起满城风雨。几个月后的初秋，一场灾祸真真切切降临到裴府。

陛下突然下诏，说驸马裴虚己行“谶纬”之术，下令将他关押进大牢，手握兵权的裴氏兄长们也被革职流放。

而此时，公主已经有六个月的身孕了。

府里一片愁云惨淡，孤立无援的李虞儿挺着大肚子进宫流泪向陛下求情，可御座上的天子不为所动，甚至下令将她也软禁在府邸中。

“驸马是冤枉的，他没有行‘谶纬’之术。”李虞儿哭着对玉祁说，“他是因为私放白龙，妨碍了陛下用龙血炼制陨铁剑，才惹恼了陛下。”

陨铁剑？

玉祁听说过，陨铁剑是大唐天子御用的宝剑，曾随太宗皇帝征伐天下，荡平四海。

驸马从未上过战场，也向来疏懒于功名，如今竟因一把剑而触怒天子。玉祁轻轻咬住下唇：“驸马为何会妨碍陛下炼剑，私放白龙？”

“他与那条白龙是朋友，他说，不愿再像先祖一样，将伤心的残剑投入枯井；他只愿恣意一生，不负欢笑，也不负知己。”（裴虚己和白龙的故事见《浮云半书2》）

这一晚风雨交加，李虞儿取来笔墨写信，和裴虚己平时最喜欢的琵琶一起，交给玉祁，请她天亮时出府去，交给中书舍人张九龄。

张九龄耿直敢言，且深得陛下信任，如今只有他能为驸马申冤。公主亲笔写信向他求助，这也是裴府的最后一线希望。

身负重托的玉祁彻夜未眠，她独自躺在黑暗中，听着外面的风雨之声。雨声淅沥，如同无数飞鸟，在她耳边纷乱迷失，一头扎进黑暗的河流。

第二日，她抱着作为信物的琵琶出府，把书信和琵琶一起交给了另一个人——李林甫。

四

“玉祁姑娘，这些年辛苦你了。”策马而来的左屯卫将军王毛仲满意地笑了：“李林甫这个人最是圆滑，信交到他手上，他决不会蹚这趟浑水。当初那一封揭发裴府行‘谶纬’之术的书信，也写得很好。如果没有你提供的细节，恐怕还难以扳倒屹立百年的河东裴氏。如今，陛下既然有忌惮之心，裴家很快就会完了。”

说到这里，对方递了两锭金子给她：“拿着吧。”

玉祁默默地接过金子，牵马转身往回走。不知过了多久，她走到烟雨朦胧的桥上，突然一抬手，将那两锭金子抛入湖水中。

金子“咕咚咕咚”沉没了下去，涟漪泛起又很快消失，就像她心中的波澜。

自从天子开始猜疑裴氏，她便与左屯位将军王毛仲联络合谋，暗中推波助澜，直至裴府分崩离析。

她的名姓，自小便被自己和他人舍弃，但她从未忘记。

——她复姓阿史那，名叫阿史那玉祁。

突厥可汗阿史那伏念是她的曾祖父，曾经纵横西北草原，后来遇到骁勇善战的名将裴行俭，兵败投降。裴行俭答应保他性命，将他押送回长安，却背信弃义将其斩杀[①]，并将阿史那的家人全部流放。

她辗转来到长安，进入裴府，只为复仇而来。

---

①《旧唐书·列传卷三十三》记载：初，行俭许伏念以不死，侍中裴炎害其功，建言：“伏念为程务挺、张虔勖胁逐，又碛北回纥逼之，计穷而降。”卒斩伏念及温傅于都市。行俭之功不录。封闻喜县公。行俭叹曰：“浑、浚之事，古今耻之。但恐杀降则后无复来矣！”遂称疾不出。

她的心中，始终有一颗种子，一把利刃。

驸马和刚出生的幼子被流放岭南的那一天，秋色冷而晴朗。

李虞儿哭成了泪人，玉祁看着她时，心中微微疼痛，却并不后悔。

公主握着玉祁的手："去岭南路途遥远，我再没有可以信赖托付的人。玉祁，请你照顾好宝宝和驸马。"

去岭南的路途，比想象中更为艰苦。

马车颠簸，婴儿日夜哭闹，玉祁用米粉喂他，裴虚己则把仅有的大氅裹成襁褓，将婴儿抱在怀里。

在冷冷的星夜，裴虚己在马车里疲倦得睡着了，婴儿也入睡了，沉重的车辙在黑暗里驶向荒凉。玉祁替他们盖上被子，听着风声绵长，突然有种错觉，朝堂已远，江湖已远，恩怨也被流放在千里之外，被长风轻轻勾销。

这长长的一生一世的路，就在这一夜的车辙之中，驶向远方。

越过五岭山脉，天气便不那么冷了。到达岭南时正是冬日，贬谪之地虽然人迹罕至，但草木葱茏翠绿。

一路上裴虚己消瘦了很多，也不像以前那么爱笑，有时沉默地看着北方，仿佛那里有比山岳更沉的思念。

他们在一处村庄落脚，抱着婴儿的裴虚己一身风尘疲惫，仍然令许多路过的姑娘们脸红回头。他已经不再是鲜衣怒马的少年，下巴上长出了淡青色的胡茬，就像一棵树，那些明亮跳脱的春色都褪去了，却在沉默的秋意里更显深沉挺拔。

也许是裴虚己的缘故，村里常有姑娘来逗宝宝。婴儿的胆子极大，谁来抱他都不哭不闹，睁着圆圆的眼睛好奇地看着陌生的来人，但只要裴虚己抱起他，他就会咧嘴笑起来，快乐地摆动着胖嘟嘟的手脚，嘴里发出含混不清的"呀呀"声。

父子俩在一起的时候，阳光总是暖得不像话。

冬天快过完时，裴虚己告诉玉祁："不远处的祝家村，有一名叫祝铸的铁匠，听说他曾经打造过无数神兵利器，或许，他能帮我打造陨铁剑。炼铸宝剑，并非只有一种方法。不浸鲜血，而得名剑，我想给陛下一个交待，也给自己一份希望。"

待到雪停，裴虚己带着重金前去拜访。那天他是早上出门的，一直到傍晚才回来。

“见到祝铁匠了吗？”玉祁问。

“见到了，”裴虚己摇了摇头，“可是祝铁匠说，如今世间早已没有陨铁，巧妇难为无米之炊，这把剑他打造不出来。”

即便是最好的铁匠，也不能凭空造出一把剑来。

“你……就这样回来了？”玉祁看了看他空空如也的双手——出门之时，他是带了装酬金的包裹去的。

“祝铁匠把两锭金子收下了，他说定金先放下，以后如果有机缘，再替我打剑。”

玉祁目瞪口呆地看着他：“这话你也信？他打不出剑，还收你的钱，这岂不是骗子？村民们说这祝铁匠好赌，只怕他是拿了你的金子去赌……”

“这祝铁匠的确是不拘小节，却是个有意思的人，”裴虚己毫不在意地笑了笑，在桌案前坐下，给自己倒了一杯酒，“听说他每替人打一把剑，都会奉送客人一柄好鞘。”

青年敞着衣襟仰头饮酒，目光半醉着零零星星的春意：“我倒也希望，这世间利剑，都有鞘可藏，世间雄心，都有诗酒可安放。”

裴虚己不会种地，从长安带来的钱又给了铁匠，他们的生活渐渐变得窘迫。在缺钱的时候，裴虚己去过几次当铺。而更坏的消息是，随着天气回暖，岭南的瘴病开始蔓延。

当地百姓大多并不惧怕瘴气，倒是那些长安的贬官与迁客，每年都有水土不服而染病身故的。

附近的寺庙慈悲为怀，每到瘴气肆虐时便行善施药。

这一年，染病的人格外多。裴虚己在寺庙里取回了一剂药，他亲自将药煎好，混在米糊里给宝宝喂了一些，还有一碗让玉祁喝掉。

“你不喝吗？”玉祁问他。

“寺庙里有煎好的药汁，在那里已经喝过了。”裴虚己随口回答。

那时玉祁没有多想，就把药喝了下去。

半月之后，裴虚己开始咳嗽发热。

一开始只是精神不济，后来突然陷入昏迷。玉祁咬牙将人背起来，翻过山头去寺庙中求救。

施药的方丈看到裴虚己时愣了一下："我记得这位施主来求过药的，怎会染病？"

刹那间，玉祁的脊背仿佛被一瓢凉水泼过。她颤声问："方丈大师，他当日在寺庙里喝过药吗？"

"阿弥陀佛，"方丈大师双手合十，"今年染瘴病的人格外多，药汤早已没有了，只剩最后一包药材，可救一人，贫僧给了这位施主，教了他煎煮的方法。"

绝望的夜雨敲打着寺院外的青石，无数次她想过结局，但她从没有想过，把他们隔开的竟会是死亡。

在她余生的数十年里，她一直忘不了这一夜。

后来裴虚己又清醒过一次。他看到玉祁时露出满不在乎的微笑，仿佛在那一瞬间，他又重新变成了当初那个风流拈花的少年。

"你告诉我你喝过药的。"玉祁的眼里是干涸的，"为什么？"

裴虚已微笑，眼底带着玉祁看不懂的神情："……以后，去过自己的人生。"

春归有期，相思无期，这一夜的风雨不曾停息，细风如低语，疾风如马蹄，声声催人断肠。

寺庙里敲打着沉沉的丧钟，玉祁听着那声音，在黑暗中落泪：

"究竟何为真，何为假？何为爱，何为恨？"

"阿弥陀佛，"方丈拨动着手中的念珠，"施主，日月之行是真相，星河灿烂是真相，若在险峰之上，无限风光是真相，万丈深渊也是真相；若在风雨之中，落花摧折是真相，枯木渴雨生长也是真相。天地与人心都有晴雨悲喜，君子与凡人都有得失顾念，施主希望听到哪一面，看到哪一面？"

曾经，少年眼底花开似火，眉宇间冰雪消融。

如今，那双眼睛再也不会睁开。

往事还未偿还，她的泪痕也还未擦干，他竟然就这样死去了。

一时间玉祁只觉得茫然，雪花翻卷，在七重楼塔，在眉间胸前，悲凉雪意覆盖了她的睫毛，浅浅的薄雪，深深的埋葬。

那仍然年轻的脸庞，已渐渐冰冷。不再有笑容，不再有热泪，不再有伤害，也不再有期盼。

她不知道自己是什么时候开始流泪的，也许是睫上太重的冰霜化为眼泪，连她自己也浑然不觉。

他死去了，他怎能就这样死去？

无声的流泪化为哽咽，再化为失声痛哭。她想起当初见面，早春的清风与日光都柔嫩，他头发上沾着三两根芦草，笑容干净如初雪，理所当然地说："我可不想让好看的姑娘哭鼻子。"

这么多年了，她一直不肯承认，她爱上了他。

命运的无常有几许，命运的错失又有几许？

可如今，她却说服不了自己，那拼命涌出的眼泪是为了什么，那带着血腥味的痛彻心扉是为了什么。

一直一直，她都在欺骗他，也在欺骗自己，不肯正视，不敢细想，不曾回望。

直到彻底失去，所有的防御都在死亡面前丢盔弃甲、不堪一击，往事如潮水灭顶涌来，淹没了所有的悲欢爱恨，唯独淹没不了初见他时，心弦颤动的一瞬。

五

青青的坟冢，很快长出了荒草。

裴虚己临终之时，将宝宝托付给了寺庙的方丈，甚至没有留给玉祁一点念想，一点牵绊，去补偿、去回望。

四周荒芜，林泉与风都哀伤流动，玉祁只敢远远地望去，无法再靠近那冰冷的坟墓。

寂静黄昏中，不知哪里飘来玉兰花的幽香，一个声音从身后响起："姑娘，姑娘？"

玉祁蓦然回头，花香弥漫黄昏的刹那，她被往事击中，生硬的表情突然软弱了下来，几乎有种流泪的冲动。

出现在她面前的，是一个陌生的大汉。

汉子笑得阳光灿烂，背着一把铁剑："姑娘，你在这里做什么？周围猛兽出没，你一个小娘子，还是早些下山去的好。"

玉祁跟着大汉下山，对方说自己姓祝，是个铁匠。

……这就是裴虚己当初寻访的祝铁匠？玉祁正要开口询问，汉子的目光落在她的腰畔，突然露出惊诧的神色：“姑娘，你身上这块铁……”铁匠的眼神像是惊喜，又像是难以置信，“这是百年难遇的陨铁，姑娘从何处得到的？”

玉祁突然呆在原地，脸色苍白得可怕。

祝铁匠继续说：“前些日子有贵人托我打制陨铁剑，还给了我重金做酬劳，唉，若是早些遇到姑娘就好了……”玉祁的脸色苍白得可怕，她从不知道，自己腰间不起眼的铁块，正是当初那人求而不得的陨铁。

若是她早些遇到祝铁匠，重铸陨铁剑，他是否就能被陛下赦免回长安，与妻子重逢，躲过这一场瘴病与死亡？

寒风如命运之手拂过，令玉祁浑身止不住颤抖。

多日来心口的钝痛在这一刻变得尖锐清晰，玉祁眼前渐渐昏暗，耳边的声音也越来越远：“姑娘！你没事吧？姑娘……”

玉祁病了，而且病得很重。

她在高烧中昏昏沉沉，仿佛看到当年早逝的爹愤怒的脸孔，听到“必让裴氏血债血偿”的怒吼，看到娘亲的泪水，看到扑灭亲人们生命烛火的那一场风雪，看到年幼的自己流浪到长安，看到裴府的亭台楼阁，深黑的枯井，看到少年灿烂的笑容“面条不要咬断，可以长命百岁”……

然后，耳边传来粗犷而担忧的声音：“姑娘，姑娘——”

她睁开眼睛，看到了铁匠惊喜的脸。

这一次玉祁病了大半个月，祝铁匠没有丢下她自生自灭，而是把她带到家中悉心照顾。

她几乎不开口说话，祝铁匠粗中有细，什么都不曾再问。

待到她病愈之后，祝铁匠将铁块还给她，肩膀宽厚的大男人终于开口问了她一句话，而且是红着脸问的：“姑娘，你叫什么名字？”

“我没有名字。”玉祁麻木地回答，将对方的手轻轻拨开，任由铁块“哐当”掉落在地，没有去捡起。

她的姓氏，早已在童年被舍弃，她的名字，也随着那夜的雨一起被埋葬。

她不愿想起自己是谁，不愿再捡起锈迹斑斑的回忆。刻在铁上的字迹也已经死去，那是曾经的她自己。

祝铁匠叹了口气，俯身把陨铁捡起来。

年关将近时，有一天，祝铁匠扛着一筐废铁进屋，突然问她："姑娘，你见过打铁花吗？"

玉祁幼年时颠沛流离，进入裴府之后反而增长了许多见识——长安繁华的烟火，拥挤的市集，上元节千万盏宫灯辉煌，西域胡人的杂耍……听说民间有铁匠能用滚烫的铁水表演，让千树万树火花怒放。

这是她第一次亲眼见到打铁花。

废铁在炉膛里融化流淌，祝铁匠头戴斗笠，身披蓑衣，抄起一把木勺，将滚烫烧红的铁汁舀起，朝空中高高抛去！

这一瞬间，火星四溅，天地的颜色被喧夺，无数金光怒放滚落，像是星河沸腾在人间。

即便是长安城的烟花，也没有这样壮美，这样惊心动魄。

祝铁匠一勺一勺地将铁水抛向夜空，举臂击打，空中一片一片地溅满金花，蓬勃生长，蓬勃怒放。那是比铁更顽强更璀璨的生命力，火花爆发般地宣泄、狂舞、燃烧、吼叫。

玉祁怔怔地看着她从未见过的奇景，而祝铁匠笑着抬手，拨开飞溅的铁花朝她走来。男人眉宇如燃，斗笠上还有金花在劈劈啪啪地爆裂。

他说："你的来历必不寻常，你不愿意说，我便不问。"

壮实的汉子眼底也有铁花，被爱情的手掌温柔击打，璀璨，浓烈，奔放。

"过去的事情，就让它过去吧。你说，自己没有名字，"祝铁匠凝视着她，声音格外低沉郑重，一字一字地说，"那我替你取一个名字。郑连城，郑重的郑，价值连城的连城，你在我心中是无价之宝——我是真心地、郑重地想要娶你。"

第二年，郑连城嫁给了铁匠祝铸。新婚的那一夜，他从怀里取出一支发钗："娘子，送给你。"

"这是……"郑连城抬头看着他，只觉得铁钗的质地似曾相识。钗上古枝交错盘曲，树上花朵含苞待放，竟生生像要破铁而出，美得栩栩如生。

"当初被你扔掉的那块陨铁，我原本打算将它打成客人托付的陨铁剑，可是开炉七日，都铸剑不成。"男人肩膀宽厚，脸孔被火光映得喜庆，"此铁罕见，废弃可惜，于是我用它打了一支钗。我打过刀，也打过剑，这是第一次打发钗，喜欢吗？"

祝铁匠将发钗替她插上，为她取来铜镜。

镜中的新娘很美，花钗虽不如金玉华丽，但也极其精美。钗上并蒂花，恩爱两不移。

顽石萌芽，树上开花，有那么一段微醺的时光，她心中也开出过花。

他们很快有了一个儿子，接着是一个女儿。

女儿长得像她，眼睛格外漂亮，性子却像祝铁匠。男人对女儿宝贝得不得了，总是大笑着叫女儿的名字，举起襁褓亲吻。

女儿静思满百日那天，风雪很大，门外突然传来敲门声。

祝铁匠心情好喝了酒，醉醺醺地去开门，不知道看见了谁，似乎愣了一下。

他没有把客人请进屋来，而是顺手关上门，两人就在屋外的风雪里说话。

郑连城在昏暗的烛光下抱着襁褓中的女儿喂奶，她的心头涌起一股奇异的不安。她留神听着屋外的对话，可是风雪声太大，她什么也听不清，只听得到雪地里似乎有锁链拖拽的声音。

方才门打开时，她也听到了锁链的声音——那个雪夜拜访的客人，莫非是个逃犯？

烛火在雪夜拼命挣扎，郑连城等了许久，直到小静思睡着了，她忍不住要出去看个究竟时，“咯吱”一声，门开了，祝铁匠独自一个人出现在门外，肩上都是厚厚的雪花。

“客人呢？”郑连城赶紧起身，一边替祝铁匠掸掉肩头的积雪，一边担忧而不解地问。

“走了。”祝铁匠的脸色发白，拉住她的手转身往屋子里走。

郑连城朝男人身后看去，雪地里还有一串脚印，拖着锁链沉重的痕迹，延伸向黑暗的远方。

那晚祝铁匠没有像往常一样抱着她们母女睡下，而是到后院去开炉，打了一整夜的铁。

接下来的七天，每一天，铁炉里都火光四溅。寒冬腊月，可祝铁匠的衣衫尽被热汗湿透，气喘吁吁地光着膀子打铁。

郑连城心中担忧，直到第七天黄昏，细雪仍然下着，祝铁匠将一堆废铁扔到墙角，突然叫住了她：“娘子。”

祝铁匠汗流浃背，深深凝视着她。他的脸算不上英俊，身形魁梧而结实，看向她的目光却极为柔和：“今天不打铁了，陪你一起吃饭。”

他伸手摸了摸郑连城的头发，指腹在那支发钗上停留了片刻：

"有件事我一直没有对你说过，我们祝家世代打铁，都是受一位异人所托。"

郑连城愕然仰起脸，想起了那天雪夜来访的怪人。

"那是一个脚上捆着锁链的男人，我们祝家世世代代为这个男人打铁，打造最锋利的刀、剑、枪、戟……试图砍断他身上的锁链，但都没有成功。我的曾祖、祖父、父亲都是他们那个时代最好的铁匠。我，曾经也是。祖父说，数百年前，正是这个身披锁链的男人来到他身边，教他打造铁器的秘密与技艺。"

郑连城感到自己的手冷得可怕，没有人能千百年不老不死，除非……他不是人。

她的声音微微发抖："他是神鬼，还是妖怪？"

"我不知道。"祝铁匠摇了摇头。

这晚郑连城很晚才睡着，祝铁匠拥着她入睡，宽阔的胸膛上还有炉火的气息，让她的头枕在他结实的手臂上。

这一夜郑连城不知做了什么梦，梦中悲伤，却没有泪水，醒来时天已大亮。

阳光照在床榻前，身边的祝铁匠不见了。

后来，他再也没有回来。也许是去逃避，也许是不愿连累她们母子，祝铁匠没有只字片语，便抛下了他们。

静思三岁时，有一天郑连城正在织布，突然听到后院传来叮叮当当的声音。

自从祝铁匠离家出走之后，后院的打铁炉许久没有开过，火已灭，灰已冷，剑已锈，人已杳然天涯。

听到这熟悉打铁声时，郑连城恍惚间有种错觉，是他回来了。她扔掉手中的织线，奔到后院——

炉膛里燃起了温暖的光，小静思一手拉着炉膛的风箱，笑嘻嘻地歪头看着她。

在她身后，站着一个陌生人。那人脚下拖着锁链，背对着她们，身影被炉火勾勒得格外冷酷。

郑连城惊惧地上前，将静思抢进怀里。

"无用的铁匠！"对方的声音深沉威严，脸色却比白雪更苍白。他走到郑连城面前，猛地一抬手！

郑连城恐惧地闭上眼，护紧怀中的女儿，突然肩头一重，满头乌发洒落在肩上。对方并没有伤害她，而是将她头上的发钗拔下，扔到地上，轻蔑地碾压："他竟把世间唯一一块珍贵的陨铁，做成了一支无用的发钗！"

举世无双的陨铁，竟被刻上了细致的花树，簪在女人的头发间。

"当初我命令祝铁匠重新将铁钗融化，打造成剑。可他却愚蠢地回答道：铁块可以融化成花钗，花钗却不能重聚成剑气，铁剑上的杀意一旦被温柔磨平，就再也无法斩断什么了。

"千百年来，祝家一代代的铁匠为我淬炼无数的宝剑与名刀，而世间最强的男人们执起这些锋利的刀剑，写下了彪炳史册的功业。这些兵器上，沾染了野心、壮志、征服、热血……可始终没有一件兵器，强到能砍断我身上的锁链。他们的剑，或被死亡带走，或被时间锈蚀，或被敌人折断，或被他们自己舍弃……"

男人的神色有些迷惑，也有些失望，有些愤怒，更多是不屑。他转过身来，狠戾地盯着郑连城。

"他们中的一些人，甚至会与剑为敌。如果不愿举剑，就必须以自己的生命为代价。弃剑，便是放弃生命。许多年前，裴行俭和阿史那伏念这样的名将，都因为弃剑而死。"

听到那个熟悉的名字，郑连城僵立在原地。

"你是阿史那的后人？"对方居高临下地看着她，眼神带着一丝残酷的恶意，"当初你的先祖阿史那伏念，手中有陨铁之剑，却亲手将它扔进熔炉，化为铁块——就是你身上的那一块。"

许多往事的细节在这一刻涌上心头，郑连城这才知道，原来，她腰间的陨铁，竟是先祖手中的利剑所熔。

陈年旧事在风雪中被掀起，冰凉的泪水涌出郑连城的眼眶。她一字一字地说："我的先祖以性命相托，心甘情愿放下兵戈，可裴行俭背叛了他们之间的信诺。"

"恐怕你是想错了什么。"对方挑眉冷笑，"裴行俭没有背叛。"

"你说什么……"郑连城浑身一颤。

"当初你流浪在长安，饥寒交迫差点冻死街头时，巧遇到裴府需要奴婢。你一个身份来历不明的女童，难道从未怀疑过，自己是怎么进裴府的吗？裴家世代公卿，并不是寻常人可以接近的。"

郑连城的身子剧烈地颤抖起来。

"当初裴行俭立下不世战功，只因他信守承诺，不愿诛杀降将，便受人弹劾。后来帝王命人在闹市斩杀了阿史那伏念、阿史德温傅，裴行俭极力要保全阿史那伏念的性命，再三进谏，触怒了天后武则天，战功得不到彪炳，甚至只得到一个可笑的县公的封赏。

“阿史那伏念被斩首之后，裴行俭便将自己的剑折断，扔进井水中，再也不曾入朝，直至郁郁而终。他们的情义，只怕比你想象得更深。”

曾经，在西北的朔风之中，两个男人围着火堆喝酒，阿史那伏念随手将剑扔进火中：“我的剑，已经无法斩断什么了。”

“无法斩断，还可以守护。”裴行俭将整坛酒一饮而尽，醉醺醺地说，“醉翁不怕酒淡，勇士方敢弃剑。”

酒坛在清夜相碰，两个男人酩酊大醉、大笑。那是最好的时光与风雪，信任坚若磐石，意气豪迈飞扬。

可后来，长安闹市中的铡刀与囚车，死者不瞑目的头颅，终遗憾成永诀。

阿史那伏念死后，裴行俭将自己的宝剑折断，扔进枯井之中。

裴行俭临终前给子孙留下遗言：俭在战场上能打赢千军万马，却敌不过朝中小人挑唆。不能守信于阿史那伏念，平生憾事。吾死之后，吾儿当以性命保全其家人。

那口枯井，藏着天下名将的愧恨，亦藏着河东裴氏永远的誓言。

她一直以为，自己是侥幸进入裴府，可世间哪有如此幸运？她早该想到，从一开始，便有人在暗中庇护她，冒险收留她。

那些年她在裴府中，名为下人，却从未受呼喝屈辱，一直在清淡静好地生活。

所以，当日裴虚己才会义无反顾地舍弃自己的性命来救她。

所以在临终之际，他会露出那样了然的神情，对她说：以后，去过自己的人生。

世间之事真假难辨，曾经她以为自己迷惑了命运，如今才发现，自己不过是被命运之火迷惑的飞蛾。

“娘，你怎么哭了？”小静思懂事地爬到她的膝上，替她擦眼泪。

从那之后，郑连城开始躲着静思，独自喝酒。

她不知该怎样面对往事，也不知该如何面对残生。

岭南的菊花酒性烈，她喝得酩酊大醉，醉眼中还能看到少年的模样，像是经冬又发的桃花，一次次地怒放在亦醉亦醒的回忆里；还能看到少年慵懒眨眼，笑容干净如初雪：“面条不要咬断，可以长命百岁。”

残生不过一场酒醉。

曾经郑连城以为自己需得时刻保持清醒，才能活着达成复仇的夙愿；如今她发现，只有酒醉，她才能看见心心念念的幻觉。

第一次看见那个男孩时，郑连城以为自己再一次看到了幻觉。

男孩只有八岁，生得面黄肌瘦，那双眼睛却如此熟悉，像是命运之眼，在冥冥中张开。

“娘，他叫裴豆豆，”静思高兴地说，“前几天跟娘和哥哥走散，找不到回家的路，就是裴豆豆他帮了我。”

“你姓裴？”郑连城愣在原地。

“听寺庙里的和尚说的。”男孩满不在乎地说，“也许是姓裴吧。”

“哪间寺庙？你的爹娘呢？”郑连城急促地问，眼中泪光闪动。几乎是本能地，她朝男孩伸出手。

对方警惕地后退了一步，说：“我没有爹娘。”男孩的眼睛很明亮，并不接受谁的怜悯。像是在荒野捕猎的小兽，被饥饿与困境砥砺出了强如钢铁的心志，不会轻易接近谁，也不会让旁人靠近。

郑连城的手顿住了，有些羞愧，也有些惊惶，她从男孩的眼底看到了不堪回首的过往——她用尽一切力量去逃避、想要忘记的过往。

“我们走。”郑连城突然转过身。

“可是裴豆豆他——”祝静思愣了，小小的脸上的神情满是不舍，她把几块香甜的年糕放到男孩手里。

饿得面黄肌瘦的裴豆豆把年糕塞进嘴里，一边狼吞虎咽，一边满不在乎地拍胸脯：“放心，小思，我还会去看你的！”

郑连城几乎是逃一般牵着祝静思离开。

六

这晚下起了雨。

家徒四壁冷冷清清，孩子们都睡着了。郑连城想起多年前的那一天，也是下着雨，那个人在她怀中慢慢冷去的手臂与身体。

她在黑暗中如同痉挛一样发抖，烛光微弱，像是她心中那不堪一击的借口。

那时她本能地想逃，只是因为无法面对，无法正视……那双如此相似的眼睛。

如今，她虽然逃了，可那双眼睛仿佛仍然在天上看着她。

稚子何辜？她把那个男孩留在外面流浪，如今的饥荒年，或许他根本活不了多久……

郑连城后悔了，第二天天还没亮，她就出去寻人。她去了当初寻到静思的地方，又问了周围的人，描述那孩子的形貌，可都没有找到他的踪迹。只有一户人家说，那个男孩偷了他们家半个馒头就跑，也不知道跑去了哪里。

一天，两天，三天……裴豆豆没有来。

祝静思每到黄昏，就坐在门槛上，托着腮等人。她说："裴豆豆答应了来看我的。"

郑连城不敢看夕阳落在女孩脸上的那份期待。曾经，她无法面对故人，如今，她甚至无法面对自己的女儿。

"是娘不好，那天没有把他带回来。"郑连城忍住眼眶中的泪意，摸了摸祝静思乌黑柔顺的头发。

"裴豆豆很厉害的，他什么都会，"祝静思似乎并不担心，"他一定会来找我的。"

在孩子的心里，约定过的事情，就一定会做到，就像太阳每天都会升起。

日升月落，转眼半年过去。

这天郑连城正在地里劳作耕种，听到身边的村民们议论着一件事，说附近来了一个有学问的张先生，名九龄，是天下名士，从长安朝堂被贬官回岭南，远近的许多孩子都从他那里得了纸笔和书籍，他还亲自教孩子们读书写字。

郑连城手中的锄头不由得顿了一下，是他……当初公主想要求助托付的人。

正是盛夏，阳光雪白成片的刺眼，郑连城只听见不远处传来磁性好听的声音，一个气质清雅的男子在问路："请问祝铁匠家在附近吗？"

年轻男子身形修长，一袭寻常青衫，像山野村夫一样带着遮阳的斗笠，仿佛画卷里清冷的人像，走进了俗世烟火之中。

他的手中牵着一个穿戴整齐的男孩，令郑连城觉得似曾相识。

身边有村民认出了他们，一个大汉惊喜地喊："那不是张先生吗？"

“是张先生！”

村民们顿时扔下农具围了上来，张九龄和那个男孩都被围在人群中，郑连城怔怔地看着眼前的情形。

……那个男孩是，裴豆豆？

刚才的第一眼，她几乎没有认出裴豆豆来，男孩白胖了许多，但变化最大的还不是模样，而是眼神。当初那小兽一般警惕而野悍的眼神，不知何时软化成顽皮天真，就像长久在爹娘的宠爱中长大的孩子那样。

村民们围着张九龄说话，年轻的男子一一作答，没有半分不耐烦的意思。

郑连城原本也站在人群中，突然听到裴豆豆兴奋地叫她：“大娘，你是小思的娘亲？”裴豆豆脱口而出，扯了扯身边张九龄的衣袖，“老师，她就是祝铁匠家的小思的娘亲！”

原来，张先生是陪着裴豆豆专程来找祝静思的。

这天的日光比平时多了热闹，村民们围了许久才散去。郑连城带着他们从田垄往家里走，一路上裴豆豆蹦蹦跳跳，好不快活。路过一棵桃树下的水井时，裴豆豆突然扔下他们，跑了过去。不一会，他双手捧着什么奔了回来。

“这口井里的水最清凉了，”裴豆豆用手捧着清水凑到张九龄面前，踮脚让他尝清甜的井水。张九龄俯身尝了一口，白皙的面庞上也沾了水珠，显得微笑格外俊美清透：“很清凉。”

郑连城看着他们，突然怔怔落泪转身。

天空深邃如昔，冰雪早已消融无迹。井中伤心的残剑，水底飘零的落花，都已不再重要。

原来，爱从来不是难题，只要温柔来自心底。

误解也好，挫折也罢，苦难的滋味可以忘却，孤独的恐惧可以驱散，离别的伤口可以愈合，总有那么一些人，在岁月荆棘的荒原上彼此邂逅，可以令命运无情之手也变得温柔。

那天祝静思和哥哥去了集市，裴豆豆等她到傍晚也不见人回来，只好对郑连城说：“天快黑了，我们要回去了。大娘，你跟小思说，让她明天到我家去，我等她！”

“到我家去。”说得理所当然，而那个微笑清雅如山岳的男人，站在八岁的男孩身后，成了他的依傍。

从那之后，静思便常去张先生那里，和裴豆豆一玩就是整天。后来她便带回纸张和笔墨，在家里习字。郑连城是读过书的，却不精深，看小静思拿着纸笔有模有样地练字，她也觉得欣慰。

这天郑连城在灯下缝衣服，静思托着腮说：“裴豆豆胖了好多，张先生待他真好。”

“怎么个好法？”郑连城随口问。

“那天我和裴豆豆跟着张先生去山上，迎面走过来一对樵夫父子。那樵夫后背上挂着斧头和背篓，竹篓里坐着一个双髻小童，大笑叫喊：‘爹爹，骑大马，快点！’那樵夫笑呵呵地答应着。等他们俩从身边走过，裴豆豆一步一回头地看着樵夫父子走远，很羡慕的样子。而张先生走路一向很有风度，目不斜视，似乎压根儿没看到路过的旁人，也不曾说什么。等走到山下，却见张先生停住脚步，一撩衣摆蹲了下来，神色淡淡地说：‘我背你一段路。’”

祝静思绘声绘色地讲着：“裴豆豆的眼睛一下子亮了，像只小猴子似的，手脚利索地窜到张先生背上。张先生那么矜高、爱干净的一个人，也不嫌弃裴豆豆身上沾着玩耍的泥，背起他就走。裴豆豆紧紧抱住他的脖子，把腿也盘在他身上，淘气得不行，惹得张先生忍俊不禁，问他：‘你多大了？’裴豆豆满脸灿烂又满足的笑容：‘才八岁！’”

……

“就是亲生的阿爹，也不过这样宠爱吧。”说到这里，祝静思的眼神中露出些许羡慕，出神地望着烛火。

本来缝着衣服听着祝静思说话的郑连城，突然停住了手中的动作。

烛火映着孩童清澈的眼睛，祝静思懂事地拉了拉她的手：“娘，我不羡慕，我……不想爹爹；裴豆豆他没有爹也没有娘，我有娘和哥哥。”

郑连城侧过头去，良久没有说话，指尖被针刺到，滚出一颗鲜红的血珠。她想起了那个人。

那个令她爱过、恨过、痛愧过，从不曾忘记，也不敢回忆的人。

裴豆豆身上有他的血脉，笑容里有他的影子。

她也想起那个娶她的男人，大笑着举起襁褓亲吻，大声叫她“娘子”的人，给过她铁打的花朵，也给过她四季风景的人。

只是如今，他们都不在了。

七

白鹿的故事讲完，不知不觉长夜已经过去，薄雾在晨光中渐渐散开，前路变得清晰，新的一天已经到来。

“每一个女子的故事，都可以化作一朵花。”

花蕊是它的心事，花瓣是它的语言，如同紧紧闭合的嘴唇，藏着忧伤的芬芳，以及一个女子悲喜漫长的一生。

命运的铁树之上，仿佛有谁的人生，将秘密藏成花朵，不需羞愧，不需解释，也从不倾吐，只紧紧地含苞，停驻在行者的来路上，就像一个永远永远不会被聆听到的奇迹。

“少年，轮到你吹奏一曲啦。”白鹿欢快地抬起露水沾湿的蹄子，俯首蹭了蹭叶铿然的马鞍。

少年将笛子放到唇边，认真吹奏了一曲《梅花引》，悠远的笛声与晨醒的鸟语一起穿透山涧忧伤的雾气。等他吹奏完，却发现四周静悄悄的——三足龟不见了，白鹿不见了，铁树也消失了。

顷刻之前，真的曾有白鹿与乌龟聆听笛曲，月下铁树开出并蒂的花朵？或者，一切只是夜色里的幻梦而已？

叶铿然很快发现，那不是梦，而是绝对真实的。

——因为，他挂在马背上的包裹不见了。

冷峻少年额头的青筋忍不住跳动了几下！原来，他遇到的不是什么爱听笛曲的妖怪，而是骗子。

两只骗子妖怪趁他专心吹笛子，偷走了他的包裹。

阳光如此美好，叶铿然的军旅生涯，是从身无分文开始的。

他策马赶到陇右军营时，身上不仅没有半个铜钱，连换洗的衣服也在包裹里一起被偷了，简直不能更狼狈。在新兵报到处提交了家状，领取好士兵铭牌，他正要牵马离开，只听士兵叫住他：“你的东西掉了。”

叶铿然停住脚步转过身，只见地上有一样亮晶晶的东西——那竟是一支女子用的铁钗！

发钗打造得极为精美，钗面上雕刻着栩栩如生的花树，枝叶修长舒展，冠盖茁壮如云，树上结着一对并蒂花。

是他……夜里看到的那一株铁树？

当初白鹿欢快地抬起蹄子请他再吹奏一曲时，俯首蹭了蹭他的马鞍，便是那时，将发钗塞在了他的马鞍下。

他只觉得奇妙，俯身正要将东西捡起，却见一只手先他而至，将铁钗捡了起来："咦，送女孩子的？"

旁边的士兵顿时肃然行礼："裴将军！"

叶铿然抬起头，只见一个年轻的白衣人站在他面前，身上绑着绷带，却丝毫没有身为伤兵的委顿，神态仍然很潇洒，还笑眯眯地伸了个懒腰。

"你是？"叶铿然微微皱眉。是在哪里……曾经见过这个人吗？分明是陌生人，却让他有种熟悉的恍惚。

"这是我们陇右唐军的副将。"士兵一脸崇拜地说，"百战百胜的裴将军！"

一缕清风擦肩而过，天地之间，仿佛蜷卧着远山的伏笔。

被叫作裴将军的家伙满不在乎地抬手，把钗递给他，眼底春风缭乱，看得叶铿然心里有点发毛。

"听说活着就会遇到好事情，果然不错啊。"

少年将军双臂环胸，似乎有什么喜悦的东西，被他噙在了唇角的笑意里，随着晴空绝美的鹤影，直上云霄。

往事排云而来，大风涤荡胸腔。少年眼底有千军万马的浩荡，也有一树梨花的洁白。

山水再相逢，这一次，不会轻易说再见。

美人计
「兵强者，攻其将；将智者，伐其情。」
——《三十六计》中的第三十一计

一

被几双纤纤素手强行按在铜镜前时，叶铿然这才意识到不对。

但军令如山，他只能忍辱负重。

几个妆娘动作熟练地将他束发的幞巾拆开，任由一头黑发散落下来，随即用犀角梳子梳出薄如蝉翼的云鬓，然后取出铅粉，在少年冷峻的面孔上匀称地敷一层薄粉，淡扫胭脂画成桃花[①]，再用青黛点眉，苍白的额头间则贴上鱼鳞花钿，描摹出美少女的娇态。

不等叶铿然抗议，梳发的妆娘已经把他肩头散落的黑发挽成高高的随云髻，从牡丹雕花象牙匣中取出早已准备好的青虫簪、琉璃钗，斜插在乌黑发鬓上作为装饰。

如今只看脸的话，铜镜前已经是一个冷若冰霜的贵族少女了。

“叶铿然，你的妆画好了吗？”兴高采烈的声音从旁传来，说话的明明是男性清朗潇洒的嗓音，却见另一个高个子“少女”提着绢裙过来。对方穿一身红色绡衣，两颊贴着杏核般的面靥，眼角画了弯弯的斜红，唇脂涂出樱桃小口，身上环佩叮当，除了斜逸的剑眉掩饰不住英气、身材太过高大修长之外，倒是一个艳丽佳人。

“看我这个‘酒晕妆’怎么样？”笑吟吟的家伙潇洒地执着团扇半掩面颊，朝叶铿然抛来一个妩媚的眼神。

营帐里的妆娘们掩唇发出窃笑声，其中一个说：“裴将军，你这‘酒晕妆’画得浓艳，自然风情万种，但在奴家看来，还是叶郎君淡扫蛾眉，更有绝代佳人的风姿呢。”

铜镜前叶铿然头上斜插着金步摇，素雅绢衣衬着冰清玉润的肤色，的确像是遗世独立的佳人。

——只是少年铁青的脸色，和额头跳动的缕缕青筋，都被铅粉遮盖了而已。

---

①唐代宇文氏《妆台记》记载：美人妆，面既傅（敷）粉，复以胭脂调匀掌中，施之两颊，浓者为酒晕妆，淡者为桃花妆；薄薄施朱，以粉罩之，为飞霞妆。

“叶郎君脸皮薄，今日多谢各位小娘子了……”裴将军不知道跟妆娘们说了什么，她们都开心地嬉笑起来。毫无疑问，这位将军即便身着女装，慵懒潇洒的模样，对姑娘们仍然很有杀伤力。

不要脸——叶铿然在心里再次咬牙切齿给了自己的上司这三个字的评价。

身为一名严谨自律的军人，叶铿然十五岁时到陇右从军，原本想着浴血沙场报效家国，没想到人生中的第一场大战，要从男扮女装开始。

当初他和所有新兵一起列队在校场上，那个年轻将军指着他，笑得灿烂而玩世不恭，侧头对身边的主帅说：“这个人，我要了。”

说话的是陇右唐军副将裴昀，以能谋善战、用兵奇诡而闻名。

从那时起，他被收入了裴副将的麾下；他悲催的军旅生涯，也从此开始了。

不知道为什么，裴将军好像处处和他过不去。

他习惯早晨在营帐外蹲马步，裴将军也来一同蹲马步，而且就蹲在他身边不到半尺的地方，一边蹲一边和他拉家常，问他诸如“吃早饭了吗”“昨夜睡得怎么样有没有蟑螂”“军营里的澡堂不错吧”……之类尴尬的话题，惜字如金的叶铿然始终以沉默作答。这还不算，训练了一天之后，他晚上偶尔到山头的乱石岗上吹笛子，裴将军就揣着一只竹哨去吹哨子，吹得鬼哭狼嚎，让他原本悠扬的思乡曲，瞬间惊走一片片的黑鸦。

最难以忍受的是，一次他去湖里洗冷水澡，裴将军也来洗澡，拎起岸边他的一堆衣服，突然发现了什么：“你自己补的衣服？针脚有点歪斜，但凑合还能看。本将军的衣服正愁破了没人补，下次就有劳你了！”

“……”

叶铿然几次跟大将军卢湛请示，要求更换上司，去别的副将麾下，但大将军始终不给他答复。

投诉无门，换不成上司，叶铿然觉得自己的人生一片灰暗。每次看到裴将军，他都有种如鲠在喉的感觉。

那时叶铿然想不到，他的“如鲠在喉”很快就可以把“如”字去掉了。

这天伙夫营做了鱼汤，叶铿然举箸吃鱼时一个不小心，竟被鱼刺卡在喉咙里。

倒霉的叶铿然努力想要把鱼刺咳出来，结果咳得脸色惨白连眼泪都迸了出来，鱼刺还是没出来。

第二天清早起床，喉咙里仍然火辣辣的疼，一咽口水就疼，饭食下去更是疼痛难忍，叶铿然去军医那里看，军医瞧过了之后说根本没有刺，只是喉咙被划伤了。

于是他只能减少饮食，忍耐疼痛。可他总觉得……虽然军医看不清有刺，但那根刺其实根本没出来。

被鱼刺卡住这种事，不像刀伤剑创受得堂堂正正，实在有苦难言。

初冬时陇右的天气已经极为寒冷，这一天，空中飘着小雪，叶铿然提着长枪晨练归来，他听到士兵们聚集在一起议论着什么。

“兄弟们，你们听说了吗？多弥国在搞事情！”

“什么事情？”

“听说他们送来军书，让咱们唐军押送珍宝二十车，绝色美女两名，奉送给他们的首领，否则必然挥师攻唐！”

“区区弹丸之地，也敢口出狂言，让我们去灭了他们！”

……

经过义愤填膺的士兵们时，叶铿然的脚步顿了一下，却来不及留心听更多消息，因为裴将军吩咐他晨练之后立刻去中军大帐。

细雪在地上铺了薄薄的一层，他来到大帐外，侍卫立刻进去通传大将军，随即掀开帐门请他进去。

一些将领正在营帐里议事。有的脸色带怒，还有人面露怀疑：“以多弥国的实力，不至于敢来挑衅大唐，是不是受人挑唆？”

“听说今年多弥国大旱，许多地方湖泊干涸，鱼虾尽绝，也许是狗急跳墙……”

众人都脸色严肃凝重地议事，满座之中，只有裴昀懒洋洋地抱着一坛什么东西，表情像是还没睡醒，一缕桂花酒酿的香气从他怀里飘出来，让边关的严寒也被氤氲成春宵帐暖。

大将军卢湛神色高冷，面无表情地看了一眼抱着满坛桂花酒酿圆子的裴昀：“你怎么看？”

“既然他们要珍宝美女，送给他们就是了……”裴昀含含糊糊地说，嘴里还塞着酒酿圆子。

众将领都愣了——这位向来杀伐果断的裴副将，不是吃酒酿圆子吃醉了吧？

“说清楚。”卢湛皱眉。

“我说，既然多弥国要珍宝美女，我陇右不缺珍宝，美女也不少，随便送他们几个又何妨？”这次裴昀终于把嘴里的酒酿圆子咽了下去，笑吟吟地伸了个懒腰。

“不可。”冰冷的声音从营帐门口传来，年轻的军人身如银枪笔直站立，“即便强敌当前，也当拼死搏杀，马革裹尸，岂有屈辱求和的道理？”

碎雪寒风从帐门涌入，众人的目光都看了过来。

叶铿然一身风雪站在营帐门口，漆黑的眼眸清寒带怒，如长枪坚定无所畏惧。

裴昀伸了个懒腰，把坛子放在地上，起身踱步到他面前。将领们面面相觑不知道发生了什么，就在气氛颇为紧张时，只听裴昀问：“你的嗓子怎么了？”叶铿然愣了一下，想不到对方会注意到自己嗓音嘶哑。无论如何，他的自尊心也不能让他当众说出“我被鱼刺卡到了”这么丢人的事实，于是，他只是冷冷看着裴昀：“与将军无关。”

“当然与我有关。”裴昀似笑非笑地打量着他的气色，“你是我的属下，你的事情都要向我禀明。”

在强大的压迫感之下，叶铿然觉得自己的喉咙更痛了。下一刻，凉风拂过，叶铿然喉头微动，竟见裴昀的手已压在他的喉咙上！

这个动作并没有杀气，却有种山岳般的威压，令叶铿然的后背都被冷汗浸湿。裴昀分明还是那个裴昀，眼神却仿佛换了一个人，从容到可怕，修长的食指稳稳地按在他的喉头。

“多弥国不过弹丸之地，针尖小国，但它卡在河西走廊，交通要塞之上，就好比鱼刺卡在人的咽喉之中，”裴昀不容置疑地微笑道，“必须拔除。”

叶铿然愕然看着他，一时间回不过神来。

“这根刺要拔得有技巧，才不伤自己。”四周鸦雀无声。裴昀白衣的身影岿然不动，他像是在对叶铿然说，也像是在对卢湛和营帐里所有的将领说，“给我几样东西，我就能将它连根拔起。”

“什么东西？”

“二十车金银财宝，几个妆娘。”

将领们都一头雾水面面相觑，却见卢湛看了裴昀一眼后说道：“准了。”

二

叶铿然实在想不到，为什么裴昀这么不靠谱的人，卢大将军会如此信任他。

正如他想不通，为何自己和裴昀两人要被打扮成美女，随着二十车财宝一起被送到多弥国去。

被强行按在铜镜前画好妆之后，他简直无法直视镜子里的自己。如果不是军人的职责在身，他只想掀桌掉头就走。

“美少女”叶铿然强压住怒火：“将军到底有何计策？”

裴昀没有直接回答他，而是双臂环胸歪着头反问：“你觉得行军遇到难缠的敌人，什么对策最好？”

叶铿然沉默了片刻，这个问题……他答不上来。

“兵强者，攻其将；将智者，伐其情。”裴昀自信地抬起眉毛，“本将军这一招，是美人计。”

一派胡言……叶铿然心里想。

即便是美人计，为什么非得要他们两个大男人扮作美人？

裴昀似乎能看出他心中的不满：“我们是去打仗，路途凶险，刀剑无眼，不能让女孩子做这么辛苦和危险的事情。况且，本将军人长得帅，这种关键时刻如果不牺牲一下自己的美色，就太小气了。”

“你确定你这是美人计？”叶铿然额头青筋跳动。在他眼中，裴昀的浓妆实在令人难以忍受，脸上涂了厚厚的铅粉，还贴了面靥和斜红，一张好好的俊脸活像白墙上刷了人血。

“那当然，脂粉很贵的。”裴昀理所当然地回答，毫无自知之明地嘟起红艳的樱桃小口，朝他搔首弄姿抛了个媚眼，问：“小郎君，你瞧奴家美不美？”

叶铿然忍无可忍道：“走。”

凛冽寒风中，两个身着女装的军人朝着多弥国出发，身后还带着二十车东西。

一路上叶铿然脸色铁青地策马疾驰，半句话也不肯跟裴昀说。裴昀却欢快地追上他，让两匹马儿并肩而行：“呐，前面就是多弥国了。”

不远处有一个湖泊，水面倒映着冷月，湖中还有一座黑魆魆的岛屿，月下显得莫名突兀而诡异。

车马走到湖边时，夜风吹过，只见身边的裴昀摸了摸鼻子：“你有没有闻到硫黄的味道？”

叶铿然皱眉，他也闻到了。

“那个小岛很奇怪，我记得以前带兵经过时，那里是没有岛的。”裴昀勒住马缰，突然在原地转了几圈，似乎在观察地形。叶铿然对地形不熟悉，他不知道湖面有没有岛，可空气中的硫黄味却渗漏着危险的气息。

“会不会有埋伏？”叶铿然神色一凛。

黑暗中突然传来哒哒的马蹄声，一队骑兵从夜色中疾驰而来，个个身着乌锤铠甲，看装束是多弥国的军队。

果然有埋伏！

“是唐军！”为首的多弥国头领大喝：“给我杀——”

“慢着慢着，是友军，来送珍宝美女的……”眼看敌众我寡，裴昀毫无节操地大喊。

“给我抢！”多弥国首领悍然一挥手，身后的士兵们顿时凶神恶煞地冲杀上来。

“这么不怜香惜玉？”裴昀眨了眨眼睛，和叶铿然对视一眼，“他们好像更想抢你。”

“……”

叶铿然额头的青筋忍不住跳动了几下，正要拔枪迎敌时，突然间几滴冰凉的雨水溅落在他脸上，耳边传来轰然一声巨响，随即便是多弥国士兵们的惨叫声！

原本晴朗的夜空突然乱雨纷坠，阵前人仰马翻。一股巨大的水柱突然涌起，像是悬空的漩涡，把士兵们席卷进去，而湖面上那个黝黑的岛屿也在黑暗中缓缓移动！

“果然这里是没有岛的。”裴昀昂首放目远眺，眼眸明亮似烛火，“那不是岛，是水里的东西。”

刹那间，水花如暴雨泼下，一只巨大的鱼尾拍岸而来！

叶铿然本能地横枪去挡，可瞬间长枪就被席卷到巨浪之中，如细针般消失不见。

那条鱼实在太大了，像是火炬膨胀在星夜，每一块鳞片都像从天边扯了一片燃烧的银河，硕大的身躯遮住了天地。湖水被搅腾成了沸水，在巨大的妖怪面前，他们也像是蝼蚁般大小，滔天巨浪席卷而至，身下的骏马惊恐嘶鸣，耳边传来熟悉的声音：“叶铿然！”

曾几何时，在暴雨中似乎也有这样的声音在呼唤他，熟悉而安定，令他无惧风雨，也无惧长夜。

手中突然一紧，裴昀已经抓住了他的手，随即两人一起被卷进了巨浪中！

三

叶铿然醒来的时候，鼻端传来水藻的涩味，身下是潮湿而滑腻的地面。他动了动，手边尽是些断裂的水藻，一侧头，只见裴昀双目紧闭躺在他身边，不知是死是活。

“裴将军！”叶铿然心头一紧，挣扎起来，去探对方的鼻息。触手一片冰冷，已经没有呼吸了……

不可能——

叶铿然的脸色变得惨白，用力去按压对方的胸膛：“裴将军！你醒醒！”

浅淡的黎明在水天相接的地方微微掀开夜幕，可叶铿然眼前心底一片黑暗，不可能……那个总是玩世不恭笑着的家伙，仿佛任何事情都成竹在胸的家伙，怎么会死？一股血腥气猛地从胸腔涌到喉咙，叶铿然浑身如坠冰窖，手死死地按在对方的胸膛上。

四周安静如铁，水珠顺着发梢往下滴落。

身边的暴雨早已停歇，心中绝望的暴雨却汹涌滂沱，一点一滴，铺天盖地。

记忆里似乎有人朝他大笑，共他饮酒，同他并肩策马，与他坐在梨花树下，问他：“旁边这棵梨树，怎么不开花？”

……是谁？

叶铿然头痛欲裂，耳边恍惚传来熟悉而欠扁的声音：“咦，你这也太好骗了吧？”

他猛地睁开眼睛，正对上裴昀带笑的眸子。

“装死和真死，要找脉搏，看瞳孔，不能探鼻息——否则战场上敌将随随便便都能闭气装死从你手下逃脱。”裴昀好整以暇地坐了起来。

话音刚落，一拳猛地朝他脸上挥来！

还好裴昀反应快，拳风险险擦着他的耳畔打过。叶铿然脸色铁青，声如寒冰：“你捉弄我？”

差点被打脸的裴昀愣了一下，摸了摸耳朵：“我好心教你战场上的技能，不要轻易被敌人的表象骗到……噫，你这么关心我，不会吧？”

叶铿然板着脸转身就走，身后传来裴昀含笑的喊声：“等等我——”

他们不知被激流冲到了什么地方。四周的景色空旷、单调而陌生，湿滑的地面布满水草的残末和碎石，不远处还有一个几丈宽的大洞。

裴昀很快追了上来，走得太急不小心将脚边一块石头踢到，石头咕噜滚落进大洞里。

洞口突然掀起一股狂风，伴随着惊雷般的响声。叶铿然被狂风吹得站不稳脚跟，所幸裴昀一手攀住洞壁，另一只手稳稳地拉住了他！

那阵狂风来得快去得也快，待到风停云歇，脚下传来一个声音，像是从地底深处传来般响亮浑厚，还带着几分恼怒："愚蠢的人类，不要把石头扔进我的鼻孔！松手，不要抠我的鼻孔！"

两人愕然对视一眼，裴昀对着脚下问："英雄贵姓？"

"免贵，姓鲲。"对方瓮声瓮气地回答。

日出的晨光照在水面，脚下的地面如同山峰般从水面壮观升起，粼粼波光中，裴昀松开手朝远方望去："我们……站在你的身上？"

"确切地说，你们站在我的鼻子上。"

鲲鱼浮出水面的头颅大如岛屿，沉在水中的躯干更大，几乎要占满整片一望无际的湖泊。

"那些多弥国士兵呢？"叶铿然突然想到了什么，愕然问。

"扔掉了。"鲲鱼似乎还没有完全掌握人类的语言，它的"扔掉了"，不知道真正意思是杀掉了，还是放走了，或是扔进水里喂鱼。但它随即补充了一句："他们抢美人，我看不惯，还是我自己来抢吧。"

"你也是来劫财劫色的？"裴昀好奇地问。

"嗯，我想看看人间好看的姑娘是什么样子。"鲲鱼美滋滋地回答。

裴昀耸了耸肩："你想看就能随便看？难道本将军是那种为了保命而出卖色相的人吗？我送你三个字——"

他义正辞严地说："必须的。"

湖风缭乱，叶铿然扶额，简直以认识对方为耻……

"那个，"鲲鱼沉默了一会儿，声音竟然有些害羞，"说起来，你们两个昨天的样子，和今天很不一样，能解释一下是为什么吗？"

"什么？"

"曾经有人跟我说，人间有很多好看的姑娘，所以，我也想亲眼看一看。但我不明白的是，从昨天到今天，你们的样子变了好多。"

“……”那是因为妆花了。

叶铿然冷漠笔直地站着：“我们有要事在身，送我们上岸。”

鲲鱼驮着他们在水中游曳，样子很自在，好像昨晚那巨大的水柱与暴雨般可怕的攻击根本与它无关：“想上岸？恐怕没那么容易。至少，在得到我想要的东西之前，我不会放走你们。”

“你想要什么？”叶铿然心中突然涌起一股奇异的感觉，似乎身体里的某一个部分，与这无边无际的水域产生了共鸣。

“美人和财宝，都是我喜欢的东西。”鲲鱼朝着湖水深处游去，发出天真的怪笑声，“和你们人类一样。”

脚下的“地面”缓缓无声地下沉，水渐渐淹没了他们的脚踝。

眼看水越来越深，情形越来越危险，叶铿然猛地侧头示警：“将军！”

谁知道裴昀施展美人计不成，自暴自弃地伸了个懒腰，竟然悠闲地席地坐了下来：“唉，既来之，则安之。”

“你……”叶铿然正要发作，却被裴昀也一把拽着坐下。对方揽住他僵硬的肩膀，神色嬉笑自若：“叶铿然，这么好的湖光山色，怎可浪费辜负？”

叶铿然一怔。曾几何时，仿佛也有人慵懒地揽着他的肩膀，一边说着大好春光不可辜负，一边大笑浪掷寸金难买的少年时光。那时长安初柳正绿，湖中春风正浓。少年白衣写意如诗，双肩清风潇洒，春色中悠然打马回望，眼眸明亮，烙着太阳。

恍惚间，他竟然怔住没有拔开对方的手。

“来，聊聊天。”裴昀的声音从耳边传来。

水已经淹到了他们的腰际，叶铿然回过神来，面无表情地瞪着对方：这个时候，聊天还是交代遗言？

“别这么无趣嘛，有件事我忘了告诉你，”裴昀玩世不恭地说，“多弥国今年大旱，滴水不降，鱼虾绝迹，许多人饿死，士兵们根本没有战斗力，不可能在这个时候明目张胆挑衅大唐——多弥国的那封信，是假的。”

叶铿然愕然：“假的？”

他脑中火光骤然闪过，似乎明白了什么。

“多弥国首领的字我曾经见过，与信上的字迹大相径庭。很奇怪，近来在西北挑衅唐军的部落越来越多，除了吐蕃、突厥，还有契丹、奚、白兰，甚至连多弥这样的小部落也被卷了进来，就好像有人在暗中翻云覆雨，挑起战争一样——这么拙劣的反间计，我还不至于看不出来。”裴昀笑了笑，“但我的确想看一看，黑暗中的对手是谁。”

他话音刚落，一支燃烧的利箭破空而来！

箭矢落在鲲鱼巨大的头颅上，微小如牛毛，可火势迅速蔓延开来，像是猛兽窜起在遍布枯草的田野之上。随即，无数燃烧的箭雨铺天盖地而来，仿佛有一张火焰织成的天罗地网，从天而降，将鲲鱼困在其中！

“竟然在水里放火捕鱼，不至于这么笨吧？”鲲鱼怪笑着，毫不在意那张无形的大网，继续往水里沉下去……可是很快，大妖怪淡定的嘲讽就变成了惨叫抗议！

“嗷嗷好痛！这是什么火？为什么在水里也不会熄灭？”

“这些箭是用‘不尽木[①]’做的，可以在水里燃烧，我专程从陇右带过来的。”裴昀露出人畜无害的微笑。

——那二十辆车里，根本没有什么金银财宝，而是装载着满车特制的弓箭。

岸上数百个严阵以待的多弥士兵，手中都拿着不尽木的箭矢，等待他的号令。

当初那封假信送到陇右之前，多弥国恰好怪事频发，他们境内出现了一只巨大的怪鱼，吞食了江河湖海里的鱼虾，令湖泊干涸，国境大旱粮食颗粒无收。怪鱼行踪不定，却总是在有妙龄少女的地方出现，有一次甚至把几个少女卷入水中，让她们几乎溺毙。从那之后，多弥国的女子都不敢在湖中行船、不敢在溪水边浣衣。

多弥国首领无计可施，于是写信请求大唐出兵救援，可是求援信竟在半路被人掉包，换成了挑衅的战书。

卢湛和裴昀察觉有诈，于是一边散布多弥国挑衅的消息，一边定下计策，将计就计，将“美人”送往多弥作饵，引出兴风作浪的鱼妖，同时传递密信给多弥国首领，让多弥军队配合一起演了一出好戏。

湖面上幽蓝的火光燃烧，像是星辰密布的夜空倾倒在湖水中。

“到岸上去。”裴昀命令身下的鲲鱼。

---

①《山海经·海外南经》记载：南方有炎火山，四月生火，十二月火灭。火灭之后，草木皆生枝条。至火生，草木叶落，如中国寒时也。取此木以为薪，燃之不烬。

被不尽木火焰烧得嗷嗷惨叫的鲲鱼被迫朝岸边游去，而原本被裴昀揽着肩膀的叶铿然不知为何脸色苍白，嘴唇也干涸得可怕，突然身子一仰，晕倒在裴昀怀里。

“叶铿然！”裴昀神色一变，朝岸上的士兵做了一个“停”的手势。

燃烧的箭雨停了下来，此刻鲲鱼也游到了岸边，裴昀足尖点水，使出轻功纵身一跃，抱着叶铿然上岸，厉声说：“拿水来！”

多弥国的士兵们不敢怠慢，赶紧把水囊拿过来。裴昀把叶铿然抱到离水面稍远的地方，给他喂水。

“这位……没事吧？”多弥国首领瞪着叶铿然身上的丝绢襦裙，不知道是应该称呼对方为“这位将军”，还是“这位姑娘”合适……好在裴昀根本没功夫理他，头也不抬地朝他伸手：“水！”

多弥国首领赶紧亲自去取水，而这时不堪忍受火焰浓烟的鲲鱼被熏得打了一个喷嚏。刹那间，空中顿时掀起一阵狂风暴雨，雨点砸落在众人头上，让他们衣衫湿透。

倒霉的鲲鱼可怜兮兮地爬上岸。离开了水域，它的身躯变得小了很多，如同缩水似的，虽然与人类相比还是体积硕大的妖怪，但和此前那山岳般的体积已完全不能同日而语。

星子在雨雾中隐去了，四周草木却更加鲜活清晰。

被冷雨浇在脸上，叶铿然迷迷糊糊听到有人唤他的名字，终于睁开眼睛，看到了裴昀熟悉的脸。

“刚才……”自己被烈火的浓烟给熏晕了？似乎很丢人啊。叶铿然别扭地皱眉转过头去，冷着脸坐起来：“我没事。”

裴昀如释重负地吐出一口气，神色里敛去了玩世不恭的轻佻，竟然有几分真切的歉意：“抱歉，我忘了你怕火。”

叶铿然怔了一下，没料到裴昀也会露出这种神色。

对方似乎很了解自己……

而自己为何会怕火？那些记不起来的往事，这一刻如同模糊的浪涛在脑海中轻轻拍打，令叶铿然有些头痛。

身后传来多弥国首领粗犷洪亮的声音：“终于抓到你这只鱼妖了！你掳掠女子，吞食了我多弥国的鱼虾，害我们举国干旱，今天不把你做成咸鱼干，难解我心头之恨！”

大妖怪的表情完全是懵的，委屈地瞪着不远处的“美人”裴昀，似乎不懂得为何楚楚可怜的美人突然像是变了一个人，手段如此冷酷，简直惨无“鱼”道。

“这些事都是你做的？”裴昀站起身，朝它走过来。

“……是我，我吞食了多弥国所有的鱼虾和湖泊里的水，让土地干涸没有粮食。”鲲鱼似乎很怕他，呜呜惨叫以鳍掩面。

“令江水为竭，方圆百里的鱼虾尽绝，恐怕你还没有这个本事。”裴昀白了它一眼，“我看见你是吃素的，你的嘴角还有水草的残渣。”

“你看错了。”鲲鱼嘴硬地说。

“当初那几个多弥少女被卷入水中，如果你真的想要她们的性命，或者想对她们做什么，她们不可能活着回到岸上。昨夜，我和多弥国骑兵遭遇时，闻到了硫黄的味道，恐怕有人在不远处埋伏了火药，不管我们哪一方打赢，那些火药都可以让我们送命——那时你掀起的水柱和暴雨，只是为了救我们。”

多弥国首领和众人都愣了。

“你在替谁背锅隐瞒？”裴昀似笑非笑，“你真正想要保护的，那个暗中掉包书信，挑起两国战争的人，究竟是谁？”

鲲鱼沉默了片刻，畏惧地瞅着少年：“曾经有一个朋友告诉我，人类是他见过的最聪明最强大的动物，果然没错啊。”

“少年，你听说过鱼藏剑吗？”湖面波光粼粼，鲲鱼瓮声问。

“古时铸剑大师欧冶子为越王打造的一把剑？”裴昀漫不经心地挑眉。

“欧冶子铸造的，只是一柄仿剑。”鲲鱼摇了摇鳍，“真正的鱼藏剑，千山尽破而出锡，江水干涸而出铜，蛟龙捧炉，天帝装炭①，是一把神力丰沛的剑，神以火炼剑，以水藏剑，剑从江海鱼腹而来，遂命名‘鱼藏’。

“鱼藏剑在上古时被人类的铸剑师窥见，画出图纸，打造了仿剑。千百年来，后人还制造过不止一把仿剑，但真正的鱼藏剑，早已失去了踪迹，不曾重现人间。

“我有一位朋友被锁链捆住，只有天下最锋利的神兵利器，才能斩断他脚上的枷锁。我想找回鱼藏剑，帮他斩断枷锁。”

说到“那位朋友”时，鲲鱼的语气温柔悲伤，像是有往事的星光，亘古新鲜，拍打

①引自《越绝书》相关记载。

在它巨大宽阔的脊背之上。

四

鲲鱼出生在秀丽的巫峡，它天生有缺陷。

与别的鱼不同，它常年趴在一块石头下面，很少游动。不时有水族从它眼前游过，那些最小的幼鱼都能在水里游曳、沉浮、嬉戏，可鲲鱼却没有办法像它们一样快乐。每当它开始摆动鱼鳍和尾巴想要自在游动时，就会遇到一件诡异的事——水里好像有一只无形的手，把它往水面上拽。有好几次，它都差点被那力量拖拽到离开水面，几乎要被抛到空中去，它惊恐而徒劳地挣扎，所幸被路过的其他鱼所救。

对鱼类来说，这实在是太可怕了。

被抛到岸上的鱼，从来只有死路一条。它们会死于干渴，死于阳光的照射。偌大的汉水与巫峡，千千万万条鱼里，没有一条像鲲鱼这样有天生奇怪的缺陷。

为了不被那股怪力拉上水面，在鲲鱼很小的时候，就不得不在尾巴上捆一根柔韧的水草，水草的另一端压在水底的石头下，这样，它偶尔也能在狭小的范围内游动片刻。

鲲鱼很羡慕那些能游到远方去的鱼，听说它们有的会在春天穿过千万里的激流与骇浪，秋天徜徉在漂浮着红色落叶的江海回归故里；听说它们见过太阳的金光照在水上的样子，看到过星星洒满礁石与峡谷——它们在水中沉浮，享受着鱼类天赋的本领，从不担心会被奇怪的力量拉到水面之上。

那股奇怪牵扯着它的力量，是命运之手的恶作剧吧？让鲲鱼生而不同，生而备受禁锢。

几百年过去了，鲲鱼越长越大，曾经只需要一根水草就可以牵制住它，后来变成了两根，三根……再后来水草越来越多，它就像一只浑身裹满水草的怪物，蜷缩在满是青苔的绿色中。

再后来，鲲鱼长得实在太大了，连水底那些最大的礁石，都会被它庞大的身躯不小心扯动，引来水底的动荡。鲲鱼只好找到了另一个办法——为了自救，它拖着水草和沉重的石头，蹒跚而努力地游到两山之间的峡谷，将自己硕大的身躯卡在峡谷之中。

借着两座大山的力量，它才得以解除性命之忧。

但从此，它连狭小方寸之间活动的自由与乐趣也失去了。它无法挪动自己，只有在梦里，它才能和其他的鱼一样，欢快沉浮在碧波间，勇敢穿行在雪白的激流中，可每次梦醒来，只有黑暗的水底，无望的寂静。鲲鱼渐渐心灰意懒，开始成百年地睡觉。

直到有一天，有人把它的美梦吵醒。

“喂，大个子，让路。”有个不耐烦的声音在它头顶上响起。

睡眼惺忪的鲲鱼睁开眼睛，只见一个狂妄的家伙正站在它头顶，俯身敲它的脑袋：“你把峡谷堵住了，水都漫到岸上去了，让路。”

“我要睡觉，你从水里游过去好啦。”鲲鱼懒得挪动。谁知对方勃然大怒，一巴掌抽在它的鱼鳍上：“老子不会游泳！”

“我有六百岁了，你个不知天高地厚的年轻人……”鲲鱼不高兴地抱怨，谁知对方又一巴掌挥过来：“老子六百零一岁！”

对妖怪和神来说，六百岁算是很年轻了，因为一个不想让路，一个不会游泳，两只年轻的妖怪打了一架，鲲鱼常年呆着不动，也从不惹事，实在被惹急了才动的手，哦不……动的鳍。

也算是不打不相识，打过架之后，路过的家伙随口问鲲鱼：“你怎么趴在峡谷里，动也不动？”

“我不挤在峡谷里，依靠两座山的力量卡住自己，就会控制不住自己漂浮到空中去。”鲲鱼沮丧地垂下了鱼鳍。

“那又怎样？”对方不以为然。

“我是一条鱼，鱼怎么能飘到空中去？”鲲鱼觉得对方的脑子简直进了水，没办法和他沟通。

“谁说你是鱼？”对方白了他一眼。

“大家都知道我是鱼。”鲲鱼用鳍指了指自己，“我不是鱼是什么？”

“你就是你，不需要别人来定义。”对方冷哼了一声，狂妄地持剑指天，“这天地之间，都是你我遨游之所。”

“你是谁？”

“我是战神，名叫玄武①。”对方傲慢昂首回答。

那一天，鲲鱼小心翼翼地挪出峡谷，几百年来挂在它身上、尾巴上厚重的水草，平生头一次，被战神用长剑毫不留情地挑开。在风和日丽的晴空之下，它从水面探出一个脑袋，很快便慢悠悠飘到了半空中。一开始它很害怕，以为自己快要被晒死了。

---

①《楚辞·远游》：玄武，北方神名。

但是没有。

一开始急促的呼吸只是因为紧张，空中流动的，是比水更暖的日光和风。它睁开眼睛，身下青山妩媚葱茏，浮云洁白无瑕，这些，都是它蜷缩在山间水底看不到的。然后鲲鱼觉得自己的鱼鳍有点痒，它侧头愕然发现，半透明的鱼鳍在日光下舒展伸长，长成了遮天蔽日的翅膀，折射着九天骄阳的光芒。

它长出了翅膀！

北冥有鱼，其名为鲲，化而为鸟，其名为鹏。

曾经大家都以为它是鱼，它自己也这样以为，它没有认识过真正的自己，也从不知道，生命还有如此截然不同的可能性。

风驰电掣，上天入海，鲲鹏过上了它以前不敢想的快意生活。

曾经它以为那股来自体内的奇怪的力量，是要将它拉向深渊和死亡，后来它才发现，那是它与生俱来的命运，将它召唤向未知的天地和远方。

如果不是战神路过，也许它还会在峡谷里睡上百年、千年，身上布满青苔和水草，寸步难行。

巨翅垂天的鲲鹏回首往事，恍如隔世，它觉得……当初那个给尾巴上捆石块的自己蠢透了。

可是，曾经它尾巴绑着水草如囚徒般地挪动，以为那就是逍遥；曾经它蜷缩在狭窄逼仄的山谷之间，以为身而为鱼就“应该如此”；曾经它背负着沉重的石块，以为那就是生存。

它接受了别人告诉它的世界，开始肆意地去生活。

从身体里本能涌出的强大力量，令它害怕，它甚至恐惧地去抵抗，因自己的与众不同而心生怯懦与羞耻。

——身边有形的石块，心中无形的深潭，才是真正禁锢住它的东西。

直到它扶摇直上，遨游山海之间，不知千里万里，直到从北冥翱翔到南冥，在天光云影之中，它才找到心中那个自己。

不是别人定义的，而是最本能的、真实的那个“自己”。

而这一切，都因为一个朋友。

秋天落叶满山的时候，战神送给了它几只酒杯，让它可以在闲暇时喝酒，有时，一神一妖也在山水间对饮。

对方给它的东西不多，却恰好每一件，都是它想要的。

礼尚往来，鲲鹏在山中采摘了新熟的樱桃，酿制成美酒，送给战神作礼物。

“听说你让自己的坐骑——神龟赑赑从沃野出发，驮着息壤，帮人类平息洪水？”

“人类还不到我们的手指那么大。”战神傲慢地昂首，不以为然地说，“一条江河决堤，就能冲走他们的家园。”

“因为他们弱小，所以你才帮他们的吗？”

“不是。”战神想了想，“是因为他们强大。”

“比指头还小的人类……强大？”鲲鹏诧异地问。

“人类是我见过的最聪明最强大的动物，”战神随手在身下的山川比划了一下，眼底映着江河的清光，“他们可以令山川移动，河流改道。”

“这么厉害？”鲲鹏也来了兴趣，“可是他们似乎比沙砾大不了多少，是怎么做到的？”

“我也不知道，可是他们一直在创造奇迹。”战神悠然昂首饮酒，“我觉得有趣，所以想看一看，他们能做到什么程度。”

从那时起，战神就经常去人间，两人见面的次数少了，鲲鹏忍不住问：“你为何那么喜欢去人间？”

“人间有很多好看的姑娘。”战神随口胡诌。

鲲鹏“哦”了一声，其实它想说：你也长得挺好看的。

每次相见的时光都短暂而开心，战神偶尔回来时，也会带来人间的见闻。有一次，他信手拨动剑刃，任由手中宝剑发出清越的龙吟：“人类很崇拜我。我的力量可以帮助他们夺得财富和土地，成为诸侯和君王。在战争中，我站在哪一方，哪一方就会获胜——他们说我是天地间最强大的神。”

鲲鹏隐隐有些不安：“……当初你帮人类治理洪水，让他们在大地上建起家园，安居乐业，如今他们怎么会互相争夺？”

“这是他们的天性，”战神不以为然地说，“与洪水搏斗，也是一场战争，他们打赢了。可是赢了一场仗，就会想着去打另一场，得到了很多，就会想要得到更多，人类的智慧超过所有的动物，可他们的愚蠢，也超过所有的动物。”

也许是战神在人间待的时间长了，鲲鹏觉得，他说话的样子也和人类有几分相似。

那天，战神从怀中取出一把短剑，抛给鲲鹏：“送给你。”

“剑？”鲲鹏愣了一下。

“很锋利的，你试试。”战神挑眉。

鲲鹏并不想试，战神送给过它很多礼物，这是唯一一件令它感到不安的，它担心地看着对方：“你……自己要当心些。”

战神的表情志得意满，并没有听进去朋友的劝告。他只在山上待了一晚，便再次回到人类的战场上，接受他们的崇拜。

许久没有见到战神，鲲鹏百无聊赖，在水边把玩那把剑。

短剑锋利无比，出鞘时的锐气夺人心魄，剑刃上的清光仿佛藏了一轮初升的太阳。

那天，人类的铸剑师踏水而来，被神力铸就的短剑所惊艳，请求看一眼这柄剑。

鲲鹏向他打听战神的消息，铸剑师提到战神时，语气中除了敬畏与崇拜，还有一丝恐惧与厌恶：“五湖四海都在打仗，兵器打造得越来越多，正义之师却越来越少，如今的天下，再没有这样清标而勇决的宝剑了。”

人类铸剑师的话让鲲鹏怅然了许久。后来的某一天傍晚，它在水边睡觉，一不小心，剑滑到了水中，溅起小小的水花。

鲲鹏原本可以立刻游进水里去寻剑，但它只是愣了一下，眼看着鱼群游过，眼看着短剑在水中缓缓沉没。

就像一份期待缓缓落空和沉默。

它知道，战神不会再回来山涧了。这里的天地太过平静、旷远、单调，没有万千人类俯首的硝烟炙热，也没有生杀予夺的快意。

听到那个震惊的消息时，鲲鹏刚从北冥回到巫山。

所有的情形，它都是听山中的小妖说的。

人类的两个部族交战，战神像以前一样倨傲地站在其中一边，准备将胜利的天平倾斜向对他最为恭顺的追随者。可是在战争最惊险的时刻，战局发生了逆转，敌对的两个部族竟联合起来，同时挥戈指向战神。

原来，这一切都是人类的计谋——他们厌倦了战争，于是，在一个年轻人的带领下，那些比沙砾大不了多少的人类，竟用自己的智慧做饵，由铸剑师挖掘出不周山下埋藏的玄铁，锻造成锁链，囚禁了不可一世的战神！

小妖说，那时它看到战神被锁链困住，一个年轻英俊的人类提剑走过来，对着战神说：“我们不需要神，我们有自己的双手，可以创造，有自己的眼睛，可以寻找路途。”

这一刻，鲲鹏终于知道自己的不安从何而来。

原来，从始至终人类对战神的膜拜，都是带着利用和恐惧的，人类想要锁住他，锁住战争，永享和平安宁。

——正如大禹用沟渠锁住滔天巨浪，后羿挽弓射掉九个太阳一样。

从那之后几千年，鲲鹏再也没有见过战神。

它找遍了天地间每一个角落，都找不到战神的踪迹。难以想象，那个狂妄的以剑指天的神，被铁链困住，被禁锢在某处，是何等生不如死。

一开始的几百年，它急切地要找到战神，后来，河流已旧，青山亦老，它渐渐不再抱有希望。

以战神的骄傲，宁可死，也不愿让昔日的朋友看到自己狼狈的模样吧？它甚至有种直觉，或许，战神已经逃出来了，只是躲着自己而已。

鲲鹏庞大得可以吞山填海，却吞不下这悲伤。

日升月恒，山海永隔。

再后来，一些关于战神的消息零零星星从人间传来。

听说他重现人间，复仇的战神身上戴着枷锁，所到之处掀起腥风血雨。天下的奇兵利器，天下的勇士名将，都不过是他的工具。

鲲鱼觉得，战神并没有走出千年的囚禁。

就像当初自己在峡谷之间被禁锢一样，在战神的心里，也有一座牢狱。

那里杀伐血腥，暗无天日。

“无论如何，我只希望能助他一臂之力，帮他斩断枷锁，像以前一样自由地生活。”鲲鹏耷拉下脑袋，它脸上沾着透明的水渍，似乎不仅仅是湖水。

几千年过去了，鲲鹏还记得战神潇洒饮酒的样子，那几乎是它记忆里最快乐的时光了。

天地虽大，只想和朋友一起窝在一个小小的地方，走一段寻常的路，同行一段平凡的时光。

“这么久了，还记得他的样子吗？”裴昀负手，衣襟被清风撩起。

“忘不掉的。”大鱼摆了摆鱼鳍，湖水在晨风中泛起波澜，如同温暖的叹息，“即便是千年之前见面，我们也是聚少离多。”

最好的友谊，不是要形影不离，而是要知你懂你。

当初的同游、共饮，星光映在江海，不知长风几万里，如今只剩回忆空旷，天地微凉。

“唉，所以你接近那些少女，只是因为战神曾经随口说‘人间有好看的姑娘’？”裴昀双臂环胸，挑了挑眉毛，“真是个实心眼的妖怪啊。”

鲲鹏用鱼鳍捂住了脸。

美人计，攻心伐情而已，最美的不过是你心里的那个人，回忆里的那个故人。

五

清晨的阳光照在湖面上，天已经大亮了。

裴昀伸了个懒腰站起来，吩咐多弥士兵：“解网。”

“可是将军……”匆匆赶过来的多弥国首领摸不着头脑，“这条大鱼——”

“清蒸或红烧看上去都不好吃，还没有锅能煮得下，扔了。”裴将军命令道。

“……”

士兵立刻回答，“是！”

湖心的不尽木熄灭了，捕鱼的阵法撤开，火焰的天罗地网被收回，鲲鹏得了自由，却并没有急着逃走，而是不无担忧地看着裴昀他们，似乎欲言又止。

“假传书信，挑动战争，埋下火药，想置我们于死地的战神，如今就隐匿在人群之中。”裴昀似笑非笑，“而且，他是一个我曾经见过的人，我说得可对？”

血淋淋的晨光洒在少年身上，莫名多了几分冷酷。

“你……怎么知道？”鲲鹏愣了一下。

“他要战胜人类，就要先成为人类，了解人的弱点与缺陷，情感与爱憎，”裴昀放目远眺，“他懂得潜伏，也懂得伪装，懂得利用对手，也懂得利用朋友。但，只要他不站出来，我永远不知道他是谁——而且，你也不会告诉我答案，只能由我自己来找寻。”

“我不能告诉你他是谁，但我可以告诉你，战神的力量很强，你们不是他的对手。”

叶铿然冷冷地说：“再强大的敌人，也当正面相迎。”

少年的目光并无温度，如同霜刃初试的剑锋，没有一丝迟疑，清澈勇决，就像当初战神送给鲲鱼的短剑。

鲲鱼愣了一下，突然摇摇摆摆地朝叶铿然挪动过来。

“咦咦，你想对叶铿然做什么？”眼前大鱼的脸几乎要凑到叶铿然的嘴唇边，裴将军大惊失色地制止。

他话音刚落，一阵如云似雾的水雾被喷到叶铿然脸上身上。叶铿然的喉头动了动，弯腰咳嗽起来。

就在水雾之中，似有一根针“叮当”落地！

掉落在地上时分明只是鱼刺大小，可在阳光的照射下，那根刺渐渐变大，化成一柄短剑的模样。剑身明亮，如同冬阳冷冽的光芒所化，令人睁不开眼睛。

“找了那么久的鱼藏剑，竟然在你身上！”鲲鹏惊喜地用双鳍将剑捧起来。

剑身泛着古拙而明亮的光华，清越的龙吟沉淀在剑刃之上，千年余音，千年心曲，不曾断绝。

叶铿然愕然抚向自己的喉咙，那种刺痛的感觉消失了，再看向大鱼用鱼鳍抱着的剑，他才意识到，刚才被他咳出来的……竟不是鱼刺，是一把剑。

“难怪我寻遍了多弥国江河湖海的鱼虾，都没有找到这把剑，原来吞食了鱼藏剑的鱼儿，早就被你们人类抓来吃掉了！”鲲鱼用鱼鳍指着叶铿然，露出疑惑的神色，“……不对，鱼藏剑的剑气太过阴冷，人类若是吞食，不出几个时辰就会暴毙，世间只有龙可以抵御这阴寒，你怎么像没事人一样？”

“什么叫没事人一样？”裴昀朝鲲鹏的大脑袋拍去，“这根鱼刺，哦不，鱼藏剑让我的下属这些天茶饭不思而且瘦了！”

“哦。”

……

被他这样一打岔，鲲鹏便没有机会深究自己的疑惑。不管怎样，它已经惊喜地寻回了鱼藏剑，在千万里的江河湖海中也找不到的上古神剑，竟然在一次小小的邂逅中找到。

这一次，它能帮到自己唯一的朋友吗？大鱼脸上露出向往的神色，如今想来，他们已经三千年没有见过面了。

晴空万里，大鱼展翅化而为鸟，游曳在九天之上，像是一朵硕大的白云，又像是天地间采摘而下的一个瑰丽梦境。

那是少年自由于天地间的梦，也是少年壮志不言愁的梦。

仿佛回到了最初的那一次相遇，战神挥剑挑断它身上的束缚，它克服心中的恐惧，鼓足勇气朝水面浮去，迎向命运的云天与长风……

“欧冶子铸剑，却只得其形，未得其神。”鲲鹏的声音远远从云霄传来，“少年，你误食鱼藏剑，竟得了这剑的神髓。”

——天下名剑，亦是心中勇气。

少年心中的意气，不畏强敌的勇决，才是举世无双的宝剑。

六

多弥国的麻烦就此平息。

巧的是，裴昀和叶铿然离开时，久旱不雨的多弥国竟然落下了一场淋漓的大雨，三天三夜，湖泊与溪流重新涨满了清水，鱼虾重回江河。

“真是一场及时雨啊。”多弥国首领送别他们时，满脸欣喜美滋滋的，“像是龙神降临似的。”

两人策马往陇右走，模糊的雨幕中似有光影谜题，马蹄下踏着往事痕迹。

叶铿然看了身边的人一眼，对方那张看似玩世不恭的侧脸，永远让人猜不透隐藏了多深的兵法谋略，守护着多广的心之疆域。这一次，他主动与裴昀并肩而行：“当初为什么带我来多弥？”

一定有什么原因的吧……

记忆中的长安月、曲江池、梨花树、樱桃酒，依稀记得春风过处，曾有人并肩打马同行。

裴昀看了他一眼:“你是我的下属，我打仗自然带你。况且，要男扮女装，你最合适。”

见叶铿然气得呼吸一窒，裴昀笑眯眯地补充道：“还有，这场雨也是原因啊。”

“什么？”

“本将军料事如神，料到你来了多弥，久旱的多弥就会下雨。”裴昀似乎在信口胡诌，但眼里的微笑没有半点开玩笑的意思。

“说人话。”叶铿然冷冷说。

“你竟然说自己的上司说的是鬼话，太让我伤心了……”裴昀趴在马背上呜呜抱屈。

叶铿然忍无可忍，终于放弃了跟他对话。

马儿在雨中欢快地扬蹄，溅起洁白的水花，将少年的烦恼如斜风细雨抛在身后。

等两人回到陇右，已经是半月之后。

天早已放晴，却更冷了，这个冬天又有一批新兵入营，几个新兵正聚在一起烤火。

“那个人是谁？长得真不错！”其中一个新兵指着叶铿然远去的背影问。

“那是精锐营的叶铿然，曾经做过皇家金吾卫的，刚和裴将军从多弥国回来。”

“我想泡……”一个“他”字还没说出口，说话的新兵似乎意识到不妥，赶紧将话音一转：“我想泡……茶给他喝。”

“看不出你这个大胃王还会泡茶啊，独孤二！”

“那当然！”

……

人群之中，被叫作独孤二的新兵身材修长，唇红齿白，顺手扯了扯肩上背着的弓箭。

叶铿然没有听到他们的议论，没有注意到远处的独孤二，也不知道对方是女扮男装来从军的，更不知道，此后他们会有怎样奇妙的因缘际会。

他心中还有许多的疑问，关于往事，关于彼此，既然裴昀不肯解答，只有留给时光来慢慢解答。

七

而此时，刚回到营帐还没来得及解下战甲的裴昀，便见一名士兵匆匆忙忙赶过来：“裴将军，卢将军吩咐，请你回营后到大帐去！”

冬日阳光之下，天有些阴冷的感觉。裴昀赶到中军大账，只见营帐中众将云集，却没有卢湛的身影。只有一柄黑金匕首被静静地放置在桌案上，正是卢湛贴身的那一把。

裴昀神色一凛，心中骤然涌起不安：“卢将军人呢？”

“几个时辰前卢将军已经赶往大通城，这是他留给你的信，请你亲手拆阅。”帐中一名副将神色凝重地站起身。

匕首之下，压着一封书信。

裴昀迅速将书信打开，里面是熟悉的字迹。

裴昀：

宛秀城中降兵哗变，军情十万火急，我已前往处置。军中诸事，尽托付于君。

宛秀城地处鄯州西南方向，雄踞赤岭之下，城池坚固易守难攻，收编了白兰国、党项的数千降兵。这些年来降兵与唐军一直相安无事，忠诚为大唐效力，为何偏偏在自己前往多弥的时候，突然发生哗变，逼卢湛不得不亲自前往？

近来发生的所有事，仿佛有人精心布置的杀局，一步一步，将他们拖下危险的深渊。

“裴将军！”一个士兵冲进来禀报，“瞭望台来报，廓州方向燃起了烽火！”

刺目的阳光流泻进营帐，裴昀的目光落在沙盘上的廓州的位置，眉心微微一跳：“我们中了调虎离山之计！”

李代桃僵
「势必有损，损阴以益阳。」
——《三十六计》中的第十一计

一

廓州失守了。

城破时正是隆冬时分，天寒地冻，数万敌军突袭而至，从烽火台上的狼烟燃起，到城池失守，前后不过四个时辰。

而陇右唐军主力援兵向南越过拔延山，星夜兼程赶往救援，至少需要两天两夜。

冬夜草木萧肃，马蹄踏碎狂雪，乌压压的军队席卷破城。

劲风中战旗猎猎如刀，那旗帜之上，赫然写着“慕容”两个字。

二

慕容舜小时候，总是听到古怪的声音。

——那是一种格外清晰而沉闷的铁链碰撞声，来自他自己的双脚之下。在他行走时、骑马时，甚至半夜在床上翻身时，都会单调而惊心地响起。

八岁的时候，他也曾经疑惑地问身旁的人：“你们没有听到什么声音吗？”

被问到的人都纷纷摇头。

他们听不到。

慕容舜是吐谷浑的王子，他们的部落曾一度逐水草而居，后来在青海湖南畔建立起了伏俟城。部落里的男人们都骁勇善战，而其中最勇猛的是他的父亲——吐谷浑的单于。可是连纵横草原的头狼王者，也听不到这奇怪的锁链碰撞声。

被八岁的男孩问到时，大单于在马背上皱起浓眉：“胡说些什么呢？”

慕容舜有点沮丧地站在阳光下，他知道阿父并没有拿他的话当真。

他低头看着自己的双脚，那里空荡荡的没有任何束缚，更没有沉重拖长的铁链……

一切在阳光下都纤毫毕现，无所遁形，仿佛那锁链声压根儿就是他的幻觉。可他知道，并不是。

那铁链太真实了，甚至曾经有一次，他差点儿因此丧命。

那时正是秋天，溪边的李子树结了满树沉甸甸的果实，七岁的慕容舜爬到树上去摘李子吃。鲜红的李子酸酸甜甜，他贪吃摘得太多，下树时脚下一滑，就从树上掉落下来。

李子树下是湍急的溪流，慕容舜从小跟着父亲学习骑马射猎，体格强壮，水性也很好，原本有机会在激流中求生的，可是掉进冰凉的水里时，他的腿上突然传来一阵剧痛——抽筋了。

“救命——”慕容舜还没呼救出声，就被呛了大口水。

转瞬之间，他便被湍急的溪流卷入水底，死亡近在咫尺，意识渐渐模糊之际，他第一次听到了那古怪的铁链相撞的声音……

像是遥远的幽禁，又像是近在咫尺的撞击，随着激流沉闷、古怪而强悍地敲打着他的耳膜。

然后，他便失去了知觉。

等醒来时，慕容舜发现自己躺在溪水边的石头上，他的兄长慕容歆赤膊坐在他旁边，象牙色的后背光溜溜地对着他，正在拧湿透的衣服。

“醒了？”慕容歆回头睨了他一眼。

兄长大他三岁，平时就很毒舌，这时候更是满脸鄙夷：“桃养人，杏伤人，李子树下抬死人。不要吃那么多李子，会肾虚。”

那时候，慕容舜不知道什么是肾虚，但他知道自己心虚。

——如果被阿父发现，他为了吃几个李子差点儿被淹死，一定少不了一顿好揍。

兄弟俩从小一起长大，平时少不了互相较劲，更少不了一起摔跤、打架。慕容歆经常占上风；慕容舜年纪小，也是桀骜不驯的性子，即便打输了也不服气，决不肯讨饶。

他从没想过服软，可这一次，向来与他不合的兄长竟然救了他的命。

慕容舜有点意外又有点别扭地问：“……你的病好了？”

前几日兄长生了病，把大阏氏急得直掉眼泪。大夫们都被大阏氏召集到大帐里，围着病床上的阿兄团团转。

那时看到帐篷里的人进进出出，慕容舜心里很不是滋味。他夏天时曾被烈马踢伤了腿，血浸湿裤脚，伤口疼得他满头冷汗，只能自己拖着伤腿挣扎着去找药敷。那时候天热，战场上也正打得火热，大单于正率领部众和别的部落争夺领地，无暇顾及他，大阏氏只疼爱亲生的慕容歆，对他向来并不亲厚。

溪边凉风拂过，慕容舜下意识地摸了摸自己的颈脖……还好，龟甲项链还在。草原上的男孩们用兽骨、虎牙、龟甲做护身符，这块龟甲是娘亲生前给他的，他一直很珍惜。

小男孩握着那块龟甲，似乎在恋恋不舍地握住记忆里的余温。

慕容歆没搭理他，自顾自地穿衣服。

两人近在咫尺，慕容舜转头看着正在拧湿衣服的兄长，突然伸出胖乎乎的小手，摸了摸对方的脸。

“你干什么！”慕容歆打开他的手。

“你的嘴上有李子汁。”慕容舜咧开嘴笑了，肯定地说，“我还以为你不喜欢吃李子呢，原来你也爬树摘李子！”

“……”慕容歆白了他一眼，没好气地说：“我那是发现你溺水了，给你渡气时沾上的。”

慕容舜愣了一下，他抹了抹自己的嘴唇。昏昏沉沉的时候，好像真的有一口温热的气渡进了他的胸口。

他傻里傻气地看着兄长，竟然有点不好意思。

远山落日鲜红，像一颗熟透的李子，藏着被秋风遗落的甜意。

兄弟俩都拎着湿衣服往回走，阿兄走在前面，慕容舜踢着碎石子磨磨蹭蹭走在后面。突然，他听到自己脚下传来奇怪的锁链声，不禁愕然脱口而出：“阿兄……你有没有，听到什么声音？”

“什么声音？”慕容歆停住脚步回过头，皱眉问。

慕容舜低头看去，脚边没有任何异样，他抬了抬脚，那声音又消失了。

“没……没什么。”

三

随着年龄的增长，慕容舜发现，自己渐渐显露出一种奇异的天赋。

他十岁那年，第一次跟着自己的父亲大单于雪夜行军。吐谷浑吃了败仗，撤退时逃命慌不择路，来到一个众人都不熟悉的岔道口，在他们眼前的两条路都被深雪掩住，看似完全相同，却通往截然不同的方向。慕容舜指着一个方向，稚气而肯定地说：“走这条。”

“你认识路？”单于浑身血汗狼狈回头，愕然看了一眼马背上的小儿子。

“不认识，”慕容舜眨了眨眼睛，“就是直觉而已。”

那一夜，几千人在风雪中紧急撤退，单于虽然不信黄口小儿的话，却也只能选一条路押注。也许是运气好，他们最终得以死里逃生。后来侦察兵回报，另一条路是被山石封住的死路。

在旁人看来，这只是巧合而已。

慕容舜知道不是。

与战争有关的抉择，他的直觉如此锐利而强烈，就像脚下那古怪的锁链声一样，清晰地烙印在他的脑海。

他甚至知道，自己何时会胜利。

又一个春天到来时，十三岁的兄长开始独自指挥战斗，赢得了好几次胜利，成为父亲不可缺少的左膀右臂。

四野草木生机勃勃，慕容舜一边牧羊一边听部落首领们讲，他的兄长慕容歆打仗时有勇有谋，初生牛犊不畏虎。说有一次行军遭遇吐蕃悍将顿珠，对方的兵力数倍于吐谷浑，但兄长一点儿也不惧怕，反而对手下的将领们说：“顿珠勇猛，但他骄傲自大，只要使出激将法，他必然上当。”那次，兄长一边派出使者，一边在山谷设伏。顿珠也疑心有伏兵，令大军勒马踌躇不前，于是兄长让使者送去了妇人的垂珰和一顶狐尾毛毡帽——按草原的风俗，只有临阵退缩的懦夫，才会把狐尾毛佩戴在毡帽上。兄长还让使者传话：“想给将军送上厚礼，思来想去，只有这两件礼物最为合适。”

受辱的顿珠果然勃然大怒，命大军挥戈前进，发誓要杀了慕容歆泄愤，结果在山谷里中伏，败给了兄长的几千骑兵。

听到旁人讲兄长打仗的故事，正是春风缭乱的时候，新草肥美，李子树长着锯齿样的小小的叶子，还没有结出果实。

慕容舜百无聊赖地到帐篷里去找人，只见他的兄长正在持卷读书。

半大的少年看书的样子很安静，睫毛浓密，象牙色的皮肤泛着光泽，连帐篷里的日光也格外舒适。

“阿兄。”慕容舜在门口叫了一声。

兄长头也不抬地问：“上次给你的书读过了？”

慕容舜腰间挂着金丝大刀，用牛皮刀鞘装着很是威风，可听到这淡淡一问，他顿时有点垂头丧气，尴尬地挠了挠头：“读不懂。”

他认识的字不多，更读不进去那些艰涩的兵法。小男孩磨磨蹭蹭地凑到兄长跟前，觍着脸问：“阿兄你在读什么兵书？很有趣吗？”

“这不是兵书，”阿兄抬起头，一双漆黑温和的眼睛看着他，“是汉人的乐府诗，叫《鸡鸣》。”

“鸡鸣？”慕容舜挠了挠头，大为困惑不解，“鸡叫声有什么好听的？”

——而且，汉人为什么不吟咏风月，要吟咏鸡鸭？

“……”慕容歆叹了口气，用看智障一样同情的眼神看了慕容舜一眼，把书卷合上：“没什么好听的。”

很久之后，待到慕容舜终于懂得这首诗的含义时，阿兄已经离开了他。

那时春色温润，兄弟俩离得近，慕容舜颈脖上挂的龟甲项链一晃一晃的，阿兄的目光落在龟甲上，似乎突然想起了什么：“你这块龟甲，似乎颇有来历。”

慕容舜一怔，摸了摸自己的颈脖：“啊？”

“书籍上记载，上古时有兵法奇卷被刻在玄武龟甲之上，后来流落人间，被一分为七，龟甲之上，记录着世间最强的兵法。”

“这块龟甲……看上去并没有什么特别。”慕容舜将龟甲项链取下来，甲面被他反复摩挲得光滑，上面并没有刻写文字，只画了些奇怪的图案，看不出来到底是什么，他不由得嘀咕：“真是神仙难认得。”

“神仙么？”兄长将手中的书卷放下，“传说曾经天地之间是有神的，战争之神威风凛凛，凌驾于众生之上，后来不知为何消失了。”

不知道被哪句话触动心神，慕容舜突然开始心慌意乱，他似乎在迷雾中看到了什么，极度想要知道真相，却又直觉那真相会摧毁他自己。恐惧与渴望交替在他骤然睁大的眼睛里，让他忍不住发抖。

所幸这时，一双温暖的手搭在他的肩膀上。阿兄拍了拍他问："怎么这个表情？快要哭出来似的？"

慕容舜突突直跳的心在那温度中渐渐平静下来，他勉强笑了一下："阿兄……你说，战争的胜负是由谁决定的？是神吗？"

"我不知道。"慕容歆站起身来，负手走出帐篷，迎向凛冽日光，"但我们会用自己的刀去见证。"

那一年秋天，吐蕃数万军队从布哈河南下，大举进攻吐谷浑王都伏俟。

强敌来势汹汹，单于与部落首领们聚集在一起商量对策。一个将领忧心忡忡地说："……东则布治军严格，重赏累罚，凡是打了败仗回来的将士，他都毫不留情地斩杀，把人皮剥下来挂在城头示众；而那些立了功的士兵，他也毫不吝啬赏赐大量财宝，士兵们没有一个敢不拼死冲杀的。东则布积威已久，这样的军队水泼不进，只怕难以战胜。"

单于持刀沉默不语，帐篷里的气氛极为压抑。

这时，十三岁的清俊少年慕容歆突然站起来："阿父，我可以打这一仗。"

"你？"单于错愕地望着自己的大儿子。

"既然敌将令士兵惧怕，那不妨让他们更怕。"慕容歆毫无惧色，似乎成竹在胸。

"什么意思？"

"怕的反应有两种，一种是服从，一种是逃跑。东则布想速战速决，我偏偏坚守城池拖延，拖得越久越好。只要战争陷入胶着的泥潭，久拖不胜，东则布杀人越来越多，士兵们的恐惧爆发出来，不愁他们士兵不逃，军心不散。"

少年的锐气与冷静，像一柄秋水钢刀插在众人心上，令他们动荡恐惧的内心安定，也让他们在困局中看到希望。

部落首领们纷纷附议，单于也将赞赏的目光投向自己的大儿子，点了点头。

"阿兄这个办法……不好。"人群中传来一个突兀的声音，十岁的慕容舜面带迟疑地站了出来。

"哪里不好？"单于皱眉。

阳光惨白软弱，慕容舜怔了一下，才艰涩地回答："会输。"

——他不知道哪里不好，只知道这样打会输。

首领们面面相觑，单于的脸色顿时变得难看，大手猛地一挥："大战还没开始，就胆怯惧怕，以后你多跟你兄长学——现在，你出去！"

一开始，战局恰如慕容歆所料，朝有利于吐谷浑的方向推进着。

吐蕃大军如狂风席卷而至，渴望速战速决，而少年慕容歆紧闭城门不出，日夜亲自坚守城头，令士气大振。

对方用骑兵和巨石强行攻城，慕容歆就命人扯起大块帷布，浇上松油，借风力从城头扔下。油布覆住战马焚烧，令敌人死伤无数。

城外敌军攻打了整整十天，城墙下尸首堆积成山，六万大军仍然无法拿下伏俟城。

这个时候，敌军死伤的士兵，加上被东则布处死的士兵，已经过万人。

据探子来报，吐蕃军士气低落，已经有士兵开始逃跑。

"报单于！抓到了一个逃兵！"

日落时分，一个浑身灰土狼狈的逃兵被捆绑到大单于面前。在这个逃兵身上，竟然搜出了价值不菲的珠宝。

"你身上怎么会有这么多财宝？"单于狐疑地问。

"我……我们月前刚去打过大唐，打了胜仗，缴获了数百车金银财宝，东则布将军把抢来的东西都赏给了我们，我一个小兵卒也有份……"俘虏哭丧着脸，抖抖索索地说，"但如今情势危险，哪怕赏赐再多，我也不想丢了性命。"

"你怕什么？"单于听出了对方话里的恐惧。

逃兵开始咬紧牙关不肯说实话，后来经不住严刑拷打，终于招供："大军……粮草已经断了！"

得到这个至关重要的情报，单于和首领们彼此对视，都眼前一亮。

"你说东则布在大唐抢了数百车金银财宝？"一名部落首领问。

"陇右富庶，遍地金银布帛……都是从大唐抢来的。"逃兵奄奄一息地回答。

秋风涤荡着城郭，草木衰败枯黄。

“东则布粮草尽绝，正准备后撤逃跑，”单于把首领们和慕容歆召来商量，“我们不如趁此机会攻打他们，他们急于逃命，一定来不及将那些从大唐抢来的金银财宝带走，我们正好可以坐收渔利。否则，等东则布大军撤退，再打就错失良机了。”

“阿父，现在不可出城进攻！”慕容歆立刻反对。战争的历练让他的气质更为沉稳，独属于草原王者的力量，从少年修长的身形里透显出来：“东则布久经沙场，诡计多端，如今只交战了十天，他的粮草便已然断绝，实在可疑。现在他的军队士气虽然比前几日低落，攻城的阵势却不乱，只怕那个俘虏的情报有诈。况且，现在是秋收季节，如果他们真的从陇右抢来了金银珠宝，更应该抢来了大批粮草——由此推断，敌方粮草应该比预想中更为充足才对。”

慕容歆少年英雄，这一仗他手腕如铁，在军中积累了威名声望。他这番话说出来，竟有不少首领赞成附和。

另一些首领则抵不住财宝的诱惑，想要出城作战。其中主战最激烈的是首领贺光浑，此人平时最为贪财。

等人都走了之后，贺光浑单独留下，对单于说：“如今千载难逢的机会，大王子却不肯打，只怕是怯战！”

“我儿向来勇敢，怎么会怯战？”大单于摆了摆手，并不相信。

“心里光明，自然就勇敢，如果心中有小算盘，就会胆怯。”贺光浑压低声音说，“大单于，你看今日议事，一半的部落首领都站在大王子那一边，竟然连大单于的话他们也不听。这些日子守城以来，大王子威望日高啊……”

单于的脸色变了变，日光的阴影投落在地上，也落在他心里。

两日后，东则布的军队停止攻城，收拾旌旗辎重后撤。

单于不顾慕容歆的坚决反对，下令大军出城追击。

这一仗打得极为惨烈，吐蕃军佯败撤走二十里，将吐谷浑军队引诱入包围圈，更致命的是——贺光浑部落原来早已被吐蕃军收买，临阵反水。

阵前军心大乱，上万将士被斩杀，单于自己也深陷重围。若不是少年慕容歆单枪匹马冲入敌阵营救，他已命丧当场。

这一仗之后，伏俟城被占领，单于不得不带着残部逃亡草原。

在慕容舜的记忆里，这是最冷的一个冬天。李子树的叶子枯黄掉落，很多果子熟落在地上，没有人去捡；很多熟悉的人死的死，走的走，吐谷浑也终于向吐蕃投降了。

“派去的使者回来了，吐蕃让我们送质子过去，俯首称臣。”一个部落首领颤声说。

单于的脸色难看得很，曾经纵横草原的头狼，如今也衰老了下去，原本锐利的双目充满浑浊的愤怒与悔恨。战争远远还没有结束，吐蕃的铁蹄仍在追赶残败的吐谷浑部众，他沉默良久，艰难地摆了摆手：“让舜儿去吧。”

父子亲情，在绝境之中，也不得不让位于生存。

慕容舜只有十岁，还无法领兵作战，而十三岁的慕容歆已经是吐谷浑最为骁勇的将领。兄弟俩之中，选择牺牲谁，大单于已经有了决定。

虽然慕容舜年幼，但他也明白发生了什么——阿父不要他了。

这一刻，与其说是伤心愤怒，慕容舜更觉得恐惧。他不怕战场，也不怕流血死亡，可他怕孤独。

帐篷里的汉子们都没有说话，他们身上的铠甲沾染着血痕和灰尘，仿佛一株株寒冬的衰草。这是部落命运的冬天，没有人可以幸免。慕容舜的眼眶酸胀，他孤独地站在空荡荡的帐篷正中，告诉自己不能哭。这时，一个熟悉的声音从身后传来。

“我去。”

慕容歆走了出来，少年的脸上带着战场的风尘，没什么表情：“舜还小，我去。”

这一句话，改变了慕容舜一生的命运。

如果没有兄长这句话，那个成为质子被囚禁整整七年的人，就会是他。

临别时，阿兄摸了摸慕容舜的头：“以后不要吃太多李子，也不要一个人去水边了，淹死很难看，撑死更难看。”

被对方的毒舌打击到，慕容舜想笑一下，鼻子却酸胀得难以忍耐。

兄长看着他的目光几乎称得上温和了：“舜，有时候我觉得，你比他们都了解战争。”

慕容舜浑身一震。他的眼眶泛红，离别的寒风像一只大手攫取着他的胸口，让他喘不过气来。倏然间，他又听到了脚边锁链相撞的声音。狂怒的战意，不甘的挣扎，带血的嘶吼……如鼓声擂响在胸口，几乎要炸裂开来。

“阿兄，我一定打败吐蕃人，救你回来！”慕容舜没有哭，忍着眼泪咬牙说出承诺。

脚下的锁链发出悲鸣，心头的业火熊熊燃烧，慕容舜觉得自己真正了解战争的残酷，是从这一刻开始的。

——它会夺走人最重要的东西。

兄长笑了笑，翻身上马。

四年后，大单于病逝，传位于十四岁的慕容舜。

从那之后，慕容舜带着部落的百姓和牛羊，也带着钢刀，无数的夜里在草原上逃亡、奔袭，安营扎寨。

吐谷浑的部众们发现，年轻的首领总是能在战场上做出最准确的判断，在绝境中求生。那几乎是一种天赋的直觉，引领着他们避开灭族的危险，夺回失地，重建营垒与信心。

少年慕容舜，仿佛是为战争而生的。那强悍的身躯里，似乎住着一位战神的灵魂。

四

七年后，吐谷浑与唐军联手大败吐蕃，慕容兄弟终于得以重逢。

在刀剑肃杀的寒光中，被士兵救出来的年轻人神色安静温和，白发垂落在肩头，身形单薄得像是纸剪的雪人，双腿似乎不良于行——那曾经乌黑光泽的头发在漫长而不见天日的幽禁中变得雪白，那笔直修长的双腿，也被人残忍地挑断脚筋。

这便是身为质子的代价。

慕容舜跟跄抱住兄长的腿，失声痛哭。

在漫长的马背征战中，他始终贴身收藏着当初那册书卷，直至纸张泛黄；很多个无眠的清夜，他在孤灯下翻开当初那首乐府诗《鸡鸣》。

桃生露井上，李树生桃旁，虫来啮桃根，李树代桃僵。树木身相代，兄弟还相忘。[1]

鄯州城万仞群山环绕，云海孤月高悬。

这夜慕容舜喝多了酒，衣袍间带着酒气，手中惯握的长刀似乎也被朦胧月影描绘得有些迟钝。他醉醺醺地带着傻气说："真想不到，你我兄弟还有重逢的这一天。"

月出于东山之上，坐着轮椅的慕容歆回眸微笑。

"是啊。"

夜风吹起青年鬓角几缕发丝，像是命运之手似有若无的撩拨。更多的白发仿佛一条

① 南宋郭茂倩《乐府诗集·鸡鸣》

安静的雪河，覆盖在他的双肩之上。

这些年来，阿兄怎么熬过来的？慕容舜想问，却不敢问。

脚下的锁链声似乎也静止在清凉冷月中，慕容舜看着自己的双手："这些年我打了很多仗，对战争既厌倦又迷恋。"看不见的血腥气弥漫在掌心的纹理中。他蹲下身来，把头放在兄长的膝前："如今兄弟重逢，我终于能停下来了。"

阿兄似乎懂得慕容舜此刻的疲倦，没有说话，只把温暖的手搭在他肩头。

那时的慕容舜以为，战争已经结束。

可是他并未想到，仅仅一年多之后，一场变故会再次将吐谷浑卷入战争的狂澜。

五

开元二十五年冬天，河陇边境不安，最先出事的是陇右宛秀城。

雪花沸腾，寂静的冬夜一阵喧哗。

"出什么事了？"

"几个白兰士兵被杀了！"

"据说是唐军将领假意设宴款待，在酒宴上突然发难，挥刀砍杀的！"

……

宛秀城中有不少白兰、党项人，多年来与大唐一直相安无事，但不知从哪里突然传出流言，说大唐要把所有白兰、党项的降兵赶尽杀绝。一传十，十传百，流言愈演愈烈，城中人心惶惶。唐军守将勃然大怒，严令追查传谣者，将几名有嫌疑的白兰士兵逮捕审问。

原本只是审问而已，如果事情及时查得水落石出，尚不至于发展到不可收拾的地步。

可惜事情还没有查清楚，那几个士兵突然暴毙。

而且有人看到，是大唐将领南宫醽好酒好肉招待他们的时候，突然发难斩杀的。

血淋淋的尸体被送出来，一石激起千层浪，城中的白兰军队顿时哗变。

"单于，宛秀城出事了！"

天还未亮，一名吐谷浑将领焦急地来到营帐，向慕容舜禀报消息："宛秀城与达化城距离不远，如果大唐真的对我们这些异族发难，只怕不仅要斩杀白兰和党项人，也会对我们动手！"

两万吐谷浑部众如今居住在达化城，城中除了兵将，还有老弱妇孺。

慕容舜皱起浓眉，负手而立的身影勾勒着山岳般的威严，不等他开口，又一个将领冲了进来："单于……不好了！有唐军向达化城过来了！"

清晨天还未亮，远远就能看到唐军的旗帜，但看不清人数。

守城的吐谷浑将领紧张地站在城墙上远眺。漫天风雪紧，一队人马渐渐靠近城下。

黎明之中，一个磁性清朗的声音从城下传来，浸润了充足丰沛的内力，透过风雪仍然清晰可闻："卢湛在此，请开城门。"

——来人竟是陇右大将军卢湛！

"卢湛带了多少人？"慕容舜一身戎装，提起手边长刀。

"二三十个。"守城士兵回报。

"你没看错吧？才这么点儿兵力？"身边的将领顿时愕然。

慕容舜的神色只微微愣了一下，便迳自走出营帐，命令左右："开城门，我亲自去迎接。"

宛秀城变故突生，局势千钧一发之际，卢湛星夜兼程赶到，却并未先行赶往宛秀城镇压叛乱，而是来到毗邻的达化城；更令人想不到的是，他竟敢在危急关头，独赴风雪，一行轻骑而至。

城门缓缓打开，年轻的将军翻身下马，牵马入城。

他的战甲上覆着薄雪，容貌有过于秀美的嫌疑，但因身材高大，眸色冷冽，仍然使人望而生敬。

"当初我们并肩作战打败吐蕃，救回令兄，情形仍历历在目。"卢湛走到慕容舜跟前，"当时你我共饮十坛美酒，今日我来，还有酒吗？"

慕容舜眼底深黑，提刀昂首大笑："朋友要酒，当然有。"

雪夜行军的人都会冷，卢湛似乎也不例外。他大步迈进慕容舜的营帐，落座之后，提起酒坛仰头就喝，铠甲上的冰雪还未完全融化，帐中却仿佛混着酒香弥漫起一股坦荡的春意。

吐谷浑将领们面面相觑，看到卢湛如此磊落，他们反而有些不知所措。

"卢将军不怕我这酒太烈？也不怕我帐外的士兵有埋伏？"慕容舜勾了勾嘴角。

“我快马疾行了上百里，什么都比不上一口热酒。”卢湛的声线偏冷，话语却莫名地能将人心点燃，“朋友的酒，不醉不休。”

慕容舜也提起酒坛：“不醉不休。”

不知何时，将领们握刀的手都松开了，埋伏在营帐外的士兵们也悄然收刀入鞘。

“夜雪之中行路，难免看不清前路，将军勿怪。”慕容舜笑了笑，边喝边说，“宛秀城中的事情，我也听说了，想不到今日将军会先到我这里来。”

“我来了，自然是先见朋友，再去见对手。”卢湛虽然没有笑，却比微笑更令人心安，“这一路风雪冰霜，如今热酒入肠，方觉不枉此行，不负此心。”

他铠甲上的雪水融化成清澈的水滴，弧线漂亮微挑的眼尾，泛起桃花般鲜活的酒意。

一路风雪尘土，仿佛都不曾在他身上留下半分浑浊痕迹。

崇山峻岭，冰雪肝胆。

慕容舜将酒坛中的酒一饮而尽：“当初并肩作战，如今也必不负此心，我信得过大唐和将军。”

风雪挥洒，烽火隔城遥望。

待卢湛一行唐军离开达化城，慕容舜命令身边的将领：“把战备撤了。”营帐里还残留着清幽酒香，几名士兵将慕容歆抬到营帐里。

“阿兄来了？”慕容舜立刻站起身来，将兄长接过抱起，稳稳放到轮椅上。

“唐军实在不可小觑，想不到卢湛竟敢孤身前来达化城安定军心。”慕容歆说。

“早就听说他有洁癖，在我帐中提起酒坛就喝，也算对我破例了吧。”慕容舜大笑，黑眸里涌动着几分佩服，“他敢入我的帐，喝我的酒，想来心中坦荡。”

“宛秀城的白兰、党项士兵不过几千人，而达化城紧邻廓州军事重地，往北便是石堡城，且我们吐谷浑将士有两万人，对唐军来说，宛秀的哗变并不是最危险的，要害是在达化城——卢湛的确有勇有谋。”

说道这里，慕容歆停顿了一下。

慕容舜看到他的神色，摆了摆手，示意将领和士兵都退下。

营帐内只剩下兄弟二人。

只听慕容歆问：“你对白兰之事怎么看？”

“这些年来大唐待我们不薄，卢湛是守信之人，大唐杀降之事，只怕是谣言。依我看，恐怕有人暗中杀死了白兰国的士兵，嫁祸给唐军。”

“你觉得是谁在挑起纷争，嫁祸唐军？”慕容歆给自己倒了一碗酒，也给慕容舜倒了一碗，“舜，你对战争有非凡的直觉。这些年你战无不胜，那过人的天赋，可让你在战场上觉得自由？”

慕容舜愣了一下，摇了摇头：“我更觉得……那是一种囚禁。”

说话间，他又听到了自己脚下沉重的锁链声。他怅然抬碗便喝：“但我也要感谢自己的天赋，没有它，我或许早已经死了。”

那拖在双脚上的无形的牢笼，这些年来与他形影不离。

无数个日夜在他耳畔的锁链撞击声是那样清晰，一下一下敲打着他的耳膜，在他的心里，一直沉浮着一个模糊的念头和猜测。他半醉地抬起头来：“阿兄，我记得你说过曾经天地之间是有神的，战争之神威风凛凛，凌驾于众生之上，后来不知为何消失了——那消失的战神，是为何消失的，书中有记载吗？”

不知是否是慕容舜的错觉，听到自己的问题时，兄长眼底涌起一点儿悲哀的神色，像是望着他，又像是在望着别的什么地方：“……战神被人类镣铐加身，囚禁在暗无天日的地方。千年后得以重见天日时，几乎失去了所有的力量。”

醉眼蒙胧中，慕容舜的视线突然僵住，他看见了一条沉重的玄铁锁链——无数次在他耳边碰撞、将命运擦伤的那一条锁链，此刻，泛着森冷的幽光，捆绑在兄长的双腿上。

一惊之下酒醒了大半……是他的错觉吗？为何兄长的腿上会有铁链？他揉了揉眼睛，却无论如何也看不真切。

“舜，我向你借一样东西。”兄长温和地说。

慕容舜觉得自己是真的醉了，他撑住桌案想要站起来，身子却摇摇晃晃的，眼前的景物也都模糊成双：“什么东西？”

“你的兵符。”慕容歆吐出四个字。

就在同一瞬间，慕容舜眼前骤然一黑，四肢麻痹到无法动弹，他意识到这不是酒醉而是麻药的时候，已经来不及了！

“阿兄你要做什么……”慕容舜挣扎着低吼。

“白兰国降兵哗变，只因我派人散布出大唐要杀光所有党项、白兰降兵的谣言，造成兵将之间的矛盾，再命人暗中杀死了几个白兰士兵，嫁祸给唐军将领。”对方的脸在眼前渐渐变得模糊昏暗，“可惜了，若是今日卢湛不来，你我兄弟没有分歧，我便不用给你倒这碗酒。”

锁链声在耳边越来越沉重，一件大氅轻轻落在慕容舜的肩头。

对方似乎叹息了一声，俯身靠近他：“天下名将各有其弱点。崔希逸的弱点是义气，裴昀的弱点是亲情，卢湛的弱点是仁慈，而你的弱点——”

慕容歆轻笑，声音低沉地吐出两个字：“是我。”

六

吐谷浑军叛变了。

趁宛秀城哗变之时，他们突然对廓州发动奇袭，并引来吐蕃军联兵攻城，廓州唐军措手不及，战斗只持续了四个时辰便惨烈结束。

五万大军浩浩荡荡入城，暮色苍茫，不知从哪里传来苍凉浑厚的歌声：“失我祁连山，使我六畜不蕃息；失我焉支山，使我嫁妇无颜色……”

像是谁把复仇的火把倾倒在黄昏，歌声渐渐点燃了连绵的山峦。

“受了唐军压制这么久，终于打了一场翻身仗！”吐蕃将领东则布放声大笑。在杀气腾腾的兵将们中间，轮椅上的慕容歆似乎并不起眼，但东则布对他很客气，甚至策马来到他身边：“这次打胜仗，多亏有王子奇谋妙计，廓州一战才能大获全胜！”

雪花飘落在城墙之上，年轻人的睫毛上也沾了雪。

“只是——”东则布眼珠转动，狂喜的神色中仍有一丝猜疑，“你的兄弟慕容舜一向与唐军交好，你在我吐蕃做了多年质子，就不恨我们吗？为何要助我们攻唐？”

“朋友或敌人，都不重要。”慕容歆微笑，“我要的不过是胜利而已。”

黄昏中的城池像是一头蜷伏的猛兽，又像是一颗战争的野心，永不被风雪驯服。

“乞力将军的伤势不要紧吧？”慕容歆转身朝吐蕃主将，温和地问。

“死不了。”被问到的乞力徐后背还在流血，风雪中面无表情，“我只想攻破石堡城，取崔希逸项上人头。”

与东则布的踌躇满志不同，乞力徐脸孔苍白，身负一柄漆黑古刀，灰色的眼睛漠然没有活气，似乎身心都曾经受过重创。他仿佛既不在意马蹄下的尸体，也不在乎自己身上狰狞流血的伤口。

“早就跟你说过那些汉人不可信！乞力徐，你当初要是听了我的，也不至于被崔希逸骗得那么苦！”东则布不以为然地说。

高高的城墙之上掠过鸟影，似乎是鸽子飞过。

乞力徐的眼瞳倒映着铅灰色飘雪的天空，冷冷说：“进城。”

廓州营帐里，刀剑森然，炭火炽热。

东则布摩拳擦掌：“如今我们士气正旺，正好一鼓作气拿下石堡城！”

“石堡城易守难攻，三面都是悬崖峭壁，当初大唐信安王千里奔袭石堡城，尚且死伤无数，如今崔希逸率振武军亲自驻防，一夫当关，万夫莫开。强攻，只怕徒劳无功。”

慕容歆掸了掸肩头的雪，见东则布一脸不甘心，他和颜悦色地继续说：“廓州一仗能胜，是因为唐军对吐谷浑毫无防备，我们将卢湛和裴昀调虎离山，打了唐军一个措手不及。能骗一时，不能骗一世。”

“你的意思是，唐军还可能再打过来？”东则布不信。

“不是可能，而是一定。”年轻人的面目在炭火映照中显得模糊，笑意极淡，“裴昀必然已经星夜兼程赶往廓州——我们打下这座城用了四个时辰，裴昀乃是天下名将，攻城只需要两个时辰。”

仿佛被人兜头浇了一瓢冷水，东则布脸上的笑容凝固了。

陇右唐军副将裴昀，在战场上被称为“白衣修罗”，用兵如神，是个比卢湛更难以对付的角色。

“可是裴昀要翻过拔延山赶来廓州，至少需要两天两夜吧？”

慕容歆推着轮椅到沙盘前，用剑柄在沙盘上画了一条线：“两天两夜不假。不过宁塞军虽然战败，还有兵力退守在西北数十里外，随时伺机而动。积石军、威胜军也就在不远处，赶来廓州只需要三个时辰，现今只因为宛秀城的哗变，他们不敢轻举妄动。一旦卢湛有暇分兵东进，与我们正面交锋，至少能将我们拖延三日以上。到时裴昀率唐军主力南下来援，截断我们的退路，前后合围，将军认为，我们能在石堡城下撑多久？”

“不可能。”东则布断然否定，“宛秀城士兵哗变，唐军必然集中兵力平叛，这个时候根本不可能东进。卢湛即便能镇压住宛秀城的叛乱，伤人一千，自损八百，唐军也必会元气大伤！”

“镇压？”年轻人轻笑，“卢湛把唐军主力都留给了裴昀，自己只带了二十几个侍卫，轻骑前往宛秀城——这也就意味着，卢湛这一去，并非率军镇压，而是安定军心。”

东则布脸色变得难看：“你认为他胜算几成？”

“胜算五成。如果裴昀和卢湛之间有绝对的信任，那么，唐军的胜算会增到七成。”

“依你之见，该当如何？”一直沉默的乞力徐突然冷冷开口。

“在廓州以逸待劳，是上策。”慕容歆肯定地说，“在唐军行动之前，加固城防，再派小股兵力前往宛秀城联络白兰、党项一起叛唐，切断唐军沿赤岭往南的粮道——到时无论是卢湛，还是裴昀来，都会成为瓮中之鳖。”

东则布似乎还想说什么，见乞力徐不说话，只好不甘心地闭上了嘴，算是默认了慕容歆的判断。

这晚的风雪格外紧，慕容歆在黑暗中闭目养神，似乎隐约听到马蹄喧哗之声。

那是战争的鼓点，亦是血腥黑暗的记忆。汹涌如尘土的杂音之中，突然有一个清脆稚嫩的童音甜甜地叫：“阿兄。”

慕容歆骤然睁开眼睛。

耳边所有的声音都消失了，窗前月光照着残雪。他茫然环顾四周，才发现自己刚才睡着了。

他抚摸着心口，仿佛那里有月光浸着雪水蹚过，透彻心扉。

他喘了口气，神色很快恢复如常，在他胸口汹涌沸腾着的战意，绝不会为这一刻清凉的月色而冷却。

营帐外传来异样的嘈杂声，慕容歆披衣坐起。

“王……王子！”一个吐谷浑将领冲进营帐，“吐蕃人放火烧了粮仓，连夜悄然出城了！”

营帐外火光冲天，伴随着马蹄声纷至沓来，听来格外惊心动魄。

“抬我去中军大帐！”

等慕容歆被抬到吐蕃主帅的营帐时，那里已经空空如也。

吐蕃大军将金银布帛席卷一空，烧毁粮仓后竟然毫不恋战，大军趁着夜色出了廓州城。

慕容歆愕然看着眼前空荡荡的营帐。

无论如何，今夜的变故都出乎他的意料。不管是以他对乞力徐和东则布的了解，还是对如今局势的分析，吐蕃都绝不该在这个时候挥刀向盟友，毕竟，他们还有共同的敌人，还有唐军的威胁——这一夜，究竟发生了什么？

就在这时，一个士兵浑身是血地踉跄进来，满脸惊恐喘着粗气："乞……乞力徐让我把这封信给王子，还让我传话……说王子的瓮中捉鳖计策高明，他不奉陪了！"

信上沾着血迹，慕容歆突然想起入城时，天空中飞过的信鸽。

他愕然将信展开来，触目赫然便是"慕容王子亲启"——竟是一封写给他的书信！

慕容王子亲启

计划进行顺利，我六万大军已至廓州城外四十里，请王子稳住乞力徐、东则布，务必将他们留在城中。天明之前，我们必可里应外合，瓮中捉鳖。

裴昀敬上

慕容歆脸色铁青，将手中的信纸揉成一团，原来是裴昀的反间计！

脑海中有火花一闪，他骤然意识到了什么："让守城的士兵朝西北方向瞭望，如有任何异象，立刻来报。"

没过多久便有兵士满头汗水来报："报！西北方向约四十里外，有……有一大拨唐军！"

从城墙上看去，远方旌旗火把绵延不绝，声势浩荡。

唐军主力向南越过拔延山，绝不可能这么快抵达。

不可能……

心中错愕的慕容歆很快明白了过来，这根本不是唐军主力，而是宁塞军、积石军改换了服装旗帜，在虚张声势。裴昀的人还未到，但他飞鸽传书的军令已到，反间之计已经奏效！

那封被"及时截获的密信"，固然是裴昀诡计的一部分，但，正是因为所有人包括慕容歆自己，都不相信唐军会来得如此之快，乞力徐才会在城头望见旌旗与火把时，确信唐军和吐谷浑已经联手。

七

吐蕃雪夜烧毁粮仓，大军突然撤退，彻底打乱了慕容歆的计划，也扭转了整个陇右的战局。

跟随慕容歆的兵力只有几千人，仅仅两日之后，廓州便守不住了。

慕容歆不得不弃城向西行军，而在他身后，上万唐军士气如虹，如疾风般席卷而至！

风雪中远远看到裴昀追赶而来的身影，慕容歆在轮椅上回头，眼底幽暗光华流转："裴昀，你果然诡计多端。"

"以彼之道，还施彼身。"裴昀银甲白袍潇洒，拈弓搭箭，笑得慵懒无赖，"你能使反间计，让白兰、党项对大唐生疑，我自然也可以让吐蕃对你生疑，盟友对你离心。"

"你最好先去宛秀城，瞧一瞧卢湛将军的生死。"慕容歆轻笑，"我听说，哗变的白兰士兵已经将他杀了。"

话音落时，那一箭从他耳畔呼啸而过，却射偏了半寸。看得出裴昀原本稳定的手因为他的话而失却了准心。

风雪更紧。

慕容歆和残兵仓惶逃到赤岭，来到大唐和吐蕃的边界。

夜黑如墨，漫天风雪仿佛没有尽头，这一路上士兵们逃的逃，死的死，原本几千士兵，被唐军穷追猛打，被吐蕃沿途伏击，只剩下不足百人。如今都已成惊弓之鸟，精疲力竭。

风雪更浓，疲惫的残兵们瑟瑟发抖地挤在山脚，头顶着铺天盖地的黑暗，等着不知何时会到来的死亡。雪雾中传来一阵马蹄声，士兵们纷纷惊恐地举起刀剑。

是唐军追赶来了吗？还是吐蕃军在雪地里找到了他们的踪迹？慕容歆侧耳听雪中的声音。

突然，寂静雪夜里传来一声呼唤，携风雪而至，石破天惊。

"阿兄——！"

火把渐渐映亮了雪地，来的不是唐军，也不是吐蕃军，而是慕容歆熟悉的旗帜。他难以置信地骤然抬眸——为首那个人身影巍峨如山，此刻已经是个雪人，血迹斑驳的铠甲尽被白雪覆盖，眉毛和发鬓也一片雪白。

士兵们怔了一下，随即传来惊喜的欢呼声："大单于！"

“大单于！”

“我们有救了！”

……

在残兵们喜极而泣的欢呼声中，慕容舜翻身下马。也许是手足冻得僵了，下地时他的身形踉跄了一下，深黑目光触到慕容歆的，声音沙哑地说：“来路上遇到了吐蕃军伏击，耽搁了几个时辰。”

他俯身将慕容歆从轮椅上抱了起来，冰凉的铠甲贴着慕容歆的脸颊，吩咐身后的将士：“搭帐篷，生火。”

厚实的帐篷挡住了风雪。

帐内火光如豆，慕容歆仰头伸手替弟弟解战甲，手竟然有些发抖。

雪积得太厚，铠甲比平时要重许多。“哐”的一声闷响，铠甲掉落在地上，慕容歆的手猛地顿住，脸部肌肉痛苦地抽搐了一下——

厚重铠甲褪去，一身衣衫尽被染红，血水结成了冰，凝结在那伤痕累累的身躯上。

两万精兵伏击，三十里险峻山路，这一路伤痕累累，向死而生，拼尽全力，天下只有慕容舜能做到，也只有慕容舜，愿意为他拼命。

轮椅上的慕容歆脸色阴沉得可怕，他将手中的铠甲扔到地上，近乎强横地拽住慕容舜的手腕：“我偷了你的兵符，背叛了你的盟友，葬送了你数千士兵的性命。”

“我知道。”慕容舜的声音因为虚弱比平时低沉，“无论怎样，我不能放下你不管。”

夜雪在营帐外无声落下，不知是谁眼睫上的霜雪在融化。

“舜，你还不明白吗？”慕容歆深吸了一口气，缓缓抬头，“你不需要对我愧疚，我的脚筋从未被挑断，这些年我无法行走，只是因为锁链深入骨肉。”

慕容舜一怔。

“多年前国破家亡那一仗，我早已知道会输，也知道贺光浑已经被收买反叛——我手中有贺光浑通敌的证据，但我没有把这些告诉单于，眼睁睁地看着族人被屠杀。”慕容歆声音冷漠，“后来我代替你去吐蕃做质子，并不是为了你，而是要实现我的目的，把吐谷浑也卷入吐蕃与大唐的战争。”

也许是失血过多，营帐内的火盆丝毫没能让慕容舜觉得暖，他的牙齿打颤，身躯忍不住发抖。大大小小的伤口都在叫嚣着疼痛，突如其来的秘密如狂潮海水没顶，令他无法呼吸。

慕容歆的手比慕容舜的更凉，他仰起头，冷而有力的手抓住对方的衣襟，强迫对方的身躯靠近自己："人们之间彼此仇恨、争夺、流血，是我最熟悉的东西，我没有朋友，也没有敌人，只有胜负。

"我是战神——曾经被人类囚禁，失去了几乎所有力量，如今隐藏于人群之中的战神。"

不知是谁在粗重地喘息，不知是谁脚下的锁链声在沉重地响起。

慕容歆的眸子幽光如冰："你可知道自己为什么会听到锁链声？为什么能直觉到战争的危险与成败？还记得当初你掉落水中几乎溺毙时，我渡给你的那一口气吗？"

慕容舜苍白着脸。他终于明白了，七岁时他在水中第一次听到的锁链声，并非来自他自己脚下，而是来自兄长身上！

"那口气，才是你能听到锁链声的原因，也是你天赋的来源——你所知晓的关于战争的一切，我都知道。你的力量，都是从我这里获得。"

一朵烛花轻声在雪夜爆开。

"为何会是我？"慕容舜哑声问。

战神的眼眸有些微的茫然："我也不知道，为何是你……千年来我的力量被禁锢，我命人不断地淬炼各种神兵利器，试图斩断捆绑我的枷锁，重获力量与自由，都没有成功；记载于玄武龟甲上的最强的兵法，片片碎裂于人间……随着名剑宝刀在天下名将手中辗转、散落，我在寻找龟甲的时候，遇到了你。"

八

当初，他拖着锁链行走人间，所有人都对他唯恐避之不及。人们望着他的眼神恐惧、警惕，害怕那沉重的锁链，哪怕被拴住的并不是他们自己。

也许，他们所害怕的并不是锁链，只是异类而已。

后来他发现，要获得人的信任，最好的方法就是"和他们一样"，拥有和他们相似的想法，相似的喜好，甚至相似的愚蠢。所以，他选择成为一个"人"，隐藏了脚下的锁链，隐藏了眉宇间的战意，隐藏了神的威严与力量。

他要成为人，战胜人，从而彻底击碎那束缚他千年的铁链。

可是他太孤独了，行走在人间数百年，没有人听得到他脚下锁链沉重的响声，也没有人听得到他内心的狂怒与悲鸣。

直到遇见慕容舜。

那时在溪水边，只要他袖手旁观，慕容舜就会淹死，可他想了想，还是跳下水把人救了起来，还给对方渡了一口气。

——在渡气的时候，他把自己元神的一点，也渡给了慕容舜。

从此，小小的孩童开始分享他的痛苦，分享他的孤独，使用他的力量。

哪怕那力量，只是冰山一角，远远不如他自己曾经所拥有的强大。

在人间，慕容舜是最了解他的人。他们是兄弟，是手足，亦是分享灵魂之人。他被人类囚禁的痛苦，被锁链折磨的狂怒，慕容舜都能感同身受。

日日夜夜的孤独与牢笼，如同啮咬树根的虫蚁，桃树与李树并生露井之上，一起承受，一起承担，一起蜕变。

桃在露井上，李树在桃旁，虫来啮桃根，李树代桃僵。

这，才是那首《鸡鸣》的真正含义。

九

“你真正的兄长早就死了，在你七岁那年，死于中毒。”慕容歆，或者应该说战神，用冷漠得近乎生硬的目光看着对方。

慕容舜脸色苍白，沉默的样子像一座山。良久，他抬头吐出三个字。

“我知道。”

战神蓦然抬眸，黑瞳中涌起惊涛骇浪。

“当初你把我从溪水里救起来时，我就知道你是假的。”慕容舜抹了一把脸上的血水，“我的兄长绝不会救我。我们是狼，所有头狼的竞争者，都要咬死对手才能存活。”

鲜血从他的伤口渗出来，但他甚至连眉头也没有皱一下。

“那年夏天我被烈马踢伤了腿，饲料里查出了能让马儿发狂的莶草，有人看到在出事的前一天，大阏氏去过马槽；秋天时，大阏氏送过来一筐鲜红的李子给我，我把李子喂给小羊吃，羊很快就死了。

“后来兄长突然染病，我就知道不是普通的病——因为他发作起来的症状和死去的小羊一样。那筐毒李子大阏氏原本是为我准备的，兄长歆是她的亲生儿子，那时也只有十岁，并不知道有毒，贪吃便偷拿了一个误食，才会中毒身亡吧。”

“原来，你什么都知道。”战神的脸上不知是什么表情，“这么多年来，你为何不揭露我？”

“一开始，我就想看看，你假冒我兄长有什么目的。”两人的气息近在咫尺，慕容舜的眼底袒露如冬日草原，“可是我等了很久，什么也没发生。”

眼前这个假的兄长，跟他打架，欺负他的狗，喝他的羊奶茶，很是宾至如归。

慕容舜莫名地觉得，这样也不错。

“后来时间长了，我习惯了有你这个阿兄，甚至忘了你是假的，总觉得兄弟就该如此。再后来，你代替我去吐蕃做质子，我想，我这一生，不曾有过拼死想要守护的人，不曾有过可以为之战斗至最后的理由，那时却有了——我想要与你重逢，一生护你平安周全。”

战神嘲讽地勾起嘴角。也许是假扮“人”扮得太久，连他也困惑了。

人类就是这样吗？无法理直气壮地使用自己强大的力量，把那些懦弱的感情当成至为珍贵的东西。

他发现，自己做了这么多年的人类，仍然不了解人。

记得当初的小孩儿笨得很，那时已经有六千岁的他，看着那个虎头虎脑的男孩在帐篷后面练刀，满身都是汗水血水。

他数了数，已经练过十几遍了，刀法还是错的。

他想，这么笨，就算是再练一百遍还是会被对手一拳打趴下吧……

于是他走上前去，准备一招打翻这个笨小孩。他说：“来，过两招。”

“阿兄，你拿刀吗？”慕容舜稚气地问。

“没带。”

“那我也不拿刀，拳头对拳头，这样才公平。”慕容舜把刀收进鞘中，摆出摔跤的架势。

战神曾经拥有的神力可以劈山填海，不过，他从来没有和人摔过跤。

更遗憾的是，他高估了自己对这具人类身体的熟悉——他占据这身体不久，使用起来仍不灵活。虽然他把慕容舜摔得鼻青脸肿，男孩身上却有股不服输的执拗，摔倒了爬起来再打，到后来，两个人缠斗得一起滚倒在沙地上，气喘吁吁的。他的手臂也擦破了。

人类的身体真是柔弱啊，战神皱起眉头看着臂上的伤口，心中只觉得嫌弃。

可这个表情落在慕容舜的眼里，男孩以为他皱眉是因为疼痛，笑嘻嘻地抓起他的胳膊："阿兄，我给你吹吹。"慕容舜朝伤口哈气，像小狗一样在他手臂的伤口上舔了一下，把他心头的伤口也舔了一下。

身而为神，他并不会觉得疼痛。

可是那一刻的春风烙在皮肤上，似乎格外温暖柔软。

他做了几千年玄武战神，只有在做人的这十五年里，被人搂过、亲过、拥抱过。男孩的拥抱带着泥土的味道，脏兮兮的手搭在他肩膀上，嘴角眉梢都是甜的，叫他："阿兄。"

"阿兄。"慕容舜的声音嘶哑，任由头发上雪水滴落，浓眉皱起一痕痛楚，"停下吧。如今卢湛已稳定住宛秀城的局势，白兰、党项都再度归唐，我们此刻停手，与唐军之间或许还有和解的余地。"

"战争一旦开始，就无法停下。想要行走而不得，想要停下而不能，战场上无论敌友，都是身不由己。"慕容歆摇头，"你我，都一样。"

慕容舜一时竟说不出反驳的话。

缓缓地，他将自己颈脖上染血的龟甲项链取下来，放到对方膝上："加上我这一块，你找寻到所有的龟甲碎片了吗？"

"还差一块。"慕容歆漆黑的眼底一片悬崖，深渊之上又有灼灼桃花，"我知道它在何处——我派去的使者，想必已经抵达。"

釜底抽薪
「不敌其力，而消其势。」
——《三十六计》中的第十九计

一

石堡城紧扼大唐陇右与河西咽喉，山路险峻，地势易守难攻，如同一把匕首插在赤岭之上，被吐蕃称为“铁刃之城”。

自从开元十七年，信安王李祎占领石堡城之后，大唐一直派精兵驻防。如今唐蕃战火又燃，为保军事要地石堡城万无一失，河西大将军崔希逸率振武军亲自驻守石堡城。陇右唐军则于一水之隔的定戎城布防，两座城池互为援引。

天雪初晴，定戎城来了一位特别的客人。

少年眉清目秀，说自己名字叫夫诸，奉主人之命前来送上厚礼，希望与陇右唐军做一笔交易。

他脚边跟着一只脸盆大的乌龟，动作慢吞吞的，龟背上驮着一口金丝楠木匣子。

“里面是什么东西？”陇右唐军主帅卢湛一身金色战甲，面若霜雪。

“锅。”少年笑得天真狡黠。

这些年来，不少边境部落都给唐军送来过礼物，有示好的，也有示威的，但这次，绝对是最特别的一次。

金丝楠木匣子里，装着一口锅。这口青铜兽耳圆底无足锅，或者叫作釜[①]，质地古朴，外壁雕刻着兽头纹理，四周布满龟裂的痕迹，隐隐有些阴森的气息。

“不不，将军，这口锅我们不背。”身边参将嘴角抽搐了一下，压低声音对卢湛说，“这东西来历不明，看着瘆得慌，还是慎重为好……”

卢湛神色高冷：“我军中，并不缺釜。”

“我家主人送上的，不是寻常之釜，它能助将军百战百胜。”少年微笑挽起衣袖，伸

①釜，古代炊具。

手探进釜中。

说来也奇怪，这只釜看上去并不特别大，但少年竟然缓缓从里面抽出了一把漆黑的古刀！

几名将领面面相觑，用惯刀兵的他们一眼便能看出，那是一件千锤百炼的好刀，绝非凡品。

只见少年的手再伸入釜中，这一次取出来的却是一杆刃口如雪的长枪，寒光照人，秋水凛冽。

“你在玩什么把戏？”有性子急的将领忍不住喝斥。

“这只釜中藏着天下奇兵利器，取之不尽，用之不竭。”少年语出惊人，从容拢袖示意，“诸位若是不信，尽可自己前来一试。”

一名将领将信将疑地上前，猛地伸手进釜中，脸色一变，不过眨眼的功夫，一把三尺长剑便被他抽了出来！剑鞘乌黑古朴，剑身沉厚锋利。他拔剑出鞘，难以置信地端详片刻，再伸手去探，那青铜兽耳釜中，兵器仿佛源源不绝似的……没过多久，将领脚边哐哐当当掉落了十多件兵器。

“卢将军意下如何？”少年胸有成竹地问。

卢湛皱起眉头，不置可否。他身边还站着一个俊美潇洒的年轻将领，饶有兴味地从旁看热闹，正是陇右副将裴昀。这时候，裴昀突然侧过头问：“交给我处置吧。”

“嗯。”卢湛连头都没有回一下，便准了。

裴昀笑眯眯地随手一挥，示意身边的参将把釜拿出去：“送到伙夫营去，炒菜，煮汤，炖羊肉，让伙夫们随便用。”

“……”参将张大嘴，“……用这釜来做饭？”

“釜就是用来做饭的。”裴昀一脸天经地义的微笑，“来而不往非礼也，那个谁，作为回礼，我回赠你家主人一把锅铲吧。”

“……”少年夫诸露出牙疼的表情，连他脚下的大乌龟也努力地伸长颈脖，睁大了碧绿的小眼睛。

“我家主人不想要锅铲。”夫诸认真地说，“他只想和卢将军做一笔交易。”

“什么交易？”

“用这只釜，换将军身上的一样东西。”夫诸好整以暇地凑近卢湛，有洁癖的卢湛淡淡侧身，拉开与对方的距离。

只见少年轻轻耸动鼻子，好奇而饶有兴味地指了指他的襟前："就换那个布乌龟。"

在卢湛怀里，揣着一只很旧的布缝乌龟，带着体温，放在离心口最近的地方。

"不换。"卢湛面无表情地说。就在他转过身去、摆手下逐客令时，突然怀里一轻。少年动作快如风，转瞬已将布缝乌龟拿到手。

"别这么小气嘛。"得逞的夫诸笑得一脸狡黠开心，"今天送来的釜里，藏着主人几千年来收藏的无数奇兵利器，换一只布缝乌龟，也算得上公平。"

话音刚落，剑风袭过，一把长剑冷冷横在他的颈脖上！

"你家主人对'公平'可能是有什么误解？"裴昀站在少年身后，神色似笑非笑，"你情我愿，才算公平。"

他一字一字地命令道："把东西还给卢将军。"

"好身手。"少年夫诸似乎有些畏惧，伸出舌头舔了舔嘴唇，俯下身来。这一瞬间，他颈脖上的伤口如同被雪覆盖的大地般愈合成纯白，头上长出了鹿角，缓缓矮身化为一只白鹿。

将领们大惊道："妖……妖怪！"

"原来是你。"裴昀也愣了一下。这一刻，他想起了曾经和崔希逸在风雪中追赶的白鹿。

凉风悄然袭进营帐，仿佛风雪中裹挟着某种沉甸甸的危险，在无声地苏醒与逼近。满地掉落的兵器里，还有一柄古拙明亮的短剑——那竟是鲲鱼的鱼藏剑，此刻也如废铁般被主人舍弃。

白鹿狡黠地眨了眨眼睛："我是来自沃野的妖怪，我家主人一向与人类公平交易。如今拿到了最后一块龟甲，我在人间的任务也终于完成了。"

话音落时，它将布缝乌龟抛回给卢湛，驮着花朵的乌龟外表与之前并无不同，却轻了许多——藏在里面的那块龟甲已经被取了出来。

同一瞬间，白鹿与三足龟倏然从剑下消失不见，好像他们从未出现过一样……

只剩下那一只青铜兽耳釜孤零零地被扔在地上，显得有几分诡异。

将领们面面相觑，不等他们反应过来，只见一个报信的士兵满头汗水冲进营帐："报！石堡城方向燃起了烽火！"

一河之隔的赤岭，烟火冲天而起。

火光染红了天际，漫天风雪在暮色里挣扎，河流如同一条漆黑的巨蛇，分不清水中倒映的是火，还是鲜血。

三军阵前，卢湛在风雪中提枪翻身上马，沉声下令："骁骑营将士，随我赴石堡城！"

"是！"将士们高声回答，神色都是凝重。石堡城由天下名将崔希逸亲自镇守，城池固若金汤，如今究竟发生了什么，才会放出求援的烽火？

"裴昀，这里交给你了。"卢湛高居马背之上，神色微冷地朝少年颔首。就像无数次那样，两人目光相交的刹那，已交换了所有的信任、信心与默契。

"放心吧。"裴昀唇角勾起，眼底映了火光，"一路当心。"

风雪在马蹄下飞扬，一队骑兵们在暮色中奔赴河流对岸的石堡城。

二

冬日的石堡城冷得很，崔希逸握刀的手也冷。

细雪混着寒风涌进营帐，一名士兵双手呈上战报："有急报！"崔希逸将那份八百里加急的战报打开来，神色一变，向来高傲的头颅仿佛骤然被雪水打湿了。左右发现他的神色不对，副将担忧地唤了一声："将军？"

崔希逸脊背僵硬地站着，良久，他缓缓转身背对着众人，突然以刀拄地，身形踉跄了一下，一口鲜血喷了出来！

"将军！"

无论怎样紧急的军情，崔希逸从没有失态过。将领们大惊失色，慌忙上前来，崔希逸面无表情地拨开他们，死死盯着报信的士兵："消息确凿？"

"千真万确。"报信的士兵抹了一把脸上，也不知道是雪水还是汗水，"东则布打着为乞力徐报仇的名义，已经率大军攻打过来了……"

吐蕃将军乞力徐行军途中伤重不治，已于十二月初六身亡。吐蕃十八万大军取道赤岭，发兵石堡城。

天地如寒铁，风雪划伤山脊。

广袤宽阔的草原上，永远地陨落了一颗将星。

"当初定下盟约时，我曾对乞力徐许下诺言，以诚相待，以信相约，以血为盟，以命相付。”崔希逸怆然抬头，缓缓举起手中的昆吾刀，“如今，是我背信弃义。”

寒光一闪，他突然举刀朝自己的颈脖抹去！

“将军不可——！”

千钧一发的时刻，副将拔剑击在刀柄上，刀锋擦着崔希逸的颈脖而过。部将们顿时冲上来，把试图拔刀自刎的崔希逸死死按住。

“将军，你若赴死，石堡城怎么办？夫人怎么办？”

“乞力将军生前一直力主与大唐和平，如今东则布利用他的死发动战争，噩耗此时传来，便是为了扰乱我军心啊……”

“这必然是敌人攻心之术！”

……

崔希逸双目赤红，刀尖滴落的鲜血犹自温热，故人魂魄却已远去……当初的誓言与烈酒，长刀与背叛，如今都已随风雪飘散，葬入山脉大地，阴阳相隔。

生者为过客，死者为归人，天地一逆旅，同悲万古尘。崔希逸缓缓站直身体，朝副将下令：“东则布大军压境，今晚必会趁子夜雪停时进攻。你率小股精锐从南面下山，击其右翼，可断其粮草。烽火已燃，陇右援军两个时辰内必会抵达。”随后他拨开众人的手，提刀掀开营帐门。

“将军要去哪里？”将领们着急地追出营帐。

骏马昂首一声嘶鸣，寒风鼓起众人的衣襟。

天下名将怆然勒马而立，身沐月光，像一座覆雪的山岳，黑眸如石，不可撼动：“我与乞力徐之间，还有约定未了。我去送他最后一程。”

三

雪已经停了，天空中却没有星。

吐蕃军营戒备森严，有处偏僻的营帐外挂着一只羊毛包裹的红陶罐，冷风中陶罐轻轻晃动。

寂静的暮色里，几名持刀士兵在帐外驻守。

“什么人……”士兵突然抬头，只见一道黑影凌空掠下，他们还没来得及出声，便被人制住穴道点倒！

崔希逸一身夜行黑衣，悄无声息地潜入营帐中，只见土坯之上，白布围着一具遗体。

他握刀的手微微颤抖，一步步走上前去。

弦月如刀，往事如尘……他想起当初在长安的小酒馆，少年乞力徐认真地拿着刀刻字的模样；想起晨曦的薄雾中，青年乞力徐抱着女儿落下的热泪；想起战场上两人一起摔下马背，擦痛脸颊的野草与山风；想起击掌时的大笑，歃血为盟时的烈酒，想起多年来的书信、花种与过往。

黑暗中崔希逸无声痛哭，手几乎握不住长刀。终此一生，再没有那一夜浩瀚的星光，再没有人与他在星夜击掌。

就在这时，一股凉风从下往上无声袭来！

崔希逸踉跄了一下，那快如清风的刀刃猛地从他胸口抽出，鲜血顿时染红了铠甲！

覆盖尸体的白布被掀开，持刀的人影轻盈如鬼，一跃而起！那并非乞力徐的尸体，而是早已埋伏好的杀手。

“崔希逸，你果然来了！”一声大笑从身后传来，火把顿时照亮了四周。东则布脸色阴沉地站在帐外，身后跟随着无数吐蕃士兵。

崔希逸一字一字地问：“乞力徐的遗体在哪里？”

“你下了黄泉，就能见到他了！”东则布得意地放声大笑，手中一挥，“给我杀！”

话音刚落，箭矢如雨落下，崔希逸挥刀挡开飞来的箭矢，身侧的杀手再次袭来，前后夹击，生死一线。可这时，只听远处马蹄声乱，火光冲天，军队中一阵骚动，不知是谁大声喊：“唐军攻过来了！”

营地有三四处同时起火，顿时一片混乱。

东则布身边的将领脸色一变：“不好，我们中了声东击西之计！”

“你使诈？”东则布猛地拔刀出鞘，大怒朝崔希逸砍来！

“我只是来祭拜故人。”崔希逸倨傲昂首，闪开刀锋的同时纵身提气一跃，竟借力踩在对手的钢刀之上，破帐而出，投身夜色之中！

“他跑了！”

“给我追！”

远处火光熊熊，不知是粮草还是营帐着了火。

崔希逸跃上马背，他骑术精湛，趁乱甩开了大股追兵。不远处战鼓震天，兵戈声不绝于耳。他将计就计，临行前命副将奇袭的战术已经奏效。

——而此刻，他只想知道，乞力徐的遗体究竟在哪里？

身下疾驰的骏马突然昂首狂嘶，黑暗中，一道刀光凌空劈来，崔希逸仰身躲过，同一瞬间拔刀迎敌！

也正在这一刻，他看清了袭击他的那把长刀。

崔希逸的瞳孔微微一缩，不可能，这把刀……

是他再熟悉不过的。

就在他分神的一刹那，兵刃相接。巨震之下，胸前的伤口骤然开裂，他顿时滚落马背，吐出大口鲜血！ 模糊的视线里，只见一个高大身影提着长刀越走越近，寒光凛凛，杀意重若千钧。

——对方手中所握的，正是乞力徐的刀，见笑。

“敢问刀取何名？”

“见笑。”

“不必谦虚，我问你刀的名字。”

“见笑——这把刀叫‘见笑’。”

当初酒馆小桌上的刻字，夕阳半暖的少年时光，绿蚁新酒与乌木古刀……历历在目。

崔希逸难以置信地骤然睁目。

他怔怔盯着那把刀，确认自己看到的不是幻觉，开口时才发觉声音嘶哑哽咽，血腥气涌上喉头：“……乞力徐？”

风雪模糊了视线，眼前人以黑布蒙面，灰色的瞳孔冷漠地俯视他：“我原本要攻上石堡城杀你，想不到你自己来送死。”

“你……没死？”崔希逸声音沙哑。

“没有杀你报仇，我怎么能先死？”风如刀割，乞力徐冷冷扬起染血的长刀，杀意如漫天风雪席卷刀锋。

“死在你手上，此生不枉。”崔希逸一抬手，竟毫不迟疑将昆吾刀扔到雪地里，“是我背信弃义。”

雪地里月影孤绝，刀锋上鲜血犹热。

男人高大的身影被无情的风雪吞没，两人近在咫尺，却无法看清彼此。那隔绝在他们之间的雪夜，浓如最深的遗恨，沸如最真的烈酒。

崔希逸闭目受死，可他耳畔倏然传来一阵轻而惊心的箭啸之声！他猛地睁开眼，只见一支箭矢破空而来，射向乞力徐的胸膛！

“当心！”崔希逸一声厉喝，猛地将对方扑倒在雪地。

鲜血飞溅，右肩传来火辣辣的剧痛，崔希逸咬紧牙关猛地回头，只见东则布提箭从黑暗中走出来，一步步逼近他们，目光阴鸷而意外：“乞力徐，你竟然没死？”

乞力徐身形一僵，握刀的手青筋暴起，那支箭矢刮过的疾风擦过脸颊时，蒙面的黑布便已掉落在雪地里，像浓墨洒在白纸上，触目惊心。

他缓缓抬起头。

崔希逸浑身一震。

眼前的这张脸，被形容为修罗也不为过——嘴唇青紫，脸孔狰狞如火灼，早已看不出原来的容貌。

“乞力徐！”崔希逸怒吼，“你怎么会弄成这样？”

“拜你所赐。”乞力徐冷冷一笑，“我很想这么说。可惜，这不是伤，是毒。”

他猛地转身，盯着东则布，狰狞的面孔看不出是悲痛还是愤怒：“你竟与吐谷浑王子慕容歆联手在我的饮食中投毒，令我剧毒攻心，将我害成这般模样。”

字字如刀森寒，动魄惊心。

面对曾经并肩作战的同僚，东则布脸上露出一丝遗憾之色：“那日看你毒发倒地，我念及多年袍泽之情，留你一个全尸。看来，还是我太心慈手软。呵呵，你虽能侥幸逃过我的眼睛，如今这般模样，活着还不如死了——你说自己是乞力徐，谁信？除了你的死对头崔希逸，只怕世上再没有人认得出你。”他再次拈弓搭箭，“如今杀你，也不算迟。”

利箭携风呼啸而至，伴随着一声惨叫，一具尸体轰然倒地——崔希逸横刀挡开箭矢的一刹那，乞力徐砍杀掉背后偷袭的杀手！

变故只在转瞬间，两人的挥刀竟有无需言语的默契！

“崔希逸，”乞力徐冷冷地说：“我心中虽然恨你欲狂，但还不屑于用‘假死’这种卑劣的手段来诱杀你。”

崔希逸怔了怔，剑眉舒展，竟似带了笑意：“我明白。”

乞力徐以刀拄地，摇摇晃晃地站直脊背：“两国交兵，身而为将，生死由不得人抉择，敌友也由不得人选择。”

“你我曾做过朋友，也做过对手。”包围圈越来越小，杀手越来越多，乞力徐横刀于胸，“我毕生最快意的事，就是当初星夜草原之上，与你刀法一决高下——可惜今生今世，战火不休，你我恩怨，唯以死终结。”

重伤之下的崔希逸脸色并不好看，苍白嘴角勾起一弯优美的弧度，眉宇间狂傲洒脱丝毫不减。只见他折断肩头的箭矢，随手将染血的箭扔在雪地，与乞力徐背对背而立：“当初我们有过诺言，以血为盟，以命相付。也许是天意吧，今日便战死在一起。”

这一次，乞力徐没有嘲讽他，只冷冷提起刀：“来吧。”

四

生死沙场多年，崔希逸经历过许多惨烈的战斗，但这一战，仍然酷烈到难以想像。

他拼命搏杀，到后来手足都已经麻木，浑身浸透鲜血，不知是自己的还是敌人的，喘息声越来越沉重，挥刀的动作也越来越慢，突然，他感到一直与他背靠背战斗的乞力徐，顺着他的身躯滑了下去。

他猛地回头，想要拉住对方，自己却也不受控制地倒了下去……他这才发现，在地狱修罗般的战场上，两人不过是依靠彼此后背的力量，在互相支撑而已。

乞力徐濒死的目光微微涣散，手中刀口卷刃，不知受了多少伤，浑身上下看不到一处完好的地方，声音也极其低弱：“……”

崔希逸俯下耳去听，只听对方嘴唇翕动：“……当初的约定，你还记得吗？”

风中似乎吹来往事的气息，在战争还未开始之时，草原上的风那样自在，花那样清香，酒烈诗美，篝火温暖奔放。

那时两个男人把长刀抛到一旁，讨论写诗的事儿。崔希逸给自己的夫人写过许多情诗，大多是“相思大如盆”、“相思大如斗”之类惊天地泣鬼神的诗句，乞力徐也觉得是千古佳句，崔希逸高兴拍着胸膛对乞力徐说，若有一天两国休兵，他无事可干，无仗可打，一定写一首最好最好的诗，冬日再来篝火前给乞力徐看。两人星夜击掌，相约不见不散。

可惜诗稿初成，墨迹未干，战火又燃。

四周尽是累累尸首，包围圈越来越小，崔希逸却置若罔闻，从怀里摸出那一张血迹斑斑的诗稿："我正为此约定而来——原本准备祭拜时烧给你，如今甚好，你可以亲眼看到了。"

"……"乞力徐露出释然的神情，灰色的眼睛缓缓合上。

临死之前，终究没有来得及看一眼。

相思大如斗，辗转成红豆。
采撷年复年，热血几度秋。
长夜遥相望，影短歌亦短。
与君隔千山，千山明月旧。[①]

崔希逸眉宇间落了雪花，他半跪在雪地里，手搁在乞力徐渐渐冷却的尸身之上。头顶无数雪片冷冷坠落天幕，他感觉胸口被凌迟到麻木，也许是重伤失血令他无力站起，也许是绝望疲倦如磐石压在他的身上，他甚至没有去提手边的长刀。

"杀了崔希逸！"东则布眼底精光闪过。

千钧一发的时刻，一骑绝尘，厮杀突围而来。

卢湛一身战袍如墨，眉毛与鬓发上沾着雪花，策马疾驰而来，焦急地伸出手："姐夫，把手给我！"

乱军之中，崔希逸几乎是本能地伸出手，毫不设防地交出了自己，一股大力顿时将他拉上马背！

五

夜沉如铁，雪煮如沸。

"报！城外有异动。"一个士兵满身风雪，驰马来向裴昀禀报，"有敌军夜行至我定戎城下！"

①这不是历史上崔希逸的诗，是作者自己写的诗，并不合五言律诗的平仄格式。

“哦？”少年将军扬鞭策马巡城，漫不经心地在风雪中远眺，神色竟然并无一丝意外，只是漆黑的眸色微冷了几分，“果然来了。”

“夜间奇袭，只怕是有备而来！”身边的将领却急了，问报信的士兵，“是哪路军队？有多少兵力？”

“风雪太大看不清……”

裴昀信手勒住马缰，似笑非笑，声音低沉危险：“我等这个对手，已经等了很久。诸位，随我上城楼。”

“是！”

天幕飘着雪花，城头燃着火把。

裴昀带着众将领从城头往下望去，只见城外黑压压的一片，如同上万大军压境，却又似乎有哪里不对劲。

“那不是敌军，”身边一个将领愕然说，“是百姓！”

数千人跌跌撞撞，竟都是手无寸铁的陇右百姓，正被驱赶着朝定戎城而来。全副武装的军队紧随其后，箭雨射向手无寸铁的百姓，许多人惨叫哀嚎着倒下，更多人惊恐地朝城门逃来。

“救命！”

“救命啊……”

天地像一张白纸，夜行军的火把舔着这张惨白的宣纸，灼出星星点点的焦痕，绵延不绝的火光，雪夜看来格外惊心。

城下隐约传来惨叫哭喊，混杂在风雪声中，钟副将猛地握紧拳头，眼中带着血丝，愕然抬头看向裴昀：“……裴将军，怎么办？”

裴昀面无表情地伫立在风雪中，眺望黑暗中的对手，仿佛能看到城下那血腥的陷阱。

那打乱他所有部署，诱他出战的陷阱。

从城头看去，百姓们的身影是模糊不清的，绝望的哭喊声也被阵阵风雪吞没……

这一刻，所有人都焦急地望着裴昀，等着他在危局中的决断。

火光映着天下名将的侧脸，冷酷如磐石。裴昀缓缓举起手中长剑——对手以百姓的性命为筹码，赌他手中之剑、胸中热血，赌他千钧一发的破绽。铁蹄之下的屠杀，风雪之中的陷阱……唐军一旦开城迎战，顾及无辜百姓，必然会被敌军牵制，绝无胜算。此刻，唯有紧闭城门是最冷静的选择。否则，河陇门户大开，大唐千里沃土将迎来吐蕃铁蹄的践踏。

身负城池家国，他别无选择。

就在裴昀右手举剑，准备说出那个不得已的残酷命令时，一片雪花猝然落入他的颈脖，温柔微凉。

裴昀一愣，下意识地摸了摸自己的颈脖——那里戴着一块丝线系着的玉钥匙，是他的老师张九龄托人从长安送来的。曾经有一次他身受重伤差点儿死在战场上，不敢让人捎家书回长安。亲人之间相隔千万里，彼此却仍有感应，老师那段时间频繁来信，并托一位到陇右赴任的将领，把这块护身玉带到军营交给他。

暖玉护身，以保平安，原本不过是人心中慰藉而已……老师张九龄持身以正，从不信鬼神，却为他信了一次。

自从那块质地温润的玉石挂在他的脖子上，也许是运气好，也许是心中安稳，他真的没有再受过重伤。

边境战事大大小小，他都能打赢，一些凭借手中长剑打赢，还有一些凭借智谋。纵横驰骋在千军之中，那一份牵挂仿佛就在襟前，温暖如春，滚烫如血，历经生死，从未冷却。

风雪声呼啸如战鼓，裴昀转过身来，沉声吩咐身边的将领："传我令下去，大军坚守城池。五百精兵随我从南侧门趁风雪掩护出城救援百姓。我出城之后，钟将军，你立刻关城门。切记，紧闭城门，不得以我生死为念。"

"可是……"钟副将双目愕然圆睁，想要说什么，迎向裴昀冰冷的脸色，竟不敢多言，咬牙领命，"是！"

"将士们，谁愿与我前往？"裴昀的目光扫过士兵，人群沸腾起来，士兵们都握紧了手中的兵器："我愿随将军前往！"

"我愿前往！"

……

"好！"裴昀骤然扬声，声音如烈火般撩起众将士心底的热血，"我唐军不是任人宰割的羔羊，手中有剑者，随我出城！"

风雪掩护之下，五百骑兵悄然出城。

急促的马蹄声中，唐军精锐像一道撬开铁锈的凛冽月光，冲杀进城外的修罗场。

"唐军来了！"

"是唐军……"

绝望的百姓们喜极而泣，生的希望随猎猎战旗席卷而至。少年将军战袍飞扬，宛如一枝在雪地里怒放的桃花，明亮到灼痛视线。

唐军将士奋勇拼死冲杀，裴昀手中长剑所到之处，如同狂雪中燃烧的烈焰，融化冰雪，斩杀一波又一波潮水般的阻挡。

长剑劈开呼啸的风雪，劈开森寒的刀枪，裴昀的脸上、身上都是鲜血，驰骋于万军之中，他近乎狂妄地想要守护些什么……守住染血的土地，守护那些最平凡最卑微的心愿，守住薪火不灭的，从冰冷的死地里倔强生长的求生的渴望。

他心中已经明白，今夜对手使出的……是釜底抽薪之计。

大唐百姓的性命，是柴薪——是最初的薪火，亦是最终的守护。

这是釜底之薪，燃烧在每一座城池，也燃烧在每一个军人心间。

这火……会熄灭吗？

六

数千人惊恐哭喊着逃命，军人有刀剑，城池有砖石，可百姓只有血肉之躯。战争中他们被屠杀，被驱赶，被一波又一波的风雪埋葬。漫天飞雪的杀戮中，连血也结成冰，倾斜的天地如同磐石，碾压着蝼蚁般的人命。

修罗地狱般的城门外，一个浑身伤口的小女孩摔倒在地上，哭喊着："娘，娘！"

眼看着敌军的马蹄就要踩踏上她小小的身躯，长剑如电，破空而至！

浮云剑刺出，鲜血飞溅，几滴血落在女孩脸上。

裴昀从马蹄之下捞起小女孩，只用了一只手就将对方抱起，仿佛瘦小的女孩只是一片单薄的雪花。

手掌撑住女孩流血的后背，他怔了一下，缓缓问她："你的家人呢？"

"都死了。"小女孩流着眼泪，虚弱地说，"他们都被杀死了。"

裴昀在马背上沉默了一会儿，身形如磐石般纹丝不动。小女孩哭着仰头问他："我娘说，死去的人像雪一样融化了，再也见不到了。是真的……再也见不到了吗？"

雪无声地落着，天地间有种旷远的寂寞，裴昀的声音放暖了几分："战场上人命有时比雪花更轻，但对亲人友人来说，一个人的性命比山川更重。

"你要活下去，活着回到故乡。"

女孩苍白的脸上露出些微希望的红晕，点了点头，小小的头颅却无力地垂了下去。

裴昀眉心痛苦地拧紧，眼底血红，良久，才缓缓将冰凉的手从小女孩的背心挪开——方才他就发现了，那里有一个狰狞的血洞，鲜血已经将他的手染红。

他抱着小小的尸体，勒马伫立在风雪之中，冷风钻进衣襟，像刀，像铁，沉甸甸的雪花茫茫无际，他整个人仿佛与风雪化为一体。

就在这时，一支利箭破空而至，射中马腹，裴昀身下的骏马惨嘶一声，猝然倒毙在地！

他顿时也摔下马背，滚倒在雪地里，吐出一大口鲜血。

耳边依稀传来轮椅碾过的声音，风雪中，敌军簇拥着一个年轻人越来越近，一声近乎欣赏的叹息声从头顶传来。

"很强。"

来到裴昀面前的，正是曾经为他所救，也几度与他交手的吐谷浑王子慕容歆，或者说——战神。

"可惜战争和交易一样，都要付出代价。"战神怜悯而居高临下地俯视着他，"你不愿意付出代价，舍不下筹码，也就失去了最后的机会。"

无数的弓箭对准了他，森寒的箭光，织成密密的死亡之网。

裴昀踉跄了一下站起来，此刻他战袍浸血，铠甲残破，四面楚歌。身后城门紧闭，绝无退路。

令人意外的是，裴昀怔了怔，竟然懒洋洋地勾起嘴角，一边咳血一边俯身把地上的剑捡了起来，用雪团擦拭掉剑上的血迹，喘息着说："其实……我不喜欢战争，血腥气很难闻。"

"可拿着剑，总会有战争。"战神微笑道。

面对死亡，少年染血的唇角有种莫名动人的艳色，眼眸微倦着慵懒的光华。"……人有时候不得不与自己讨厌的东西同行，它是你衣襟上的灰尘，刀剑上的血痕，甚至是你的灵魂——它拥有你不喜欢却无法改变的部分，你只能承认、接纳，与之同行，并且——"

他顿了顿，扬起手中染血的长剑："战斗到最后。"

话音落时，少年眼中倦意一扫而光，血红的瞳孔杀气暴涨，突然凌空跃起，寒剑破空，一剑刺入战神的胸膛！

原来，方才他被暗箭射中坐骑而滚落马背，并不是因为大意分神，而是诱敌之计。

“还记得你的朋友鲲鱼吗？这便是当初你送给它的鱼藏剑。”裴昀手中紧握着一柄古朴的短剑，“白鹿来换龟甲时，看到这把剑，我就猜到了你的弱点何在。”

战神轻轻一颤，在他胸前，仿佛有一层看不见的铠甲在无声碎裂。

那是他襟前的龟甲，裂痕越来越大，点点微光虚弱如萤火逸出。

“你，并没有看上去的那么强大。你我数次交手，每一次你都借用了外力，吐蕃东则布出尔反尔，但你仍然选择与他结盟，这不仅仅是游戏——而是迫不得已。你无法阻止自己仅剩的力量流逝，所以才会找寻龟甲碎片，甚至只用巧取，不用强夺，以确保龟甲上的封印完好无损——那些龟甲碎片是护身之盾，是封印之力，是唯一可以保护你将死之身的铠甲。”

“咳咳……”战神伸出苍白的手，轻按住几乎没入血肉的剑柄，胸前的伤口竟在风雪中以肉眼可见的速度迅速腐烂，“你说得没错……这么多年来，我脚下锁链并不只是囚禁，它更是惩罚，就像一把尖刀插在我的元神之上。千百个日夜过去，我的力量宛如流血一样缓缓流干、衰弱……若锁链再不斩断，我终究难逃一死。如今龟甲齐聚，巨釜在侧，我欲釜底抽薪，”战神嘴角勾起冷漠的弧度，“以命相赌。”

同一瞬间，身后的吐谷浑士兵一刀插向裴昀的胸膛。

鲜血骤然涌出，裴昀微微睁大眼睛，低头看着自己胸口透出的刀刃，剧烈地喘息。

“龟甲上有封印，可以让我再苟延残喘百年，可我不愿再等百年。这柄鱼藏剑是我亲手送给你的，亦是送给我自己的。”战神微笑将染血的短剑缓缓抽出来，“龟甲封印破除之日，便是上古兵法重现之时！如今封印已碎，我身无铠甲；来，与我一同赴这生死赌局，同看这天地熔炉吧。”只听“哐当”一声闷响，他将剑随手扔在地上。

在他身后，风雪低低呜咽，随着一声轰然巨响，城门大开，唐军士兵汹涌冲杀出来。

“你以为，你麾下的将士真能眼睁睁看着你被杀死？你太高估他们了。”战神用丝绢仔细擦拭掉手上的血迹，仰身轻笑，眉眼幽冷，“攻城。”

七

天微微亮了，黎明之手掀开远山淡青色的轮廓。

一匹黑色的战马在雪地里狂奔，箭矢如雨，骏马飞驰如电，厮杀声渐渐被抛开。

马背上的人，正是卢湛和崔希逸。两人都受了伤，风雪中仍听得到沉重的喘息声。

“姐夫，你没事吧？”卢湛的声音温暖欣慰，又似乎有些疲惫。

崔希逸猛地抬起头，他这才发现卢湛的脸色苍白得可怕，一路上从后背传来的温热，不是体温，而是血的温度。

“湛……”崔希逸惊骇地唤了一声，他终于看到，一支羽箭插在卢湛的背心，让衣衫湿了大片，马蹄下斑斑点点都是鲜红的血迹，一直延伸向远方。

“风雪大，会将血迹掩埋，追兵追不到了，放心。”卢湛勉力说。

“谁跟你说追兵！你放松下来，让我来策马……”崔希逸惊怒地吼，可卢湛的手如铁握在马缰上，他用尽全力也掰不开。

“我松了这口气，只怕再提不上来了。”卢湛摇了摇头，脊背因伤痛微微弯着，整个人却仍然像一座山，“能把你送远一点，是一点。你一定要活着回去，姐姐在等你。”

崔希逸浑身一震。

卢湛生得秀美，手中长枪清寒如春水，只是眉间沾了几星雪末，显得疲惫。他眼底的光芒一点点涣散，像是星星苍白地融化在黎明：“姐夫，等你回到长安，多陪陪姐姐，不要再走了。”

说完这些话，他的眼睛渐渐闭上，仿佛只是疲惫地小憩，雪花覆盖了他的肩头，他的人仍巍然立在马背上，没有倒下来。

他死了。

崔希逸的手死死抓着他的手，马儿在雪地里烦躁地踏步，不知过了多久，崔希逸突然失声痛哭，把头埋进自己颈中，发出肝胆俱碎的嘶哑吼叫：“湛……”

雪花翻飞在苍穹下，生死悲欢轻如鸿毛，在命运的掌心翻卷。

八

城门大开，敌军如潮水般涌入。

“天地为炉兮，造化为工，阴阳为炭兮，万物为铜。”六千岁的战神眉目如少年，皮肤是久不见阳光的苍白，眼神甚至还有一点儿悲伤，像是长亭古道之上，送别的怅望。

他以一场杀戮，来送别自己在人间的悠长时光。

封印解开，七块龟甲碎裂如星光缓缓升起，那光芒旋即越来越大，终于随着轰然一声巨响，所有的光芒挣脱束缚般骤然腾空而起，炫目如昼，绽开在天幕，伴随着无数火星滚落大地。

那只被白鹿送入城中的青铜釜，仿佛刹那间被缕缕火光唤醒，开始迅速膨胀得巨大，大到城池也无法容纳……巨釜摇晃，如山将崩，釜中兵器相撞的声音越来越响，像是历史上的无数场战争在残酷复现，像无定河边千百年埋葬的枯骨在一起发出残暴的哀鸣，永不结束，永不宽恕。

四周卷起的尘沙、冰雪与劲风，不断地将人卷进釜中，伴随着惨叫与飞溅的鲜血。

“屠城。”战神淡淡吐出两个字。

天地滚烫如熔炉，城池沦为人间炼狱。

“上古兵法，即将重现。”战神眼睫微颤，“我被囚禁了千年，又找寻了千年，几乎失去了所有神力，终于等到了这一刻。自在或死亡，皆得其所。我只是为人类觉得惋惜。”

人类中的最强者，那些致命的弱点，让他们永远无法与神相抗衡。

——如果崔希逸听到乞力徐的死讯时，不决然前往。

——如果卢湛不去救崔希逸。

——如果裴昀放弃城外百姓的性命。

可是没有如果。

人的选择就是这样不可理喻，明知道危险，明知道绝望，明知道是地狱，仍然决然奔赴。

战神衣袍如墨，白发如雪河，仰头望着业火燃烧，脚下逐渐显现出一条漆黑沉重的锁链。

那锁链如此之重，仿佛一条黑暗的河流，将他的双脚和大地捆绑在一起，任由鲜血浸透，火焰焚烧，仍无动于衷。

也许，在所有的兵器里，最强大的那一件，不是刀枪，不是剑戟，而是时间。是腐蚀一切，改变一切，令一切对手最终消亡的时间……倾覆天地，抚平山海，可是连无数日夜无休无止的时间之手啊，也无法解开他脚下的束缚。

大地上的积雪开始融化，像是一张白纸迅速被水浸透。

渐渐的，所有龟甲碎成的光芒开始消失——不，并不是消失！而是它们在风雪与火焰中膨胀得如此之大，和大地融为一体。

千万年前，神涉水而至，在大地上写下古老的字迹。

那是最强的兵法，也是战争最初和最终的秘密。

战神的呼吸变得急促，死死盯着雪地里呈现的字迹……可是没有。大地之上没有出现什么兵法，甚至没有出现一个字，却有一个图案从模糊渐渐变得清晰。如同墨笔在水中作画，行云在天空留痕，秋风扯过雁翅的低鸣。

那个图案似曾相识，战神一定曾在哪里见过，却并未留意。

……是在哪里见过？

仿佛有某个秘密就在眼前，无数次与他擦肩而过。

重伤的裴昀喘息着撑地，望着雪地上流动的无字之书，眼底惊涛骇浪涌动，这一瞬间，柔软的风雪拂面而至，少年终于跌跌撞撞地站起来，嘶哑厉喝："我明白了！我知道怎样能断开你的锁链！"

战神愕然抬起头，幽深的眼珠困惑地转动了一下，目光落到对方血迹斑斑的铠甲上。

——裴昀的颈脖之上，戴着一枚玉钥匙。

与雪水光影流动的广袤大地之上，一模一样的钥匙。

"停止屠城！"裴昀将手中的钥匙扬起，厉声命令，"否则我就毁了这钥匙！"

战神愣住了，死死盯着大地上如浮光掠影的图案。

不可能……他渴盼了千年的兵法，怎么会是——一枚钥匙？

雪携着劲风冲击着他的胸臆，沉积了千年的悲伤，渴盼了千年的自由，心头燃烧了千年的恨意，都在这一刻如决堤般汹涌而出，与风中烈烈残暴的哀鸣相和，与眼前的光影重重叠叠。

"停止屠城——"战神愕然压下了手，甚至没有意识到自己的声音在发颤，"把钥匙给我。"

他穷尽了世间所有的方法，用尽了天下最强的兵器，想找到砍断铁链的方法，却从没有想过，这锁链——是有钥匙的。

火焰渐渐变小了，城中惊恐的哭喊声也渐渐停了下来。

战神的手微微颤抖地朝少年伸出："……把钥匙给我。"

裴昀身受重伤，掌心沾满尘土与血污，那枚玉钥匙却仍然温暖明净。玉面上光华流转，宛如风雪雕刻出一座座流光溢彩的城池……长安古道的雄伟，洛阳秋月的瑰丽，亭台楼阁处的风流写意，砖瓦青石间的心血与智慧，仿佛都在这块小小的玉石上一一复现。

这只是一个平凡的人类所打造的，一把微不足道、却又了不起的钥匙。

——百年前，隋朝建筑大师宇文恺亲手雕凿的钥匙。

代代风雨传承，战祸未能毁去，再由张九龄托人送到陇右战场。那么美而脆弱，仿佛不堪一击，却又那样神秘，像是饱含建造者的力量，又像是沉淀着人类千百年来的回忆、期许与情感。所有那些战神难以理解的人类软肋，那些他所鄙夷的人类心中的弱点，那些他努力想要忽略的无用的牵绊，仿佛都凝聚在这枚小小的玉钥匙里。

这一刹那，脚下的锁链发出不安分的轻响，像是干渴了千年的名剑，想要一滴血的滋养，又像是干涸了千年的灵魂，想要一滴泪的轻吻。

“……把钥匙给我。”站神喃喃低吼，狂暴而近乎乞求地命令，像是一个被命运遗弃的孩子，孤独地坐在伤痕累累的大地上。

在他的脚下，风发出一声叹息般的轻响。

仿佛有万千楼台在风中拔地而起，万千门扉在狂雪中次第敞开，万千工匠在敲打着城墙，敲打着历史与时光的浩荡。

少年在风雪中一步步走了过来。

铁链剧烈地晃动，巍峨的城池与大地仿佛也随之颤抖。

战神的手死死按着轮椅，指关节因为用力而泛白，难以置信地盯着自己的双脚……

“嚓咔”一声轻响，在金戈铁马的战场上那样轻不可闻，仿佛只是谁的心砰然跳动了一下。

少年站定在他面前。

那坚固了千年的、捆绑他双脚的铁链，被流动的玉色光芒笼罩，沉重的锁链发出释然的叹息，仿佛有生命般缓缓委地。

锁链如雪融化为水，归于无形。

上古战神脸色苍白地撑着自己，缓缓地……双腿颤抖地站了起来。

曾经尊贵不可一世的神，曾经狂怒杀伐天地的神，这一刻，仿佛只是一个悲喜交加的凡人。他所鄙夷的人类的情感，喜悦、委屈、悲伤、失而复得……那样丰沛地充满着他的胸臆，让他的神情悲喜难辨。

“……为何是这把钥匙？”他茫然望着眼前浑身浴血的少年，“为何？”

“上古兵法从未隐藏，亦未改变……能解开战争束缚的，只有一样东西。”裴昀的身形摇晃了一下，以剑拄地。

“什么东西？”

“建造。”裴昀轻轻抚去玉石上的血迹，像是丝绸般的夜幕抚平远山、晚霞吻去雨滴，随性之至又郑重之极，“人间有太多比战争重要、有趣的事情——建造，就是其中一种。”

在河流上建造船只，在废墟上建造城池，在荒原上建造宫室，在彼此的肩膀上建起信任。在那些寻常的巷弄里，建起一个个叫“家”的地方，相伴之人，屋檐之下，咫尺天涯，心锁牵挂。

九

残星缀在远山，如同温暖的守护，疲惫的士兵们正在清点战场，突然，只见一个满脸血痕的士兵匆匆前来报信。

“报！我们在四里外找到了崔将军和卢将军——”士兵声音哽咽，“崔将军昏死在雪地里，军医正在救治。卢将军、卢将军……”

士兵说到这里，突然失声痛哭，跪倒在雪地：“……卢将军去了！”

裴昀脸色惨白，瞳孔骤然一缩：“胡说！速带我前去！”

风无情刮过脸颊，群山哀伤匍匐，士兵们肃然持剑站立，脸上都是泪水。

马革之上，卢湛闭目静静躺着，仿佛只是安睡。曾经那么爱干净的人，铠甲上都是泥水和鲜血，雪花飘落在他的眉间，像是轻柔的手要抚平他的眉心。

裴昀的手忍不住发抖，脸部肌肉微微痉挛。

他上前把手放在卢湛的身上，仿佛因那彻骨冷意而颤抖了一下，然后，他缓缓俯身把卢湛冰冷的身躯抱起来。铠甲贴着铠甲，胸膛抵着胸膛，握紧的拳心破裂渗出血珠，一个用力到痛苦的拥抱，仿佛要将自己所有的体温与生命，都给对方。

初入军营时，裴昀为了让卢湛记住自己的名字，曾趁着酒意上前去给了卢湛一个大大的熊抱，被罚扎了三天的马步。

不打不相识，两人从一开始的彼此避之唯恐不及，到后来一起出生入死……铁血沙场，卢湛做主帅，裴昀做副将，两人成了最好的搭档。

卢湛有洁癖，不爱笑，高冷难以亲近。但每当有战事，他都会身先士卒，手中长枪清光，漫天风雪不能阻挡；裴昀不记得多少次持剑与他并肩战斗，震天的战鼓声中，士卒们士气高昂，千万人拼死冲杀。

最初那个酒醉的拥抱恍如昨日，少年意气，战场初识；如今的拥抱，已是生离死别。

这一夜，雪下得很大。

天地间再没有激昂的战曲，只有沉默的雪，沉默的夜，沉默的城墙，和一具具被送回的尸体，裴昀抬头望向无情的苍穹，一片冰冷的雪花飘落，坠在他心弦之上，一支铁血肝胆的心曲，永不再响起。

十

祁连山的冰雪融化时，崔希逸卸下了铠甲与佩刀，向朝廷呈递了奏折，请求辞官归乡。

“以后有什么打算？”裴昀策马来送别，任由山风吹起他的衣襟。

“想去湛的墓前，陪他喝酒、说话。”马背上崔希逸的身姿仍然高傲，腰畔却空空如也，已经卸下了名震天下的昆吾刀。阳光下细细看去，天下名将的鬓角也有了霜华，刀砍斧凿般俊美的侧脸竟显得苍白。

“卢将军有洁癖，你最好别请他喝酒，他会嫌脏；他也不怎么爱说话，你不如把话跟自己的夫人说。”裴昀嘴里叼着一根草叶，漫不经心的语气里藏着关切：“情话多说几句，情诗多写几首，别闷在心里。反正你的诗，也只比老师差那么一点……”

两人执绺并肩而行，崔希逸笑了笑：“昨天我梦到湛，他还是小时候的样子，不爱笑，眼睛却很温暖；还梦到了乞力徐，一身夕阳趴在酒桌上刻字。”

天空不知何时飘起了雨，一滴滴雨水在大地上发芽，山峦沉默如墓碑，天地间无人作答。

崔希逸眼眸里没有水光，只是修长的手不自觉地抚向胸口，仿佛那里有一个巨大的空洞，被战火灼烧得千疮百孔，被悲伤洗濯得肝胆俱碎。

“当初上战场时，便知道会有抛洒热血、马革裹尸的这一天，想不到，最后湛却连马革裹尸而不可得。”

——那一日卢湛战死，裴昀和士兵们都亲眼见到了尸体，可是奇怪的是，当晚尸体停在帐中时，却离奇地失去了踪迹。

将士们拼命找寻了四天四夜，也没有找到。

于是，只有一套卢湛身前穿过的明光铠甲，送回长安下葬，垒起衣冠冢。

衰草如剑，春风如刀，裴昀突然望向远方："找不到尸骨，未必不是幸事……我觉得，卢将军或许还活着。"

崔希逸怔了一下，随即苦笑："我也希望，湛还活着……可我亲眼看着他死在我面前。"

雨水打湿了他的鬓发，他的声音有片刻的停顿，听不出是哽咽，还是沉默："故人已去，他日泉下相见，却不能问心无愧。"

"人生于天地间，谁能无愧无悔？"裴昀扬起马鞭，任由骏马悠闲地在雨中踏步，"可总有快活的事，总有香醇的酒，总有没写完的诗，没陪够的人，一桩桩、一件件都有趣的很，别只惦记着那些冰冷的墓碑。"

"多谢。"崔希逸朝他微笑颔首，"就此别过。"

他策马朝前，越过连绵的群山，也越过曾经的沙场。故人与敌人都埋葬在这片土地上，爱恨与回忆都随冰雪融化，这便是告别了。

崔希逸布衣策马，突然看见远山之下，一匹白马如云奔腾而过，马蹄带起滚滚红尘，也带走远山暮色。

"将军，怎么了？"身边跟随的士兵困惑地问。

"没什么。"崔希逸收回目光，在雨后的夕阳中勒住马缰，"看到了一匹白马。"

人生天地之间，若白驹之过隙，忽然而已。

（完）

后记

在我心中，一直有一个战场。

这个战场微小如尘，却又浩瀚无边。战场之上，狂风抚摸着痕迹斑驳的的河床，一千个太阳在水中融化成烈酒，我用那些铺天盖地的时光，写下唯一的诗行。

灵感是这个战场上的将领，它引导着瑰丽的千军万马，驰骋在我的胸膛，热血滚烫。

这就是浮云的战场。是裴昀月下打马走过的地方，是叶铿然唇边笛声悠扬的思乡，是崔希逸与乞力徐歃血盟誓的草原，也是卢湛抱膝望星的小径；是张九龄笔下的家书与牵挂，是裴虚己杯中的美酒与桃花，也是长安灯火与明月，大唐的盛世繁华。

这个战场很美，只因有人相陪。

当风与云都睡去，喧嚣的战场宁静下来时，一个个故事像是星星散落在草丛，我在春夜的河畔找寻，捡起它们，像捡起自己一片片的灵魂。

兵法卷的故事，是从一枚小小的龟甲开始的。在传说中，古老的兵法刻在龟甲之上，恰如古老的汉字那样——殷墟甲骨文中，华夏先人把他们的故事用象形的符号镌刻，刻下日月星辰与缱绻私语。

文明最初的史诗里，刀与笔，原本是一体。

一块块浪漫的龟甲，在历史的河流中浮沉，它被庄子在濮水之畔悠然垂钓，被《洛书》用来描绘精美的宇宙魔方，被《淮南子》拿来叩问天地之谜。那些勇者的游戏、智者的棋局、仁者的问道，那些向死而生的决心、举重若轻的风华，都在刀与笔下一一呈现。孙膑轮椅上染血的月光，周瑜羽扇纶巾的谈笑，裴行俭轻骑奔袭的马蹄……

历史的战场，留下了太多的身影，太多远去的英雄，远去的声名，与他们胸中的兵法。

青山不改，少年常在。

于是，我总能看见那一个早春的清晨，十五岁的裴昀刚到陇右，祁连山的冰雪初初消融，天空晴朗得放肆，马蹄下有风沙与野花，他踏上了自己的应许之地。在这里，对手、成败、笑泪、知己……他将一一遇到。天地那样广大，他慵懒提剑谈笑，身后青山绵延向远方。

少年身披铠甲，一往无前，驰骋于他的战场之上。

剑下长风，与你共赴。

共赴心中的勇气，未知的前路，辽阔的梦想，温暖的成长。

愿他日你驰骋于人生的战场，胸中有万千卷兵法，心中还有一个小小的、爱的魔法。

在这个魔法里，卢湛还是那个抱着布偶乌龟的洁癖少年，裴昀还是那个嚎啕大哭的脏兮兮的孩童，叶铿然还是那个身后跟着三只笨小猪的“坚然哥哥”，祝静思和她的猫趴在台阶上等夕阳。

不愿忘记那温柔，不愿忘记心中那一幅最好看的画，雨洗的梦境和一朵朵花。

不愿忘记，藏在诗歌里的明月与天涯。

诗人的手，或许亦有魔法，他在袖底藏一片片月光如酒，春夜如幻，雨花如沸，初见如故。

张九龄写过很多很美的诗，而我格外喜欢其中一首《答陆澧》：松叶堪为酒，春来酿几多。不辞山路远，踏雪也相过。

写故事如同酿酒，春日用松叶酿成，雪中热酒相邀，有谁不辞山路遥远而来？

初遇或重逢，时光很美，只因有你相陪。

谢谢你们。

浮云一别，星辰再见。

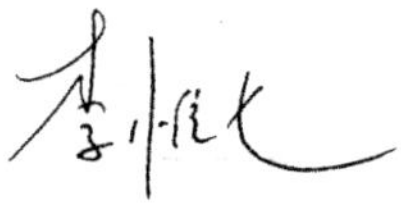

2018年1月17日

附录

附录1：浮云年表

唐开元八年（720年），裴昀出生于长安。

唐开元十年（722年），叶铿然出生于复州竟陵郡。

唐开元十五年（727年），裴昀遇到张九龄，与杜清昼、祝静思结拜。

唐开元二十一年（733年），裴昀、杜清昼来到长安，遇到琴师李慕下；同年，张九龄拜相。

唐开元二十二年（734年），裴昀考中探花（虚岁15岁），与时任金吾卫的叶铿然相遇；同年秋，裴昀进入陇右军营，与卢湛相遇。

唐开元二十四年（736年），崔希逸与乞力徐定立“白狗之盟”；同年秋，叶铿然来到陇右军营。

唐开元二十五年（737年），崔希逸袭破乞力徐于青海湖；同年，张九龄罢相。

唐开元二十六年（738年），崔希逸去世；同年，裴昀就任陇右大将军。

唐开元二十八年（740年），裴昀带叶铿然回楚地提亲；同年，张九龄去世。

唐开元二十九年（741年），裴昀大败吐蕃军，收养裴大少。

唐天宝十四年（755年），岭南重逢，凤凰破壳；同年十一月，安史之乱爆发；同年十二月，封长清与高仙芝被斩杀。

唐天宝十五年（756年），唐都长安失陷；同年，广平王李俶与郭子仪收复河东。

唐至德二年（757年），睢阳之战，张巡战死；同年，琳琅找回九枚凤羽，同年，唐军收复长安。

附录2：唐史八卦，都是浮云

裴昀这个人物是虚构的，但河东裴氏在唐时的确是一个光华璀璨的家族。柳宗元感叹："世服大僚，仍耀烈名。"说裴氏世代公卿，声名显赫。顾炎武说："观裴氏之兴，唐存亡之亦略可见矣。"也就是说，看河东裴氏的命运，大概就可以看到大唐王朝的兴衰荣辱。家族命运与王朝命运紧紧牵系，可见他们曾怎样荣耀地书写了一个时代。

这里八卦一下盛产美男子、驸马、名将与宰相的河东裴氏。从祖传的美貌来说，根据《晋书》记载[①]：（裴）楷风神高迈，容仪俊爽，博涉群书，特精理义，时人谓之"玉人"，又称"见裴叔则如近玉山，映照人也"。转中书郎，出入宫省，见者肃然改容。

"玉山照人"这个词，就是从裴楷而来。当时的人不仅称裴楷为玉人，而且见到他时无不肃然起敬，敛容正色。由路人们的反应来推测，裴楷的美貌应该是比较高冷的，有一定的距离感，不像将军那么无节操……

《树上开花》单元中，驸马裴虚己长得好看、会撩妹，其实，他并不是一个人。除了他自己之外，他的兄弟裴竑也是驸马，侄子裴徽与裴仿也是驸马，裴徽的儿子裴液仍然是驸马……是的，河东裴氏专注生产驸马二十年，从唐高祖到唐玄宗，先后至少有十多位公主都招了裴家的驸马。

唐朝公主们审美的眼光都不算差，而且多为颜控，看太平公主、安乐公主就大概能窥见一二。浮云小说中安乐公主调戏少年张郎君的情节固然是虚构的，但安乐

①《晋书·卷三十五·列传第五》

公主圈养男宠、爱好美色的画风是有正史记载的。《旧唐书》[①]中记载：延秀唱突厥歌，作胡旋舞，有姿媚，主甚喜之。及崇训死，延秀得幸，遂尚公主。描述的是安乐公主的第二任驸马武延秀，因为有姿色有媚容，且能歌善舞，从而刷脸娶到了公主。

公主们不乏颜控，那么由此推测，盛产驸马的河东裴氏子弟，大概有祖传的美貌，才能得公主们的倾心。

史册与诗歌都留下了浪漫痕迹，河东裴氏美到没朋友……当然是不可能的！事实上，他们与皇亲国戚做朋友，还与别的美男子做朋友。裴耀卿、裴光庭都曾经与张九龄共过事，相处融洽。裴光庭去世之后，张九龄亲笔为他撰写碑文。

“岐王宅里寻常见，崔九堂前几度闻，正是江南好风景，落花时节又逢君。[②]”在杜甫这首脍炙人口的诗歌里，提到了岐王李范（皇帝的亲弟弟），这位亲弟弟恰是驸马裴虚己的好友。岐王与崔九都是当世名流。裴虚己后来因“谶纬之术”被流放，被迫与公主离婚，罪名正是他不避嫌地和岐王俩人一起宴饮游乐（并且皇帝认为他们喝酒和春游时还弄出了一些神神怪怪的东西[③]），裴驸马性子太过自在潇洒，不拘一格，犯了天子的忌讳。

同样是驸马的故事，民间戏曲《醉打金枝》里，另一位驸马行事更加出格。这

②《旧唐书·卷一百八十三·列传第一百三十三》
①杜甫《江南逢李龟年》
②《资治通鉴》记载：光禄少卿驸马都尉裴虚己与岐王范游宴，仍私挟谶纬；戊子，流虚己于新州，离其公主。

出戏讲的是唐朝升平公主娇生惯养，常欺负驸马郭暧，而驸马忍了很久，在一次喝醉酒后竟和公主打了一架，后来两人“不打不相识”，感情倒更好了。

真实的历史中，郭驸马打大唐公主的家暴当然是子虚乌有的，虽然这对皇家儿女的确有一次激烈的开撕。根据《资治通鉴》记载：郭暧尝与升平公主争言，暧曰：“汝倚乃父为天子邪？我父薄天子不为！”可以看出，当初的情形是：两人吵架，驸马一气之下指着公主的鼻子发火：“你仗着自己爹是天子，就了不起吗？哼，我爹比你爹还厉害，我爹根本不屑于当天子！”这句话还有后半句：如果我爹想当天子，还有你爹的份吗？

拼爹这件事，可小可大，郭暧这话就说大了，他抱怨的对象是皇帝，这可是分分钟掉脑袋的事情。

这里要特别说一下郭暧的身份，他是唐朝大将军郭子仪的幼子。郭子仪战功煊赫，手握重兵，平定安史之乱，是当时大唐第一号军事人物。从地位上看，仅次于皇帝，恰好属于稍不注意就会被皇帝猜忌的权臣。驸马郭暧是郭子仪在五十五岁高龄生下的最小的儿子，自小也集万千宠爱于一身，娇惯只怕不逊于皇子，所以才敢和公主开撕，说出这样的话来。

公主听到这句话后的反应是什么？《资治通鉴》中记载：公主恚，奔车奏之。也就是说，公主怒了，和驸马各回各家，各找各爸——她去找皇帝告状了。

这个皇帝，就是浮云系列故事里出现过的另一位龙套，被凤凰琳琅称为“小触”的广平王李俶。

虽然那个时候，李俶已经改名叫李豫了，但脾气还是一样好。他听到这话之后温和地劝慰女儿说：“驸马说得并没有错，郭将军对大唐有再造之功，天下能够安定，的确多亏了他。”郭子仪得知儿子与公主拼爹的忤逆狂言，大惊失色以为全家脑袋不保，带着郭暧来负荆请罪，皇帝笑着扶他起来说：“古话说，不痴不聋，不做家翁。小儿女的闺房话，你一个大人去跟他们较真？”（上曰：“鄙谚有之：‘不痴不聋，不作家翁。’儿女子闺房之言，何足听也！”）

虽然这场君臣对谈，不能说没有政治的考量在里面，但仍然可以看出，唐代宗为人温厚，对待功臣比较好。名将郭子仪能活到八十四岁的高龄，儿孙满堂，固然与他自己的品性与智慧有关，也与离不开唐代宗的人品与胸襟。

读史时，我们常听人说，揭开历史温情的伪装，往往能找寻到那些冷酷的真相。但我也想说，在时光冷酷的坚冰下，也有更多不为人知的善意与希望。历史的车轮碾压着时代，总有强者沿着车辙的痕迹，寻找初心。

哪怕在史册中，他们未曾留下浓墨重彩的生平。

许多人物在小说中的确着墨不多，在正史野史记载中，也实在算不上醒目。但在我心中，他们每一个名字都饱含悲喜，这份生命力，不会被漫长夜色掩盖，也不会被悠长时光尘封。

史册浩瀚如烟海，功业过眼如浮云，即便是被称为“开元盛世最后一位贤相”的张九龄，新旧唐书里半页传记轻轻翻过，便是波澜壮阔的一生。

风度高华的张九龄出身岭南，没有家族傍身，但他的母亲姓卢。史书中对于张九龄的出身，有几种不同说法——岭南韶州是一种，还有一种是他出身范阳。对于后一种说法，取信者较少。范阳张氏颇有声望，范阳卢氏更是大唐“五姓七家”之一，门第非常显赫。很能说明问题的是《资治通鉴》记载的那一次，皇帝李隆基与宰相张九龄在朝堂上吵架。当然，君臣俩吵过很多次架，但那次能被记入史册，并不是没有原因的。因为皇帝陛下一怒之下炸毛，竟然很不成熟地人身攻击张九龄：“你的出身有多好？”皇帝同学这个揭短，多少有点气极败坏的傲娇味道，而张九龄也没有生气，在朝堂上从容淡定对答“出入台阁，典司诰命”——意思是，我身居相位，便有责任在身。可见，在当时的官员评价尺中，张九龄的风度才学与人品，更胜于名门郡望的出身。事实上，一般的史料也认为，张九龄出身寒门，他的母亲卢氏更不可能是范阳卢氏，而是来自南方。

范阳卢氏与清河崔氏之间，从北魏以来，便有世代婚配的传统，所以，才有小说中卢瑜儿和崔希逸的婚娶。

说到崔希逸，更是一个很神秘的历史人物。在开元时期，大唐最主要的边患是吐蕃与突厥，崔希逸作为一员骁勇善战的名将，采取的却是怀柔的政策，与当时的宰相张九龄对待藩夷的思路不谋而合。根据《旧唐书·吐蕃传》的记载，那时崔希逸认为边境布兵妨碍百姓的耕种和生活，说服了乞力徐，双方杀白狗盟誓，边境迎来了一段难得的和平时期。论功业，他在《资治通鉴》《新唐书》《旧唐书》等正史记载中官至河西节度使，几度平定吐蕃边患，战功可谓彪炳史册。论门第，清河崔氏曾被称为“天下第一高门”，甚至连身为皇族的陇西李氏，也要屈居崔氏之后。可奇怪的是，崔希逸既没有出现在家世族谱中，《唐书》也没有为他立下人物传记。他的事迹，只散见于其他人物的传记和志书中。

在当时和后世的史书中，崔希逸仿佛都是个无足轻重的人物，这很奇怪……在他身上究竟发生过什么，或许永远无法追溯了。他没有留下过传记生平，历史炽烈的阳光下，这个名字鲜活如水滴，却不曾留下更多痕迹。

但我仍然喜欢他，或许是因为他的神秘，或许是因为他对乞力徐的信义。

再大的人物，放在时间的刀尺下，都是小人物；再小的正义，放在历史的天平上，都重若千钧。

附录3：浮云曲

群山在谁的怀中袖中
长守望
战意在谁的眉间心上
斟月光
大唐在谁的诗里梦里
盛放
鼓声响 骋边疆
美哉我白马少年郎

夜笛曲 思故乡
心弦一声不及防
且任年华似水流淌

赴风云 乱缨枪
执辔并肩看夕阳
万里河山不将功名仰

承君一诺 难相忘
半杯烈酒草书诗行
共你大醉
一场

浮云半书

SEASONS IN THE CLOUDS

作者

李惟七

封面 & 插图

霜林醉

装帧设计

陈　启

特约编辑

陈晓琛

流程编辑

杨　鸿

图片总监

杨小娟

责任发行

周冬梅

出版社

百花洲文艺出版社

总出品

湖北知音动漫有限公司

制作出品

知音动漫图书·新阅坊

官方论坛

http://xsbbs.zymk.cn

平台支持

知音漫客　小说绘

图书在版编目（CIP）数据

浮云半书. 兵法卷 / 李惟七著. — 南昌 : 百花洲文艺出版社, 2018.5
ISBN 978-7-5500-2767-1

Ⅰ. ①浮… Ⅱ. ①李… Ⅲ. ①长篇小说—中国—当代
Ⅳ. ①I247.5

中国版本图书馆CIP数据核字（2018）第060025号

出 版 者 百花洲文艺出版社
社　　址 江西省南昌市红谷滩新区世贸路898号博能中心I期A座20楼　邮编：330038
电　　话 0791-86895108（发行热线）　0791-86894790（编辑热线）
网　　址 http://www.bhzwy.com
E-mail bhzwy0791@163.com

书　　名 浮云半书 · 兵法卷
作　　者 李惟七
出 版 人 姚雪雪
出 品 人 王应鲲
责任编辑 游灵通　程　玥
特约策划 新阅坊
特约编辑 陈晓琛　杨　鸿
装帧设计 陈　启
经　　销 全国新华书店
印　　刷 长沙鸿发印务实业有限公司
开　　本 710mm × 1120mm　1/16
印　　张 15
字　　数 270 千字
版　　次 2018年5月第1版
印　　次 2018年5月第1次印刷
书　　号 ISBN　978-7-5500-2767-1
定　　价 35.00元

赣版权登字：05-2018-142